ELENA FERRANTE

La Vita
Bugiarda
Degli
Adulti

成年人的谎言生活

[意大利]埃莱娜·费兰特 ／ 著
陈英 张燕燕 ／ 译

人民文学出版社

埃莱娜·费兰特
作品系列

著作权合同登记：图字 01-2021-0543 号

LA VITA BUGIARDA DEGLI ADULTI

---

by Elena Ferrante

图书在版编目(CIP)数据

成年人的谎言生活/(意)埃莱娜·费兰特著;陈英,张燕燕译. —北京:人民文学出版社,2021(2024.12 重印)
(埃莱娜·费兰特作品系列)
ISBN 978-7-02-016949-8

Ⅰ. ①成… Ⅱ. ①埃… ②陈… ③张… Ⅲ. ①长篇小说-意大利-现代 Ⅳ. ①I546.45

中国版本图书馆 CIP 数据核字(2021)第 011561 号

责任编辑 朱卫净 潘爱娟 郎莉莉
封面设计 吉 洋

出版发行 人民文学出版社
社　　址 北京市朝内大街 166 号
邮政编码 100705
印　　制 凸版艺彩(东莞)印刷有限公司
经　　销 全国新华书店等
字　　数 238 千字
开　　本 889 毫米×1194 毫米 1/32
印　　张 10.75
版　　次 2021 年 7 月北京第 1 版
印　　次 2024 年 12 月第 4 次印刷
书　　号 978-7-02-016949-8
定　　价 69.00 元

如有印装质量问题,请与本社图书销售中心调换。电话:010-65233595

第一章

-1-

我父亲在离开家两年前，对我母亲说我很丑。当时他们在婚后买的房子里，那是在那不勒斯上城，圣贾科莫牧羊山上。他说这话时声音很低沉，当时所有一切——二月寒冷的天气、蓝色天光下的城区，父亲说的每个字都原封不动地留在我心里。但我溜走了，到现在我还在继续远离。这些文字试图讲述我的故事，但实际上它们什么都不是，字里行间没有任何属于我的东西，没什么真正的开始，也没有真正的完成：只有一团乱麻，没有任何人，就连正在写下这些文字的人，也不知道是否抓住了主线，或者说，那只是一种纷乱的痛苦，没有任何救赎的可能。

-2-

我很爱我父亲。他一直都很温和，他身材消瘦，显得节制得体，他身上的衣服总是显得很宽松，好像大一个码，但在我眼里，这让他无与伦比，非常优雅。他面孔俊朗，眼窝很深，睫毛很长，鼻子挺拔完美，嘴唇丰满，脸上的线条没有任何不和谐的地方。在我面前，他总是很愉快，他一直在读书，他把自己关进书房之前，不管心情如何，不管我状态怎么样，他总是会逗我开心。他特别喜欢我的头发，他是什么时候开始赞美我的头发的呢？我现在很难说清楚，可能我当时只有两三岁。

在我小时候，我们常常会有这样对话：

“多漂亮的头发啊！发质真好，油亮油亮的，送给我好吗？”

“不给，这是我的头发。”

“别这么小气嘛！”

“你想要的话，我可以借给你。”

“好呀！反正我不会还给你了。”

“你自己有头发啊！”

“那是从你那儿偷的。”

“才不是呢，你骗人！”

“不信你检查一下，你的头发太好看了，是我偷你的。”

我会检查自己的头发，那也只是为了好玩儿，我知道他绝不会偷我的头发。我哈哈大笑起来，很快乐，我和父亲在一起远比和母亲在一起开心。父亲总是想要我身上的某样东西：耳朵、鼻子、下巴，他说它们太完美了，他太喜欢了。我特别爱听他的语气，这不断向我证明，他是多么离不开我。

当然，父亲不是对谁都这样。有时遇到一些事情，他也会很激动，会控制不住自己的情绪，他振振有词，长篇大论一通；有时他也会简明扼要说一些短句，一针见血，让人无力反驳。这两个父亲和我爱的父亲不一样，我到七八岁才发现了这种差别。那时，父亲的朋友和熟人会来家里做客，他们会激动地谈论一些我一点也不懂的问题，讨论通常很激烈。我会和母亲待在厨房里，很少注意在几米之外的他们争执得有多激烈。但有时母亲也要忙自己的事情，她会把房门关起来，我就一个人待在走廊里玩儿，或者看书。我父亲博览群书，母亲也一样，我也想像他们一样。我不会留心听他们讨论的事情，只有当他们突然安静下来，我父亲慷慨陈词，他的声音忽然变得很陌生，我才会放下手中的书或玩具。从那时候开始，我就盼着聚会快点结束，我想知道讨论结束后，父亲会不会变回原来的样子，语气又会温柔有爱。

在他说出我很丑这句话之前，那个晚上，他刚得知我在学校成绩退步了。这对我父母来说是一件不同寻常的事。从小学一年级开始，我就一直成绩优异，只是最近两个月我的状态直线下降。我父母特别在意我在学校的成绩，尤其是我母亲，一看到我糟糕的分数，她马上就警惕起来了。

“这是怎么回事？”

“我不知道。”

“你得认真学习才行啊。”

“我学了呀。”

“那怎么考成这样呢？”

“有些东西记得住，有些东西我记不住。”

“那你就认真学，直到全都记住为止。”

其实我已经竭尽全力在学习了，结果还是不尽人意。那天下午，我母亲去和我的任课老师谈了，结果怏怏不乐地回来，她没有责怪我，我父母从不会责怪我。她只说了一句：“对你最不满意的是数学老师。但她说，只要你愿意，你还是可以学好的。”说完她就进厨房做晚饭去了，这时我父亲回来了。我在自己的房里，听见母亲在跟父亲讲老师对我的抱怨，我知道，为了帮我开脱，母亲说我刚进入青春期，状态有些不稳定，这很正常。而我父亲打断她，用一种很陌生的语气，甚至还用了在我们家里严禁使用的方言，脱口而出说：

“关青春期什么事，她跟维多利亚越来越像了。”

我觉得如果他慎重考虑一下，一定不会说出这样的话。假如他知道我在偷听，他一定不会用那种语气，这和他平常轻松幽默的语气差别太大了。他俩都以为我房门紧闭着，因为我总是会关上房门，但他们没察觉到，那天我母亲离开我房间时没关门。就这样，在我十二岁那年，我从父亲故意压低的声音中得知：我越来越像他妹妹了，从我记事起就听他多次谈起那个又丑又坏的女人。

这时可能会有人站出来反驳：你是不是有点小题大做了？你父亲并没有明确地说：乔瓦娜很丑。事情确实是这样，他生性不会说出那么直接粗暴的话。但当时我处于很脆弱的时期，我来月经已经快一年了，胸部发育越来越明显，这让我很难为情。我担心自己身上散发出异味，所以不断清洗身体。晚上我总是很不情愿地睡去，早上垂头丧气地醒来。那段时间我唯一确定的是：父亲喜欢我的一切。这也是唯一能带给我安慰的事。所以，他把我和姑姑相提并论，这比他直接说“乔瓦娜以前很漂亮，但现在变丑了”更糟糕。在我家维多利亚就像一头怪兽，这个名字会玷污和腐蚀所有相关的人。我对她所知甚少，我们见面的次数也寥寥无几，关键在于，我每次见到她总是感到厌烦和恐惧。并不是她这个人让我反感和恐惧，其实我对她没多少印象，让我感到害怕的是我父母谈及她时传递出的情绪。我父亲谈起他妹妹时很隐晦，仿佛她做了见不得人的事，不但玷污了自己的声誉，也玷污了所有相关的人的声誉。而我母亲呢，她对维多利亚只字不提，甚至还会在丈夫滔滔不绝发泄对妹妹的不满时打断他，想让他别说了。好像母亲也特别怕她，好像无论姑姑在哪里，她都能听到我父亲的坏话，无论道路多么漫长险峻，她也会像老鹰一样，飞到圣贾科莫牧羊山，会把医院所有疾病带在身上，一下子飞到我们家里，进入七楼的房子里，她黑色的眼睛发出闪电，会把家里的家具劈个稀巴烂。谁要是敢反抗，她就扇谁耳光。

当然，我的直觉告诉我，这种抵触情绪背后一定有些恩恩怨怨，但那时我对家里的事情不太了解，尤其是我并没把那个可怕的姑姑当作家里的一员。她就是我童年的噩梦，一个干巴巴的身影，像被魔鬼附身了，是夜幕降临时潜伏在阴暗角落里的可怕影子。没有任何征兆，我忽然跟她长得很像，怎么会这样呢？我像她吗？以前我一直以为自己很漂亮，因为父亲一直在夸奖我，我以为我会永远这么美。因为他的赞美，我以为自己拥有一头漂亮无比的头发；因为他对我的宠爱，我以为自己一直很可爱；我习惯了他的赞美，也确信他说的是真的。现在我父母忽然对我很不满，这让我备受煎熬，是不是他们的不满给我带来了负面影响，让一切变得黯淡？

我在等着我母亲说话，但她的反应并没给我带来一丝安慰。虽然她很讨厌父亲的所有亲戚，她憎恶这个小姑子，就像讨厌一只趴在她腿上的蜥蜴。但她并没大声反驳：你疯了吗？我女儿和你妹妹哪里像啦？她只轻轻叹了口气："你说什么，才不是呢。"我愣在那里，赶紧跑去把房门关上，不愿听接下来的话。我默默啜泣，直到父亲过来叫我，我才停止哭泣。这时他像往常一样，用好听的声音说："晚饭好啦。"

我两眼通红地走进了厨房，我盯着餐盘，他们给我提了一大堆有用的建议，教我如何提高学习成绩，我默默忍受着。晚饭后我回到房间假装学习，他们在电视机前坐下了。我感到一种难以遏制的痛苦，丝毫没有减轻的意思。我父亲为什么说出了那句话，我母亲为什么没有竭力反驳他？他们的表现究竟是出于对我分数的不满，还是和学校没关系，只是源于早已潜伏在他们内心的忧虑？尤其是我父亲，他说出那句过分的话，难道就因为我的成绩让他一时不快？还是他犀利的目光已经洞察了一切？他早已看到了我糟糕的未来？也就是说，我已经一步一步开始走向堕落，他觉得很难过，却不知道如何是好？我一整晚都很难过，第二天早晨我确信：如果我要拯救自己，就得亲眼看看那个叫维多利亚的姑姑到底长什么样。

- 3 -

但这是一件很难办到的事。在那不勒斯这座城市，许多大家庭把很多人连接在一起，即使是尖锐的矛盾和争吵也很难彻底断绝彼此的联系。而我父亲恰恰相反，他完全独立地生活在这座城市，就好像没有任何近亲，就像是从石头缝里蹦出来的一样。因此我只和外公外婆还有一个舅舅有来往。母亲那边的亲戚一直对我很好，会送我很多礼物，我们关系一直很密切。但外公外婆去世了，舅舅去了很远的地方工作，一切就变了。外公先走了，后来是外婆，他们的突然离世让我很不安，我母亲哭得很伤心，像一个受伤的小女孩。而我父亲那边的亲戚，我基本上都不认识，他们出现的场合屈指可数，要么是婚礼，要么是葬礼，总是表面上的接触。我不得不向他们打招呼，向爷爷问好，亲亲你的姑姑，这让我很不自在。对于这些亲戚，我一直都没什么兴趣，另一个原因是，在那些聚会结束后，我父母的心情通常很不好。他们会很快把这事儿忘掉，基本不会再提起，就好像只是尽义务，参加了一场很没意义的聚会。

如果说母亲那边的亲戚生活在一个特定的空间里，那地方还拥有一个诱人的名字——博物馆，他们是住在博物馆旁边的外公外婆；我父亲那边的亲戚就住在一个没名字、不确定的空间里。我只确定一点：如果要去拜访他们，就要不断往下走，走到最下面，一直到那不勒斯的最底部，而且旅途特别漫长，以至于我觉得我们生活在两个完全不同的城市。有很长时间，我真以为是这样。我们家住在那不勒斯最高处，不论去哪里都得往下走。我父母只愿意下到沃美罗区，最多下到博物馆那里，也就是外公外婆家。他们的朋友大多住在苏阿雷兹大街、艺术家广场、卢卡·乔尔达诺街、斯卡尔拉蒂街和奇马罗萨街这些地方。这些街道我都很熟悉，因为我也有很多同学住在那里。更何况，这些街道都通向浮罗里迪阿娜公园，那是我最爱去的地方，自我出生起，我母亲就爱把我带到那儿去透气、晒太阳，我和童年的两个好朋友——安吉拉和伊达在那儿度过了很多好时光，玩得很开心。经过这草木葱郁、花团锦簇、人们举止优雅、欢声笑语、能看见大海的地方，我们才真正开始下坡，我父母很讨厌去下城。因为工作或购物，尤其是我父亲要做研究，与人见面，开研讨会，他们每天都得下山，大多时候乘坐缆车，坐到齐亚雅、托雷多，然后又转乘到平民广场、国家图书馆、阿尔巴城门、温达耶里大道，最远会到查理三世广场，那是我母亲教书的地方。其实这些地名我也很熟悉，我经常听父母说起。但他们不经常带我出去，所以那些地方并没有让我得到什么乐趣。沃美罗以外的地方，我就没那么熟悉了，越往平地走，我就越觉得陌生。因此我父亲的亲戚居住的地方，对我而言自然是很荒芜、有待探索的地方。在我眼里，这些地方不仅没有名字，也很难抵达。每次要去那些地方时，我父母一改通常活力四射、兴致勃勃的样子，他们会看起来很疲惫、分外焦灼。虽然那时我还小，但那种紧张感，他们之间的谈话都让我印象很深刻。

“安德烈！”我母亲发出微弱的呼喊，“快穿衣服，我们得走了。”

但我父亲岿然不动，还在继续读书，用铅笔在书上勾勾画画，记笔记。

“安德烈，我们要迟到了，大家会不高兴的。”

“你收拾好啦？”

“我好了。”

“女儿呢？”

“也收拾好了。”

这时我父亲才放下书本，笔记本摊开放在写字台上，他穿上一件干净衬衫，套上外套。但他沉默不语，绷着脸，仿佛在心里默念为那场无法逃避的聚会准备的台词。而我母亲呢，其实她压根儿没准备好，她一个劲儿检查我们一家人的仪表，好像只有穿上得体的衣服，才能保证我们一家三口安然无恙回家。总之，每到这种场合，他们很明显会小心提防那个地方和那些人。为了不让我受到影响，他们从没对我说过什么，但我能感受到一种反常的焦虑。我可以肯定，这种焦虑真实存在，那可能是我快乐童年里唯一痛苦的记忆。我最怕听到他们类似下面的对话，尤其是用一种含糊的、我说不上来哪里奇怪的意大利语说出来：

“千万记住，如果维多利亚说了什么，你就假装没听见。”

“你是说，如果她胡说八道，我就不吭声？”

“是的，你要记得，乔瓦娜在跟前呢。”

“好吧。”

“答应我的事一定要做到呀。也不用太费劲，我们待半小时就回家。”

我几乎一点儿也不记得那些家庭聚会了，只记得闷热的天气、嘈杂声、漫不经心的吻面礼、方言的声音，可能因为害怕，我觉得大家都散发出难闻的气味。在那些年里，那种气氛让我确信，我父亲的亲戚就是一种潜在威胁。虽然我很难明白危险在哪里，但我感觉他们都很不得体，让人讨厌，尤其是维多利亚姑姑，一个最阴险、最没规矩的人。他们住的地方也很危险吗？是只有维多利亚姑姑危险，还是我的爷爷奶奶、伯伯婶婶、兄弟姐妹都很危险呢？看来唯一知情的只有我父母了，现在我迫切想知道我姑姑长什么样，是什么样的人，我得问问他们才能知道。可即便我问他们，我又能听到什么回答呢？他们会不会婉言拒绝我？你想看你姑姑？你想去找她？有这个必要吗？或者他们会不会有所警惕，从此不再提起她？所以我想，我可以先找一张她的照片看看。

- 4 -

一天下午，我趁父母不在，溜进了他们的卧室，在我母亲存放相册的柜子里翻找，那里面整整齐齐地摆放着我们一家人的照片。我平时经常翻看那些照片，我对那些相册记忆深刻：相册记录的主要是他们的故事，还有我十三年的成长历程。我还知道，在那一堆照片中，有我外公外婆的很多照片，我父亲那边亲戚的照片却少之又少，尤其是在那仅有的几张照片中，都看不到维多利亚姑姑。但我记得，在柜子的某个角落里有个旧铁匣子，里面杂乱地放着一些照片，都是我父母认识之前的照片。以前我没怎么留意过那堆照片，只是偶尔和我母亲一起翻看，我希望能在里面找到姑姑的照片。

我在柜子最里面找到了那个匣子，但在看匣子里的照片之前，我决定先仔仔细细看一遍刚才那些相册。我看到了记录父母恋爱时光的照片；俩人婚礼现场的照片，这对新人板着脸，站在宴会中央，参加婚礼的宾客很少；然后是俩人在一起的幸福时光；最后是他们的女儿，也就是我的照片，从出生到现在，拍的照片不计其数。我的目光停留在他们婚礼的照片上，我父亲当时穿着一件深色西装，衣服皱巴巴的，在每张照片中，他都眉头紧锁；我母亲站在他旁边，没穿婚纱，而是穿着一套米色套装，头戴一样颜色的头纱，隐约流露出激动的表情。在座的大约三十几个宾客中，我认出来几个人，他们是父母在沃美罗区结交的、至今依然有来往的人，还有一些是我母亲那边的亲戚，比如住在博物馆附近、和蔼可亲的外公外婆。我看了又看，找了又找，希望在背景中找到一个让我觉得像是维多利亚的女人，我对她几乎没有任何记忆了，但最后我还是没找到。于是我又去翻那个匣子，经过多番尝试，我终于把它打开了。

我把匣子里的东西倒在床上，那全是黑白老照片。那些记录他们各自青春的照片混杂在一起：我母亲神情欢愉，有和同学的合照，有和同龄好友的合照，有的是在海边拍的，有的是在路边拍的，她穿着整洁、举止优雅；而我父亲看起来却深沉又孤单，他从没有度假的照片，总是穿着膝盖鼓包的裤子，还有袖子过短的外套。他们俩童年和少年时期的照片分别装在两个信封里，一个信封里是母亲和她的亲戚，另一个信封里是父亲和他的亲戚。我心想：在我父亲那个信封里，肯定有我姑姑的照片。于是我一张张地翻看，其实总共也就二十来张照片，在大部分照片里，我父亲站在他父母和一些我不认识的亲戚身边，那是他童年、少年时的样子。让我惊讶的是，其中有三四张照片，照片里我父亲身旁是用黑笔涂掉的墨块。我一下子就明白，那些勾勒得很细致的长方形墨块是他一气之下涂的，这里肯定有什么隐情。我都能想象他当时是怎么做的，他用书桌上的直尺把照片上的人像圈起来，然后用马克笔小心翼翼地涂抹，生怕超越划定的边界。这是一件多么耗费耐心的事啊！我很确信：墨块下掩盖的就是维多利亚姑姑。

我一时不知道该怎么办，最后我想到了一个办法，我在厨房里找了把小刀，想轻轻刮掉我父亲涂抹的地方。但我很快就发现，这样只会把相纸下面白纸刮出来。我很不安地停手了，我清楚意识到，我这么做，会违背父亲的意愿，这些举动可能会让他越来越不爱我，我非常害怕。当我在信封底部找到另一张照片时，我觉得更不安了。照片中的父亲既不是孩童也不是少年，而是一个面带微笑的青年，这很罕见。他侧身站着，眼里露出欣悦的神情，咧开嘴微笑着，露出整齐洁白的牙齿，但他的笑容没冲着任何人，在他旁边有两个轮廓清晰的长方形墨块，那是一个温情的时刻，可能后来他生气了，把他妹妹和另一个不知道是谁的照片涂抹掉了。

我盯着那张照片看了很久。我父亲站在路边，穿着短袖格子衬衫，当时应该正值夏季。在他背后是一家商店入口，招牌只看得见“店”字，商店有个橱窗，但看不清里面展示着什么。在涂掉的人旁边有一根白净的柱子，柱子上有几个长长的人影，轮廓清晰，其中一个很显然是女人的身影。虽然我父亲试图遮盖他身旁的人，但人行道上留下了他们的影子。

我又试着慢慢刮去长方形墨迹，我发现刮掉黑色的部分，下面是白相纸，我停下了动作。我等了一两分钟又重新开始。我轻轻刮着，在寂静无声的家里，我甚至能听到自己的呼吸。我刮啊刮，直到在本该是维多利亚姑姑头部的位置，隐约看见一个黑点，我才彻底停下来。我不知道那是马克笔的墨迹，还是姑姑的嘴唇。

- 5 -

我把照片都放好，一想到我和被父亲涂抹掉的妹妹很像，我就不寒而栗。我变得越来越心不在焉了，对上学很抗拒，这让我很忧虑。我也很想变回几个月前乖孩子模样，讨爸妈的喜欢，我甚至想：如果能又考取高分，我就会又变漂亮，性格也会好起来。但我做不到，我在课堂上经常分心，在家整天照镜子，这变成了一种执念。我想知道，姑姑是不是真的会从我身体里冒出来，可我又不知道她长什么样，所以只能在自己每个细小的变化中寻找她的痕迹。就这样，我之前不曾留意的一些细节突然变得格外明显：浓密的眉毛、黯淡的棕色小眼睛、高得出奇的前额、贴在脑袋上的细软头发——我一点儿也不好看，或许不像以前那么好看了——耳朵很大，耳垂很厚，短短的上嘴唇上还长着烦人的汗毛，下嘴唇很厚，牙齿稚嫩得就像乳牙一般，尖尖的下巴和鼻子。啊，鼻子很长，就好像要伸向镜面一样，鼻头也越来越大，鼻梁和鼻翼下的鼻孔像两个阴暗的山洞。这已经是维多利亚姑姑的面部特征了吗？或者仅仅是我自己的样子？我会变得越来越好还是越来越糟？我又长又细的脖子像蜘蛛丝一样，好像随时都会断掉，我瘦骨嶙峋的肩膀，还有不断鼓起来、长着黑色乳头的胸脯，我干巴巴的腿长得不成比例，胯部很高。这就是我的身体，是我自己的样子？还是要成为姑姑——那个可怕的女人之前的模样？

我一边看着自己，一边暗暗观察我父母。我多么幸运啊！不会有比他们更好的父母了。他们都很好看，他们相濡以沫，俩人很年轻就在一起。关于父母的故事，我知道得不太多，都是从他们那儿听来的。我父亲讲过去的事儿，语气总是风趣而克制，我母亲总是满怀深情地回忆过去。他俩喜欢相互照顾，相互扶持，他们很早就结婚了，但比较晚才决定生孩子。我母亲三十岁、我父亲三十二岁时，我才出生。我母亲怀我时，他们有各种忧虑，我母亲说起这事时会很大声，我父亲像自言自语。怀孕过程很痛苦，一九七九年六月三日那天，我母亲经历了极其痛苦的分娩过程，生下了我。之后两年，事实证明，我的降临让父母的生活变得复杂起来。我父亲是城里有名的知识分子，他在那不勒斯最有名的高中教历史和哲学，平时教学孜孜不倦，深受学生爱戴，通常从早到晚都在学校里忙活，但为生活所迫，也开始私下为人补课。而我母亲在查理三世广场一所高中里担任拉丁语和希腊语教师，平时也会为出版社修订爱情小说的稿子。她因为我没日没夜地哭、身上出疹子、肚子疼、任性哭闹而焦虑不安。她产后抑郁了很久，自那以后，她变成了一个可怕的老师和漫不经心的改稿员。这就是我一生下来就给父母带来的麻烦。还好后来我长成了一个安静乖巧的女孩，他们的生活也逐渐恢复到了原来的模样。他们费尽心力地呵护我，徒然想让我躲过这个世界的恶。那个阶段终于结束了，他们找到了一个新的平衡点，但依然把对我的关爱放在第一位，同时也能兼顾自己的事情，父亲重新开始学习，母亲又开始认真对待工作。所以还有什么可说的呢？他们都很爱我，我也很爱他们。我觉得我父亲是个了不起的男人，我母亲是个知书达礼的女人，在这个混乱的世界里，他们是仅有的两个清晰的形象。

我却属于混乱的那一部分。在很多时候，我都会幻想父亲和他妹妹在我体内展开一场恶战，我希望我父亲能赢。当然会是这样，我想，在我出生时，维多利亚姑姑占过上风，毕竟有那么一段时间，我的确是个令人讨厌的小孩。我宽慰自己说，但后来我变得乖巧懂事，这证明可以把她从体内赶走。我尽量平静下来，为了让自己坚强起来，我努力在自己身上寻找父母的痕迹。但那天晚上，在上床睡觉前，我坐在镜子前把自己看了无数遍，我感觉，我很久之前就已经把他们弄丢了。我本该拥有一张兼有父母优点的脸，然而这张脸却越来越像维多利亚了。我本该拥有幸福的生活，但不幸的时光已经开始了，我再也不能像父母之前和现在那样，拥有快乐和幸福了。

- 6 -

后来，我试着通过我的两个好朋友——安吉拉和伊达，她们是两姐妹，也是我最信任的好朋友——了解我是不是真的变丑了，尤其是安吉拉，她和我一般大（伊达比我们小两岁），我想知道，她是不是也遇到了同样的问题。我需要通过别人的目光来审视自己，我觉得她们会说真话。我们的父母是十几年的老朋友，一直以来，他们的立场都很一致，教育我们成长的方式也基本一样。要知道，我们三个女孩都没受过洗礼，都不会祷告；我们很早就通过图画书、动画教学视频了解了我们的身体构造，我们都知道，要为生为女孩而自豪；我们仨都是五岁上学，而不是六岁；我们仨一直都很懂事；我们脑子里都记着一大堆有用的告诫，让我们可以躲过那不勒斯、还有整个世界的陷阱和圈套；我们有什么疑问或好奇，随时可以问父母；我们都读了很多书；尽管我们和同龄人都受到同样老师的引导，但我们对他们的消费观和品位却嗤之以鼻；我们对音乐、电影、电视节目、歌手和演员也比较了解，我们也想成为有名的演员，拥有帅气的男朋友，和他们充满激情地相爱。当然了，我和安吉拉关系更亲密一些，因为伊达年纪小一点，但伊达也经常让我们惊讶，她读的书比我们还多，她还会写诗，写小说。在我记忆里，我们从来没闹过别扭，即使是出现不合，我们也能敞开心扉，化解矛盾，和好如初。因此我把她们当成最可靠的见证人，有几次，我小心翼翼地询问她们对我的看法。但她们没说什么让我不舒服的话，反而夸赞了我一番。在我眼里，她们越来越漂亮了，她们俩身材很匀称，就像精雕细琢过的，一见她们，我就迫切想感受她们的温度，想拥抱亲吻她们，好像要和她们融为一体。一天晚上，我很沮丧，她们和父母一起到圣贾科莫山上来和我们吃晚饭，事情变得复杂起来。我没什么兴致，我觉得自己和周围的氛围格格不入，我又瘦又高、面色苍白，言行举止粗鲁，因此即便他们无心说出来的话，我也会认为是含沙射影。比如，伊达指着我的鞋问：

“这是刚买的新鞋吗？”

“不是，我穿了好久了。”

“哦，我不记得了。”

“有什么不对的地方吗？”

“没有啊。”

“如果你现在突然注意到我的鞋子，那就证明有什么地方不对劲。”

“不是的。”

“是我的腿太瘦了吗？”

我们继续这样交谈了一会儿，她们向我保证，她们说的是实话。我从她们的保证中努力揣摩她们的意图，想知道她们到底是在讲真话，还是通过一种礼貌的方式，掩盖我给她们留下的坏印象。我母亲用有些虚弱的语气说：“乔瓦娜，别再这样，你的腿不瘦。”我感到很羞愧，马上就闭嘴了。这时，安吉拉和伊达的母亲科斯坦扎又补了一句：“你的脚踝真漂亮！”她们的父亲马里安诺一边笑，一边大声说：“真是一对完美的火腿，和土豆一起放进烤箱里烤，一定超美味！”他没有马上停下来，还在继续开我玩笑，取笑我，他觉得自己是那种在葬礼上也能给大家带来欢乐的人。

“今晚这孩子到底怎么啦？”

我摇摇头，表示自己没什么。我想冲他微笑，但我做不到，马里安诺逗乐的方式让我很烦。

“你的头发可真漂亮，像什么呢？高粱须！”

我再次摇摇头，这次我无法隐藏自己的恼怒，我心想，他真把我当成六岁小孩了。

“亲爱的，这是在夸你呢：高粱是一种胖乎乎、有点儿绿、有点儿红、又有点儿黑的植物。”

我忍不住生气地说：

“我不胖、不红也不绿，更不黑！”

他有些不安地看了我一眼，转而露出笑容，问他两个女儿：

“今晚乔瓦娜怎么这么愠怒呀？”

我更生气了，说：

“我不愠怒。”

“愠怒不是一个贬义词，只是说明一种心情。你知道它是什么意思吗？”

我不说话。他又转向俩女儿，故作沮丧地说：

“她不知道。伊达，你来告诉她。”

伊达不情愿地说：

“就是脸拉得很长，他也经常这么说我。”

马里安诺就是这么一个人。他和我父亲在大学时就认识了，他们俩一直都没断联系，所以他一直出现在我的生活中。他身体有点儿笨重，秃顶，长着一双天蓝色的眼睛，从我小时候起，他惨白微肿的脸就让我印象深刻。他经常来我家做客，他出现在我们家里，总是会和我父亲畅谈许久，每句话里都带着刻薄和不满，这让我很烦。他在大学教历史，长期给那不勒斯一家有名的杂志社撰稿。他会和我父亲聊很久，聊的内容我们三个小孩基本听不懂，我们一直觉得，他们承担着难度很大的任务，需要不断学习，保持专注才能完成。但马里安诺不像我父亲那样没日没夜地学习，他还会高声咒骂那些妨碍他们工作的人：那不勒斯、罗马和其他城市的很多敌人。虽然当时安吉拉、伊达和我还没有自己的立场，但我们都倾向于站在自己父母那一边，反对对他们不利的人。但说到底，在他们交谈时，从小我们最感兴趣的只是从马里安诺嘴里蹦出来的粗话，他总用方言抨击当时的名流。这主要是因为当时大人不准我们仨（尤其是我）说脏话，我父母不允许我说那不勒斯方言，哪怕是一个词也不能说。可这个规矩有什么用呢？父母本来就不会对我们做过多限制，就算禁止我们做某些事情，也会很宽容。所以暗地里，我们经常小声模仿马里安诺的话，反复说那些敌人的姓名，同时还夹带一些我们听到的粗话和外号。安吉拉和伊达觉得父亲的话既好玩又有趣，而我却不自觉地认为，这些脏话说明马里安诺很粗野。

在他的玩笑话里，难道不是一直包含着恶意吗？那天晚上，他说的话没有带恶意吗？我当时真的很愠怒？我的脸拉得很长很难看？我像一棵高粱？马里安诺只是在开玩笑，还是用开玩笑的方式说出了残忍的事实？我们坐在桌子前吃饭，大人开始了无聊的对话，聊某个朋友快要搬到罗马去了；我们三个小孩提不起兴趣，都沉默无言，只希望这顿晚餐赶紧结束，好躲到我的房间里去。整个晚上，我都觉得我父亲没有笑，母亲笑得很勉强，马里安诺频繁哈哈大笑，他妻子科斯坦扎虽然笑得不多，但都发自内心。或许，我父母不像安吉拉和伊达的父母那么开心吧，我让他们难过了。他们的朋友对两个女儿很满意，而我父母对我很失望。我很愠怒，愠怒，愠怒，只要一看见我坐在桌边，他们就高兴不起来。我母亲看起来真严肃，而安吉拉和伊达的母亲看起来多漂亮、多高兴啊。那时我父亲正在给她斟酒，礼貌而又不失分寸地和她交谈。科斯坦扎家境富裕，从小就受到了良好的教育，现在是个意大利语和拉丁语老师。她非常优雅，我甚至觉得，我母亲都在偷偷学着她穿衣打扮，我也会不自觉地模仿她。这个女人怎么会选马里安诺这么个男人来当丈夫呢？她衣服上的装饰亮晶晶的，颜色很衬托她的气质，让我挪不开眼。前一夜我还梦见她了，她像猫一样，用舌尖温柔地舔着我的耳朵，这个梦给了我一点安慰，身体的舒适感让我醒来时很安心。

一起吃晚饭时，我就坐在她旁边，我希望她对我的正面影响能把她丈夫的蠢话从我脑子里赶走。可是那些话一直萦绕在我耳边，刺激着我的神经——我的头发让我看起来像一根高粱、愠怒的脸……我想对安吉拉耳语，说些脏话来调整自己的心情，但同时我又很难受。我们刚吃完甜点就抛下闲聊的父母，跑进了我的房间。在房间里，我直截了当问伊达：

“我的脸很难看吗？你们是不是也觉得我变丑了？”

她们面面相觑，异口同声回答说：

“没有啊。”

“你们说实话。”

我察觉到她们有些迟疑，过了一会儿，安吉拉才说：

“有一点点，但不是外表在变丑。”

“从外表上看，你很漂亮，”伊达又强调一遍，“你只是因为忧愁，显得有点儿难看。”

安吉拉一边吻我，一边安慰我说：

“我也经常这样：我一发愁就会变丑，过去就没事儿啦。”

- 7 -

忧虑和变丑之间的关系，出乎预料地让我感到一丝安慰。

人会因为焦虑而变丑。安吉拉和伊达是这么说的，只要焦虑没了，你就会重新变美啦。我很想相信她们的话，努力回到无忧无虑的生活，强行让自己开心，但这不奏效，我脑子里总会突然乱起来，那股执念又涌上心头。我内心对一切都产生了敌意，很难用虚假的善意抑制下去。我很快就明白，那些担忧不是临时的，或许那根本就不是担忧，而是渗透到血液里的坏脾气。

在这一点上，安吉拉和伊达并没有骗我，我们从小受的教育就是不要撒谎，她们一定没对我说谎。她们之所以这么说，可能是因为她们有过类似的经历，很可能是马里安诺之前说过类似的话，让她们平静下来了，因为我们脑子里装着很多从父母那儿听来的观点。可毕竟安吉拉和伊达不是我。她们家没有一个像维多利亚那样的姑姑，她俩的父亲也没有说她们长得越来越像姑姑了。一天早晨在学校里，我猛然感觉，我没法再回到以前我父母喜欢的样子了。残酷的马里安诺可能已经察觉到这一点了，我的朋友也会丢下我，去寻找更适合她们的人，我会变得孤孤单单。

我无比沮丧，在接下来的几天里，痛苦席卷而来，我不断在双腿之间摩擦，用快感消除我的痛苦，这能让我轻松一点。但通过这种方式消除痛苦，实在让我很屈辱，事后我会比之前更沮丧，有时候还会觉得恶心。我之前和安吉拉一起玩耍，留下一些快乐的回忆。我俩面对面躺在我家的沙发上，双腿交叉在一起，电视机开着，我们静静不说话，也不用交流，我们把一个布娃娃放在胯部中间，蹭来蹭去，身体自然纠缠在一起，挤压着放在我们中间的布娃娃，它看起来很活泼，也很幸福。现在不同往日了，我不再觉得那种快感是令人愉快的游戏。事后我会出一身汗，感觉自己越来越丑。我的顽念一天比一天强烈，我不停地审视自己那张脸，在镜子面前度过的时间越来越长。

事情有了让人惊讶的进展：经过仔细观察，我发现了自己脸上的缺陷，我想弥补这些缺陷。我认真观察我脸上的线条，一边想着怎样让自己更好看：只要我有这样的鼻子、眼睛和耳朵，我就完美了。那都是一些细微的瑕疵，也让我忧伤，让我自艾自怜。你真可怜！我心想，你真不幸！有时我突然会对自己产生强烈的激情，以至于有一次我对着镜子亲了亲自己的嘴唇，我难过地想，恐怕再也没人愿意亲吻我了。我开始采取行动，渐渐地，我不再每天对着镜子自怨自怜，而是觉得自己是一块好材料，只是被某个笨拙的工人弄坏了，需要修补一下。无论我是什么样子，我都是我，我得自己来维护我的容貌、身体和思想。

一个星期天早上，我想用母亲的化妆品来美化自己。我母亲把头探进我房间里，笑着说："你看上去就像狂欢节的面具，你得画得更自然一点儿。"我没反驳，也没为自己辩解，只是用尽可能温顺的语气请求她：

"你教我化妆吧？我要像你一样化妆。"

"每个人都有适合自己的妆容。"

"我想画成你那样。"

她听了我的话很高兴，夸了夸我，然后很仔细地给我化了妆。我们一起度过了美好的几小时，我们开玩笑，哈哈大笑。她平时都很安静端庄，但跟我在一起时——只有跟我在一起时——她会马上变回小女孩。

我父亲突然拿着报纸进来了，看到我们在玩闹，他也很高兴。

“你们真漂亮啊。”他说。

“真的吗？”我问。

“当然，没见过这么亮眼的女人。”

说完他就走进自己的书房，关上了门。星期天他一般都会读报纸，然后再学习。这时房间里剩下我和母亲两个人，就好像我父亲露脸只是一个信号，母亲用通常那种带着疲惫的声音问我：

“你看了放在盒子里的照片？为什么啊？”

她的语气既没有指责，也不是忧虑。我默不作声，原来她察觉到我翻了她的东西，她发现了我试着刮去马克笔的墨迹。她是什么时候发现的？虽然我竭尽全力忍住不哭，最后我的眼泪还是流了下来。妈妈，我哽咽着说，我想……我以为……我觉得……但我没能说出个所以然来。我不知所措，眼泪啪啪往下掉。她没法让我平静下来，只是脸上带着微笑，很温和地说：“根本不用哭啊，你只要跟我和你爸爸说一声就行了。你随时都可以看照片，你为什么要哭呢？冷静一点。”我抽噎得更厉害了。最后她拉着我的手，平静地问我：

“你在找什么？你在找维多利亚姑姑的照片吗？”

- 8 -

这时我才明白，我父母已经发现我听到了他们的谈话。他们肯定已经商量了很长时间，没准还向朋友征求过意见。我父亲肯定很后悔难过，极有可能是他让我母亲说服我，让我相信我听到的那句话是别的意思，并非我想的那样。事情肯定是这样，我母亲的声音的确太适合劝说人，挽回说过的话，她从不发火，也不会不耐烦。比如科斯坦扎总是在开她玩笑，说她在备课上花太多时间，还要浪费时间改那些无聊的小说，有时候整页都得重写，她总是不急不躁，很温柔地为自己开脱。她有时会说："科斯坦扎，你有大把的钱，可以随心所欲地生活，而我得辛苦挣钱养家呀。"她说这些话时很柔和，语气里没有一丝怨恨。所以还有谁比我母亲更适合弥补错误呢？我心情平复之后，她像往常一样，用平静温柔的声音说了两遍，我们很爱你。然后她跟我说了一些之前从没说过的话。她说，她和我父亲能有今天，那是因为他们做出了很大的牺牲和努力。她低声说："我不是在抱怨，我父母把能给我的都给了我，你也知道他们多么和善，这套房子就是在他们的资助下买的。但你爸爸的童年、少年和青年时光很不一样，他从小到大都过得很艰苦，他一穷二白，什么也没有，只能赤手空拳攀登一座高山。这场斗争还没有结束，未来还需要继续努力，总是会有暴风雨让你落入深渊，只能从头再来。"最后她终于提到了维多利亚，暴风雨是打比方的话，会让爸爸落入深渊的暴风雨就是她。

"她？"

"是啊。你爸爸的妹妹是个很爱忌妒的女人，不是一般的忌妒，简直到了害人的地步。"

"她做什么了？"

"她不择手段，最关键的一点就是，她从来都不肯接受你爸爸的成功。"

"也就是说……"

"她无法接受你爸爸在生活中取得的成就。他在中学和大学的努力刻苦，他的聪明才智，他创造的生活，他的学位和工作，我们的婚姻，他研究的东西，他受到的尊重，我们结交的朋友，还有你，她都无法接受。”

“连我也无法接受吗？”

“是呀。所有一切人和事，维多利亚都看不顺眼，她最看不惯的就是你爸爸。”

“她是做什么工作的？”

“她是个用人。你觉得她能干什么，她就上了小学五年级，还能干什么呢？做用人也没什么不好，你也认识帮科斯坦扎做家务的那个女人，她很能干。问题是她做用人的事，也怪到她哥哥身上。”

“为什么呀？”

“不为什么。尤其是你爸爸其实还救过她。如果不是你爸爸，她可能比现在还惨。她爱上了一个已婚男人，那男人已经有三个孩子了，还是个不务正业的人。你爸爸作为她的大哥，就插手了这件事。但这也被她记在账上，成了那些她永远无法原谅的事情之一。”

“或许爸爸应该只管好自己。”

“如果一个人处于危难之中，没人可以袖手旁观。”

“也是。”

“但是，就连帮助她也很困难，我们想着帮她，她却对我们怀恨在心。”

“维多利亚姑姑希望爸爸死掉吗？”

“虽然这话很难听，但事实的确如此。”

“他们俩没法和好了？”

“没办法了。如果要兄妹俩和解，在维多利亚看来，你爸爸就应该变得像她结交的那些人一样庸俗。但这不可能啊，所以她让全家人都反对我们。因为她的缘故，你爷爷奶奶去世以后，我们没法和你爸爸那边任何亲戚来往。”

我没大篇大论跟母亲说我的想法，只是小心翼翼挤出几个词，或几个音节来回应她。同时我带着怨恨想：所以说，我长得越来越像那个要害死我爸爸、要毁掉我家庭的女人。我的眼泪又开始情不自禁往下掉，我妈妈察觉到了，想让我不要再哭了。她抱紧我，轻声安慰我说：“没必要难过，现在你明白你爸爸那句话的意思了吗？”我用力摇摇头，双眼低垂着。她慢慢地跟我解释，语气突然变得风趣：“对我们来说，很长一段时间以来，维多利亚姑姑不再只是一个人，而成了一种指代；有时候你爸爸惹人讨厌，我就会开玩笑冲他说：‘安德烈，你小心点，你刚才的表情真像维多利亚。’。”她又温柔地摇晃了一下我，强调说，那只是一句玩笑话罢了。

我依旧面色阴沉，嘀咕说：

“我不信，妈妈，我从来没听见你们这样说过。”

“可能我们没当着你的面讲，但在私底下我们都会这样说。这句话就好比红灯信号，用来告诫对方：小心点儿啊，稍不留神，我们就会失去辛苦争取来的生活。”

“也会失去我吗？”

“不是，你在说什么呢？我们永远都不会失去你。对于我们来说，你是世界上最重要的，我们希望你一生都幸福快乐，所以我和爸爸才对你的学习那么上心。现在你只是遇到了一些小困难，但这都会过去。你以后会在生活中遇到很多美好的东西。”

我抽搭了一下鼻子，她想拿纸巾帮我擤鼻涕，就像我还是小孩一样，可能我也真的还没长大吧，但我挣脱了。我说：

“如果我再也不学习了呢？”

“你就会变得愚昧无知。”

“那又怎样？”

“愚昧就是一种阻碍。你不是已经又开始好好学习了吗？如果不能培养自己的聪明才智，这是一件挺遗憾的事。”

我大声说：

“我不想聪明，妈妈，我只想像你们俩一样好看。”

“你会变得更漂亮。”

“如果我长得越来越像维多利亚姑姑，就不会了。”

“你和她一点儿都不像，不会的。”

“你怎么知道？事实到底是不是这样，谁能向我保证？”

“有我啊，我永远都在。”

“不够。”

“你还想要什么？”

我小声嘀咕：

“我想见见我姑姑。”

她沉寂了片刻，然后说：

“这你得跟你父亲谈谈。”

- 9 -

我觉得她只是说说而已，我很肯定，她一定会先跟我父亲讲这件事。第二天，我父亲就会用充满爱意的声音对我说，好吧，遵照小公主的指示，如果小公主说要去见维多利亚姑姑，我这个当爸爸的再走不开，也得找时间陪着去呀。他会打电话跟他妹妹定好时间，或者叫我母亲打电话，因为那些让他很烦，让他不高兴或痛苦的事儿，他从来不愿自己去做。最后他会开车亲自把我送到姑姑家里去。

但事情并不是这样。时间一个小时又一个小时过去，日子一天天过去，我总是很少看见父亲的身影，他忙忙碌碌，要么在学校上课，要么在给人补课，要么忙着和马里安诺一起写文章。那阵子他总是早出晚归，那些天总是下雨，我担心他感冒发烧，卧病在床，不知道多久才能痊愈。怎么可能呢？我心想，一个这么纤瘦、敏感的人，居然能和邪恶的维多利亚姑姑斗争一辈子？我觉得更不可思议的是：他居然敢和那个结了婚、生了三个孩子的恶棍正面交锋，防止他祸害自己的妹妹。我问安吉拉：

“如果伊达爱上了一个结过婚、有三个孩子的恶棍，你作为姐姐会怎么做呢？”

安吉拉毫不犹豫地回答说：

“我会向爸爸告状。”

但伊达并不喜欢这个回答，她对姐姐说：

“你是个告密者。爸爸说了，告密的人是世上最坏的人。”

安吉拉赌气说：

“我才不是告密者呢，我这么做是为了你好。”

我小心翼翼打断她们，问伊达：

“所以说，如果安吉拉爱上一个结了婚、有三个小孩的恶棍，你不会告诉你爸爸？”

伊达看了很多小说，她想了想，回答说：

“如果那个恶棍很丑很坏，那我就告诉爸爸。”

看吧，我心想，丑陋和邪恶比任何东西都重要。一天下午，我父亲在外面开会，我又小心翼翼向我母亲提了那件事：

“你说过，我们要去见维多利亚姑姑。”

“我说的是，你得和你爸爸谈。”

“我以为你会跟他讲。”

“他这段时间很忙。”

“那我们俩去啊。”

“最好由他出面。而且现在快到期末了，你得好好学习。”

“你们根本就不想带我去，你们早就商量好了！”

我母亲语气变了，就像几年前，她不想让我打搅她，就建议我一个人去玩。

“这样吧。你知道米拉亚大街吗？”

“不知道。”

“那斯塔德拉大街呢？”

“不知道。”

“比安多呢？”

“不知道。”

“波焦雷亚莱呢？”

“不知道。”

“民族广场呢？”

“不知道。”

“阿莱纳恰呢？”

“不知道。”

“那个叫工业区的地方呢？”

“不知道，妈妈，我不知道。”

“好吧，不知道就得学，这可是你的城市。现在我把城市地图给你，你做完作业以后，就先熟悉一下路线吧。如果你着急见她，你也可以自己找时间去她家。”

她最后一句话把我搞糊涂了，也许是伤害到我了。我父母都不会让我一个人去离家两百米的地方买面包。每次我去找安吉拉和伊达玩儿，我父亲，通常是我母亲会开车送我去，把我送到马里安诺和科斯坦扎的家里，之后会接我回家。突然间，他们竟然同意让我独自一人去陌生的地方，那些他们都不愿意去的地方？不，不，他们只是被我搞烦了，对我来说很急迫的事儿，对于他们来说无关紧要，他们并没把这事儿放在心上。或许在那一刻，我身体里的某个东西突然断裂了，或许这就是我童年结束的征兆。我清楚地感觉到，自己就像一个装满颗粒的容器，不知不觉中，有些颗粒从裂开的缝隙中掉了出来。我可以确定，我母亲早就和我父亲商量好了，他们俩现在站在一条战线上，他们立场明确，好让我想明白，我现在简直就是在无理取闹，自己的问题自己想办法解决吧。我从她疲倦又温柔的语气听出了她的心里话：你真是越来越惹人烦了，把我的生活都打乱了。你不好好学习，老师天天念叨，维多利亚姑姑的事儿没完没了了，真是太烦人了？乔瓦娜，我该怎么说你才肯相信：你爸爸说的那句话没有恶意。我受够了，你去研究那张地图去吧，别再烦我了。

真相到底如何，我现在并不知道，我只知道我第一次尝到了失去的感觉。我感到一种令人痛苦的虚无感，就是我确信自己拥有某样东西，但它忽然被剥夺的感觉。我默默站在那里。她又补了一句：“从我房间出去，把门关上。”

我愣愣望着关上的房门，眼巴巴地等着她把地图给我。结果她没有出来，我蹑手蹑脚溜进自己房间去学习了。当然，我没有打开书本，我的脑子突然像打字机一样，砰砰砰敲出我之前从来没有过的想法。我根本就不用等母亲把地图给我，我可以自己去拿。我研究一番后，就可以徒步去找维多利亚姑姑。我会走很久，可能几天，可能数月。这个想法让我心潮澎湃，即使风吹日晒雨淋，即使千难万险，我也要走下去，直到看到自己的未来，见到那个丑陋邪恶的女人。我说到做到。我脑子里还记着我母亲列举的大部分街道名字，我起码能找到一条街道吧。尤其是“比安多街”①，这个地名一直在我脑海里盘旋。那肯定是一个让人难过的地方，我姑姑就住在那里，这个地方让人遭罪，或者让人折磨别人。一条充满痛苦的街道、一段段台阶，长满荆棘的草丛把人的腿扎得生疼，浑身沾满泥巴的流浪狗张着血盆大口，流着口水。我想先在地图上找到那个地方，我来到放电话的走廊。我想找到地图册，它夹在一本厚厚的电话簿里。但在翻找的同时，我在那堆册子上看到了一本电话簿，里面记着我父母常打的电话。我怎么没想到呢？可能维多利亚姑姑的号码也在电话簿里。既然有她的电话，我还用得着等我父母给她打电话吗？我自己就能打给她。我取下电话簿，直奔字母“V”，我没有找到叫维多利亚的人。于是我又想：她和我、和我父亲一个姓，那就是姓特拉达。于是我赶紧寻找字母“T”，果然很快就找到了：特拉达·维多利亚。那是我父亲的字迹，有点褪色，她像陌生人一样出现在其他人中间。

这真是激动人心的时刻，我欣喜若狂，感觉自己面对一条秘密通道的入口，让我可以毫无障碍地见到维多利亚姑姑。我

① 街道的名字是 Pianto，意大利语是哭泣的意思。

想：给她打电话吧，马上打！我会对她说：我是你侄女乔瓦娜，我想见你一面。她可能会亲自来接我，我们会约定好见面的日期和时间，在我家楼下见面，或在万维特利广场见面。我去查看了一下我母亲的房门有没有关着，我来到电话前，拿起了听筒。但当我拨完那些号码，电话正在接通时，我心里觉得一阵害怕。想想看，在照片的事情之后，这是我第一次采取具体行动。我到底在做什么？我得告诉他们，如果不是告诉我母亲，那也应该告诉我父亲，他们中应该有一个人给我许可。慎重、慎重、慎重。但我已经犹豫了太久了，我听到一个很粗暴的声音，那就像一个经常来我家参加聚会、长期抽烟的女人的声音，她大声说："喂。"她说这个"喂"很坚决、粗鲁，是很地道的那不勒斯发音，单是这个"喂"字，就吓得我赶紧挂上了电话。我挂电话很及时，因为这时我听见钥匙在锁眼里转动的声音，我父亲回家了。

- 10 -

我急忙从电话旁走开，这时，我父亲把淌着水的雨伞放在楼梯间，然后在门口的垫子上仔仔细细蹭了蹭鞋子，他进了家门。他跟我打招呼，但显得很不自在，没有往常的愉快，而是在咒骂糟糕的天气。他脱掉雨衣，才关切地问我：

"你在做什么？"

"没做什么。"

"妈妈呢？"

“在工作。”

“写完作业了吗？”

“写完了。”

“你有什么不明白的问题，需要我给你解释一下吗？”

当他像往常一样，停在电话跟前，打开语音留言，我才意识到电话簿打开着，正好在“T”那一页。他看见了，伸出手把电话簿合上了，没再听语音留言。我希望他能说几句开玩笑话，那样的话我会安心一些。然而他只是用指尖抚摸一下我的头，就去找我母亲了，他一反常态，关上了背后的门。

我在外面等着，听见他们在小声交谈，他们的窃窃私语里会突然冒出几个词：你，不，但是。我回到自己的房间，但我让房门敞开着，我希望他们不要吵架。过去了至少十分钟，走廊里终于又响起了父亲的脚步声，但不是朝我房间方向来的。他回了自己的房间，那里也有一部电话，我听到他在小声打电话，听不见他在说什么，中间夹杂着长时间的沉默。我一心希望他在和马里安诺谈论很重要的事，那些他很在意的事情，那些我耳熟能详的话，比如政治、价值、马克思主义、危机、国家。通话结束后，我听见他又来到走廊里，这次他来了我的房间门口。平时，他进来前都会开玩笑客套一下说，我能进来吗？我坐哪儿呢？打扰一下。抱歉。可这次他直接坐到了床上，用十分冰冷的语气，开门见山地说：

“你母亲已经告诉你了，我说的那句话不是真的。我不想让你生气，你和我妹妹一点也不像。”

我马上哭了起来，哽咽着说：“不是因为这个，爸爸，我知道，我相信你，但是……”我的眼泪似乎并没有打动他，他打断我说：

“不用解释，错的是我，不是你，该弥补的是我。我现在就给你姑姑打电话，星期天我带你去找她，好吗？”

我哽咽着说：

“如果你不想去，我们就不去。”

“我确实不想去，但你想去的话，我们就去。我把你送到她家楼下，你想在她那儿待多久就待多久，我会在车上等你。”

我尽量使自己平静下来，抑制住泪水。

“你说的是真的？”

“是真的。”

我们沉默了一会儿，然后他努力朝我微笑，用手指抹干我的眼泪。但他的动作很不自然，他后来很激动，说了一大通话，声音忽高忽低。可是他说：“乔瓦娜，有一点你得记住，你姑姑喜欢伤害我，我想尽一切办法和她讲道理，我帮助她，支持她，我给了她力所能及的资助，可还是无济于事，她觉得我说的每句话都是欺负她，我的每一次帮助都是对她使坏。她高傲，不懂感恩，而且残酷无情。所以我得提醒你，她会想尽办法夺走你对我的爱，她会利用你来伤害我，她也利用过我们的父母、兄弟姐妹、叔伯和堂兄弟姐妹来伤害我。因为她的缘故，我出生的家庭里再也没人喜欢我了。你看着吧，她也会想办法把你从我这里夺走。如果真的出现这样的事，我真是无法容忍。”我几乎从来没有见他这么焦虑过，他在恳求我，他真的在恳求我，他双手合十在胸前晃动，让我不要胡思乱想，我担心的事情是毫无根据的，他求我要像奥德修斯一样，在耳朵里塞上蜡，不要听她的话。

我紧紧抱住了父亲，最近两年，从我想变成大人开始，我从来没有那样紧紧拥抱过他。让我惊讶的是，我在他身上闻到一种似乎不属于他的气味，一种我不习惯的气味，这让我有些不舒服。由此而来的陌生感让我有些痛苦，却又意外夹杂着满足感。我清楚地感觉到，如果到那时为止，我一直希望他能永远保护我，那么现在他变成陌生人的感觉，反而让我很高兴。我心里一阵狂喜，就好像“邪恶的化身”——这是他和我母亲的暗语，他们就是一直这样称呼维多利亚的——给了我意外的生机。

- 11 -

我尽量驱散那种想法，因为我无法容忍随之而来的负罪感。我掰着手指，数距离周末的日子。母亲很为我操心，想尽量帮我提前完成周一要交的作业，这样我和姑姑见面时就不用担心学习的事了。不仅如此，一天下午，她拿着城市地图册进我的房间，她坐在了我身旁，给我展示了圣贾科莫牧羊山在地图上的位置，然后一个街区一个街区，给我展示了去维多利亚姑姑家的路线。她想让我明白她爱我，她和父亲一样，一心想着让我快乐无忧。

可是我并不满足于这小小的地理课，接下来的几天里，我钻研起了城市的地图。我用食指找出圣贾科莫牧羊山路，然后到达金牌广场，沿着苏阿雷兹街和萨尔瓦托·罗莎街往下走，到达博物馆，穿过整条佛利亚街，到达查理三世广场，在那里拐进加里波第路，来到卡萨诺瓦街，到达民族广场，走进波焦雷亚莱街，然后是斯塔德拉街，在比安托公墓那里，沿着米拉里亚街、马切洛街、帕斯科内街和其他街道一路往下走，终于手指到了工业区，地图上用焦土色标出的一块区域。所有我提到和没提到的街道名字，此时都变成了我一心想要默默记住的地方。我要把它们记在脑子里，就像是为了完成学校的作业，但没有丝毫不情愿，我满心激动等待着星期天的来临。如果我父亲不改变主意的话，我会如愿见到维多利亚姑姑。

我无法理清自己混乱的情绪。见到姑姑之前的每一天都过得很慢，但我惊讶地发现，我希望那次会面会意外推迟，尤其是晚上躺在床上时，那种愿望会更强烈。我开始想，我为什么要用那种方式勉强父母，为什么我要惹他们不高兴，为什么我没有在意他们的忧虑。我并没有得到让人满意的答案，我心中的狂热开始减弱，和维多利亚姑姑的会面，让我觉得是一个很过分而且毫无意义的要求。对我来说，提前知道自己将来会长什么样，具有什么样的脾气和性格，这有什么用呢？无论如何，我也没法把那种外貌和脾性从我脸上撕下来，从我的内心排除出去，或许我也不想这样做。我永远都是我，一个忧郁、不幸的我，但这是真正的我。我想见姑姑的愿望，或许是一种小小的挑衅。总之，那绝对是我又一次在考验父母的耐心，就像之前好几次，我们与马里安诺和科斯坦扎去饭店吃饭，我就像一个成熟的大人，脸上带着迷人的微笑，尤其是想在科斯坦扎面前表现一下，我会点一些母亲提醒我不要点的菜，因为那些菜太贵了。我越来越对自己感到不满，但这次我可能太过分了。我想起母亲那些话，说姑姑特别恨他们，我也想起父亲说的表示担忧的话。在暗地里，他们俩对那个女人的厌恶汇聚到一起，使我想起她在电话里让人害怕的声音，她那句带着方言语调的“喂”是那么粗鲁。星期六晚上，我对母亲说，我不想去了，早上老师布置了许多作业，要星期一前完成。但她回答说，已经约好了，你是不知道，如果你不去，你姑姑会很生气，她会觉得这是你父亲的错。因为我犹豫不决，她说，我对维多利亚肯定有很多不切实际的幻象，即使我现在打退堂鼓，第二天我还是会后悔，到时又得从头再来。最后她笑着说：你去看看她长什么样，看看维多利亚是什么样的人，这样你就会尽一切努力，不步她的后尘。

一连下了几天雨，星期天天气很晴朗，蔚蓝的天空上飘着几朵白云。父亲努力表现得很愉快，就像平常一样，但他启动汽车后就陷入了沉默。他很讨厌环城路，他很快就开出了那条路，他说他更喜欢老路。我们逐渐驶入另一个城区，一排排破败的楼房，褪色的墙壁，还有许多工业厂房、工棚和小木屋，也有一片片草地，上面扔满了各种各样的垃圾，地上的深坑里积满了雨水，空气中弥漫着腐烂的气息，父亲的脸色更加阴沉了。但他似乎觉得，不应该忘了我的存在，不应该不理睬我，于是他第一次提到了自己的出身。我是在这个地方出生的，也是在这里长大的。他一边说，一边做了一个幅度很大的手势，好像要透过挡风玻璃，拥抱那些凝灰岩围墙，那些灰色、黄色和粉色的小楼房，那些即使是周末也人烟稀少的大路。我家的那种日子，真是哭都没处哭去。他说着把车开进一片更黯淡破旧的城区，他停下车，厌烦地叹了一口气，指给我看一栋砖色的楼房，上面的墙灰已经大片大片脱落了。“我原来就住在这儿，”他说，“现在维多利亚姑姑还住在这里，那就是大门，去吧！我等着你。”我看着他，心里十分害怕。他觉察到了，他问：

“怎么了？”

“你别走！”

“我不走。”

“如果她让我留下呢？”

“你待烦了，就跟她说，现在我要走了。”

“如果她不让我走呢？”

“那我就来接你。”

“不，你别动，我来找你。”

“好。”

下车后，我进了大门。空气中有一股刺鼻的垃圾味，还混合着星期天各家做饭的肉酱味儿。我没看到电梯，就从破破烂烂的楼梯上去，白色墙面上有许多很宽的裂口，其中一道特别深，好像是为了藏什么东西特意开凿出来的。我的目光尽量躲过墙上的那些淫秽的文字和图案，因为我有更紧急的事。因此，我父亲的孩童和少年时期就是在这栋大楼里度过的？我数着楼层，到四楼我停了下来，这里有三扇门。右面那户是唯一有标识的，木门上贴着一张小纸条，上面用钢笔写着：特拉达。我按了门铃，屏住呼吸等着，没人回应。我在心里默默数数，一直数到了四十，我父亲几年前告诉过我，每次他面对没有把握的情况时，都会那样面对。数到四十时，我再次按了门铃，第二次门铃声似乎格外刺耳。我听见有人用方言大喊了一声：“妈的，按什么按！我马上来！”声音有些沙哑，这时也响起了沉重的脚步声，钥匙在锁眼里转了整整四圈。门开了，出现一个穿着一身天蓝色衣服的女人，她个子很高，乌黑浓密的头发在脖子后面扎了起来，她瘦骨嶙峋，但肩膀很宽，胸部很丰满。她手指间夹着一支点燃的香烟，她咳嗽了一声，用带着方言腔的意大利语问：

“怎么了？你不舒服吗？你要撒尿？”

“不是。”

“那你为什么按两次门铃？”

我小声嘟哝说：

“我是乔瓦娜，姑姑。”

“我知道你是乔瓦娜，但如果你再叫我一声姑姑，就最好转身离开。”

我点点头，心里很害怕。我的目光在那张没有化妆的脸上停留了几秒，然后盯着地板看。在我眼里，维多利亚的美似乎让人难以忍受，所以觉得她很丑，这简直是一种心理需要。

第二章

- 1 -

我越来越擅长向父母撒谎。原则上讲，我说的并不是真正的谎话，但因为我不够强大，无法反抗他们那个一直很周密的世界，就只好假装接受它，与此同时我另辟蹊径，一旦父母的脸色变得阴沉，我马上就会回转过来。我尤其在父亲面前会这么做，虽然在我看来，他说的每一个字都很有权威，让我晕眩，试图欺骗他，这令我既疲惫又痛苦。

正是他，甚于我的母亲，反复教育我不要撒谎。但和维多利亚姑姑见面之后，我觉得撒谎已经无法避免了。我刚走出大门，就决定假装如释重负，我跑向汽车，仿佛自己在逃离危险。我刚关上车门，父亲就启动了引擎。他用阴郁的目光瞥了瞥儿时生活的楼房，猛然启动了车子，他本能地伸出一只手，以免我的额头撞上挡风玻璃。有好一会儿，他在等我说些让他放心的话。一方面，我确实想这么做，因为看到他焦躁的样子，我觉得很痛苦；可我强迫自己保持沉默，我怕自己一不小心说错话，会惹他发怒。过了几分钟，父亲一边留意路，一边用余光看着我，他先开口问我见面怎么样。我说，姑姑问了我学校里的事，还给我倒了一杯水，她还想知道我有没有朋友，我就聊了聊安吉拉和伊达。

“就这些吗？”

“对。”

“她问到我了吗？”

“没有。”

“一次也没有？”

“一次也没有。”

“那你妈妈呢？”

“也没问。”

“整整一个小时，你们就聊了聊你的朋友？”

“还聊了学校。”

“那音乐是怎么回事？”

“什么音乐？”

“就是放得声音很大的音乐。”

“我没听到什么音乐。”

“她客气吗？”

“有点粗鲁。”

“她跟你说难听话了？”

“没有，但说话的方式让人不舒服。”

“我提醒过你的。”

“是的。”

“现在你的好奇心满足了吗？你终于知道，你和她一点也不像了吧？”

“是的。”

“过来，亲爸爸一下。你最漂亮了！原谅我说的那些蠢话好不好？”

我说，我从来没有生过他的气。尽管他在开车，我还是任他凑过来，在我脸颊上亲了一下。但我很快笑着推开了他，抗拒地说：“你的胡子扎到我了。”虽然我一点和他玩闹的心思也没有，但我还是希望我们能开开玩笑，忘记维多利亚。然而他反驳说：“你想想你姑姑的小胡子有多扎人吧。”我脑海中第一时间想到的不是维多利亚嘴唇上深色的汗毛，而是我自己的。

我小声嘀咕说：

“她没有小胡子。”

“她有。”

“没有。”

“好吧，她没有，就怕你现在想再回去看看，她到底有没有胡子！”

我严肃地说：

“我再也不想见到她了。”

- 2 -

我说我再也不想见到她，那也不是一句真正的谎言，因为我的确害怕再和维多利亚见面。但我说出那句话时，我就已经知道自己在哪天、几点钟、在什么地方会再见到她。甚至，我感觉我根本就没和她分开，她的每句话、每个动作，每个表情都还萦绕在我脑海里，好像那一切都没结束，而是正在发生。父亲一直在说话，想让我明白他有多爱我。可我满脑子却都是他妹妹的样子，我只听见她的声音，甚至是现在，我依然能清楚记得她的模样、她的声音。我看到她穿着天蓝色的裙子出现在我面前，听见她用粗粝的方言对我说：“把门关上。”她说完就转过身去，就好像除了跟着她，我别无选择。维多利亚的声音里，或许是她整个身体里，有一种不经过滤的暴躁，这种情绪瞬间击中了我，仿佛用火柴点燃瓦斯时，我手上感受到从火炉的孔隙里迸溅出的火焰。我把门从背后关上，跟在她身后，就像她用皮绳牵着我一样。

我们在一个充满烟臭味的地方向前走了几步，那里没有窗户，唯一的光亮来自一扇敞开的门。她穿过那扇门消失不见了，我跟上去，走进一间小厨房，立刻感到很震惊，因为厨房里格外整齐，却弥漫着烟屁股和垃圾的味道。

“你想喝橙汁吗？”

“我不想麻烦你。”

“你想喝还是不想喝？”

“想，谢谢。”

她让我坐到一把椅子上，然而又改变了主意，说椅子坏了，让我坐另一把。让我惊讶的是，她没有像我期待的那样，从那个颜色有些发黄的白冰箱里取出听装或瓶装的橙汁，而是从一个篮子里拿了两个橙子，她切开橙子，开始往一个玻璃杯里挤橙汁，她没有用榨柑橘器，而是用手和一把叉子。她头也不抬地对我说：

“你没有戴手镯。”

我紧张地问：

“什么手镯？”

“就是你出生时，我送你的那只。”

自从我记事起，我从来没有戴过手镯。我想，对她来说那一定是件很重要的东西，而我没有戴，可能冒犯到了她。于是我说：

“可能我母亲在我小时候给我戴过，戴到一两岁，后来我长大了，镯子戴不上了。”

她转过身看向我，我把手腕伸给她看，向她证明我的手腕太粗了，已经戴不上新生儿的手镯了，可她竟放声大笑起来，她的嘴巴很大，牙齿也很大，笑的时候露出了牙龈。她说：

“你很机灵。”

“我只是实话实说而已。”

“你怕我吗？”

“有点儿。”

“害怕很正常。即使不需要害怕时，也应该害怕，它能让你保持清醒。”

她把杯子放在我面前，杯壁上还滴着果汁，橙色的表面漂浮着果粒和白色的种子。我看了看她精心梳理的头发，她梳的那种发式，我只在电视上、老电影里和我母亲少女时代拍的照片里看到过，她的一个朋友当时梳的就是那种发型。在宽大的额头和深眼窝之间，维多利亚的眉毛乌黑浓密，像两根木炭。你喝呀，她说。我不想惹她不高兴，立刻抓起杯子，但喝这种果汁实在让我很恶心，因为我看见果汁是从她手心里流下来的，而且如果是我母亲，我会让她帮我把果肉和种子捞出去。你喝呀，她又说，喝了对你身体有好处。我喝了一大口，这时她却坐到了眼前的椅子上，几分钟前，她还说它不太稳当。她表扬了我，但还是用之前那种冷淡的语气说：“没错，你很机灵，你马上就找到借口，为你父母开脱，真不错。”但接着她告诉我，我全弄错了，她送给我的手镯不是给婴儿戴的，而是大人戴的，她很珍视那只手镯。她强调说，因为我不像你父亲，他很贪财，迷恋物质；我看重的不是东西，而是人，你出生的时候，我就想，我要把镯子送给这个孩子，等她长大就可以戴了。我还给你父母写了便条说了这件事——等她长大了，把镯子送给她——我把手镯和纸条投进了你家信箱里。你想啊，我要是上楼去了，你父亲和母亲俩冷血动物，肯定会把我轰走的。

我说：

“可能镯子给小偷偷走了，你不该放在信箱里的。”

她摇摇头，乌黑的眼睛里闪烁着光芒：

“什么小偷？你说什么呢？如果你什么都不知道，就喝橙汁吧。你母亲会给你挤橙汁喝吗？”

我点点头，但她没有在意我。她在谈论鲜榨橙汁的美味，我发现她表情变化特别快，鼻子和嘴巴之间的褶皱瞬间消失不见了，那些褶皱让她看起来很愠怒（就是这个词：愠怒），高颧骨下的那张脸，一秒钟之前，我还觉得很长，仿佛是一张紧绷在鬓角和颌骨间的灰色帷幕，此刻却恢复了血色，她变得温和了。“我母亲还在世的时候，”她说，“每次到了我的命名日，她都会端一杯热巧克力到我床前，她把巧克力做成了奶油状，鼓得高高的，就好像往里面吹过气。你呢，你父母会在命名日给你做热巧克力吗？”我本来想说是的，尽管在我家没人庆祝命名日，也没有人把热巧克力端到我床前。但我害怕被她识破，于是我摇了摇头。她不满地摇摇头说：

“你父母不尊重传统，他们那么自以为是，才不会降低身份去做热巧克力呢！”

“我父亲会做拿铁。”

“你父亲就是个混蛋，算了吧，他还会做拿铁？你奶奶倒是会做拿铁。她会在里面放两勺打好的鸡蛋。他和你讲过我们小时候是怎么喝咖啡牛奶、往里面加蛋黄酱的吗？”

“没有。”

“你知道吗？你父亲是这样的人：好事净让他占了，他见不得别人一点好。如果你告诉他那是不对的，他就会把你抹去。”

她不满地摇摇头，说话的语气很疏远，但不冷淡。“他抹去了我的恩佐，”她说，“对我来说，他是最重要的人。你父亲会抹去一切比他优秀的人，他从小时候起就一直是这样。他自以为很聪明，可事实上他从来都不聪明，我才是聪明的那个，他只是狡猾。他天生就懂得怎么让你离不开他。小时候，如果他不在我身边，我会觉得连太阳都消失了。我想，如果我不按照他想的去做，他就会离开我，只留下我一个人，我就会死掉。就这样，他一直在指使我，给我规定什么好，什么不好。告诉你吧，我天生就热爱音乐，我想当舞蹈演员。我知道，这就是我的命运，只有他能说服我们的父母答应我，但你父亲认为当舞蹈演员不好，他不让我跳舞。对他来说，你只有一直把书捧在手上，你才配得起活在这世上，如果你不学习，你就什么也不是。他对我说，什么舞蹈演员，维多，你连舞蹈演员是什么都不知道，你还是好好学习吧，别再提跳舞的事儿了。那时，他做家教已经挣了些钱，他本可以帮我报一所舞蹈学校，而不是净给自己买书，他也只会买书。他没有帮我，他喜欢抹杀所有事、所有人的意义，除了他、他自己的事。他抹杀了我的恩佐。”姑姑最后突然说，一开始你父亲让恩佐相信他们是朋友，可后来却把他的灵魂抽出来，毁掉，撕成了碎片。

姑姑对我说了这一类的话，但说得更通俗，带着一种让我眩晕的亲密感。从她的脸上就可以看出来，在很短的时间内，她摆脱了困境，又陷入了困境：遗憾、憎恶、愤怒和忧伤，各种情感在她心里泛起。她痛斥我父亲，用的都是我从没听过的污言秽语。但一提到那个恩佐，她就激动得不再说话，低下头，躲开我，很夸张地用一只手遮住双眼，匆忙地走出厨房。

我没有感动，只是觉得很紧张。趁她不在，我把一直含在嘴里的橙子籽儿吐到了杯子里。一分钟过去了，两分钟过去了，我很羞愧，因为她辱骂我父亲时，我没有反驳。我想我应该告诉她，用那种方式谈论一个受人景仰的人是不对的。这时，音乐声悄然流淌起来，几秒钟之后，音量突然加大，爆发出震耳欲聋的声音。她大声喊我："过来，贾妮！你在做什么，睡着了吗？"我立刻从椅子上跳了下去，走出厨房，走进昏暗的玄关。

没走几步，我来到一个小房间，里面有一张很旧的单人沙发，地板角落里放着一把手风琴，一张桌子上摆放着电视机，还有一张小凳子，上面放着一台电唱机。维多利亚站在窗前，望着窗外。在那儿，她自然可以看见我父亲的汽车，我父亲正坐在里面等我。她谈到那首音乐，但没有转过身：他应该听一听这首曲子，这样他就会想起来了。我发现，她正在有节律地晃动着身体，双脚、胯部和肩膀都有轻微的动作，我迷惑不解地盯着她的后背。

"我第一次见到恩佐是在一个舞会上，我们跳了这支舞。"我听见她说。

"那是多久之前？"

"到五月二十三号，就十七年了。"

"已经过去很久了。"

"一分钟也没过去。"

"你喜欢他吗？"

她转过身来。

"你父亲什么也没告诉你吗？"

我犹豫不决，她看起来很严厉，我第一次觉得她比我父母还要老，尽管我知道，她要比他们小几岁。我回答说：

"我只知道他结婚了，有三个孩子。"

"没有别的了？你父亲没告诉你，他是个坏人？"

我犹豫不决。

“有点儿坏。”

“然后呢？”

“罪犯。”

她脱口而出：

“你父亲才是坏人，他才是罪犯！恩佐是宪兵队的上士，他甚至对罪犯都很仁慈，他每个星期天都会去做弥撒。你想想，我一开始不信上帝，因为你父亲让我相信，上帝并不存在。但遇见恩佐后，我的想法就变了。他是这世上最善良、最正义，最有同情心的人。他的声音是那么优美，他唱歌是那么动听，他还教我拉手风琴。遇到他之前，男人都让我觉得恶心，遇到他之后，无论谁靠近我，我都会因为厌恶而把他赶走。你父母对你说的没一句是真话。”

我看着地面，感觉浑身不自在，没有回答她。她追问我：

“你不相信吗？”

“我不知道。”

“你不知道，是因为你宁愿相信谎言，也不愿意相信真相。贾妮，你的成长环境很糟糕。你看看你多可笑，全身上下都是粉色：粉鞋子、粉上衣、粉发卡。我敢打赌，你肯定不会跳舞。”

“我和朋友每次见面时，都会练习舞蹈。”

“你朋友叫什么名字。”

“安吉拉和伊达。”

“她们也像你这样？”

“是的。”

她露出一个鄙夷的笑，她俯下身，让唱片从头开始播放。

“你会跳这个舞吗？”

“这是很早之前的舞。”

她突然抓住我的腰，紧紧搂住我，她硕大的乳房散发出阳光下松针的味道。

“你踩到我脚上来。”

“会弄疼你的。”

“踩上来。”

我踩到她的脚上，她带着我在房间里旋转，动作很精确、优雅，一直到音乐结束。她停下来，但没有松开我，而是继续搂着我。她说：

“你告诉你父亲，我带你跳了我和恩佐第一次见面时跳的那支舞。你就这样一字不差地告诉他。”

“好。”

“好了，够了。”

她用力推开我，失去了她的温度之后，我强忍着没发出尖叫，仿佛身体的某个部位一阵剧痛，我羞愧自己表现得那么软弱。她和恩佐跳完舞后，就再也不喜欢任何其他男人了，我觉得那是一件很美好的事。我想，她应该记下了那段无与伦比的爱情里的每个细节，或许和我跳这支舞时，她脑海里也在不断重温当年的每一个瞬间。和她跳完舞，我觉得很兴奋，连我也想这样爱一个人了，一见钟情，全心全意去爱。她对恩佐的记忆如此强烈，甚至连她骨瘦如柴的身体、她的乳房，她的呼吸都能传递激情，我的胃里感到一阵温热。我低声说了一句冒失的话：

“恩佐长什么样，你有他的照片吗？”

她露出欣喜的眼神：

“很好，我很高兴你想见他。我们就约在五月二十三号见面，到时我们一起去看他：他在墓地里。”

-3-

在接下来的几天里，我母亲小心翼翼，试图完成我父亲交给她的任务：想搞清楚我与维多利亚姑姑的会面，是否治愈了他们无意中对我的伤害，这让我一直都很警惕。我不想让他们中任何一个知道：我其实不讨厌维多利亚。我仍然相信我父母说的话，但我同时也有点相信姑姑的说法，但我尽量掩盖这一点。我很小心，避免提到维多利亚给我的感觉：那张脸让我很吃惊，那是一张肆无忌惮、表情丰富的脸，可以说很丑陋，同时也异常美丽，以至于现在我在这两个形容词之间犹疑不决，不知所措。尤其是，我很不希望我情不自禁流露的东西，比如眼中闪过的光，脸上浮现的红晕，会暴露我五月的约定。但我没有说谎的经验，我是一个家教很好的女孩。我摸索着，回答妈妈的问题我有时过于谨慎，有时又过于粗心，最后说出一些欠考虑的话。

那个星期天晚上，我就犯了这个错误，她问我：

“你觉得你姑姑怎么样？”

“她看起来很老。”

“她比我还年轻五岁。”

“你看起来就像她女儿。”

“别拿我取笑。”

“我是说真的，妈妈。你们是两个世界的人。”

“这是当然，尽管我努力想要和她搞好关系，但我和她从来没成为朋友，和她打交道太难了。”

“我也注意到了。”

“她有没有跟你说一些很糟糕的事？”

“她不太好相处。”

“然后呢？”

“她有点生气，因为我没戴我出生时她送的手镯。”

话一出口我就后悔了，但话已经说出去了，我满脸通红。我想搞清楚，提到那只手镯有没有引起妈妈的不适，但她的反应很自然。她问：

“是一只给婴儿戴的小手镯？”

“是一只大人戴的手镯。”

“她送给你的？”

“对。”

“据我所知，维多利亚从来没给过我们任何东西，连一朵花也没送过。但如果你想知道，我会去问问你爸爸。”

我很激动，现在母亲会告诉父亲这件事，父亲就会说，她们俩聊的不止是学校，不仅仅是伊达和安吉拉，她们也聊了其他事，乔瓦娜瞒着我们。我真愚蠢。我说，我不在乎那只手镯，然后用厌恶的语气补充说，维多利亚姑姑不化妆，不剃毛，眉毛特别粗，我看到她时，她没戴耳环，也没戴项链，就算她曾经给了我一只手镯，那肯定也很难看。我知道，从那时起，无论我说什么贬低的话，已经没用了，我母亲会和父亲说这件事，她告诉我的不是父亲真正的想法，而是他们商量之后的答复。

我睡不安稳，在学校里经常因为走神受到训斥。当我确信我父母忘记了手镯的事，他们却再次谈起来了。

“你父亲也一点儿不知道。”

“什么事？”

“维多利亚说她送给过你一只手镯。”

“我觉得她说的不是真的。”

“确实如此。不管怎样，如果你想戴手镯，就去看看我的首饰吧。”

尽管我很熟悉我母亲的首饰，但我真的去翻看了她的首饰盒。我三四岁就开始玩那些首饰，那都不是什么值钱的东西，尤其是她仅有的两只手镯：一只是镀金的，上面有天使造型的坠子，另一只是银的，上面有蓝色叶子和珍珠。我小时候特别喜欢那只镀金的手镯，根本看不上那只银手镯。但最近，我却很喜欢那只有蓝色叶子的银手镯，有一次甚至连科斯坦扎都称赞它做工很好。就这样，为了表明我对维多利亚姑姑的礼物不感兴趣，我开始在家里，在学校或者和安吉拉、伊达见面时戴着那只银手镯。

“真漂亮啊！”有一次伊达说。

“这是我妈妈的，但她说我可以随便戴。”

“我妈妈都不让我们戴她的首饰。”安吉拉说。

“那这个呢？”我指着她脖子上戴着一条金项链。

“这是奶奶送我的。”

“而我的项链，”伊达说，“是我父亲的一个表妹送给我的。”

她们经常会提到一些慷慨的亲戚，有些和她们感情很深。我只有之前住在博物馆附近的外公外婆，但他们已经死了，我几乎记不清他们了，我经常很羡慕他们的亲戚关系。但现在我和维多利亚姑姑建立了联系，我就说：

“我姑姑给了我一只手镯，比这个漂亮得多。”

“那你为什么从来不戴？”

“它太珍贵了，我妈不让我戴。”

“让我们看看嘛。”

“好啊，我妈不在时就让你们看看。你们家会做热巧克力吗？”

“我爸爸让我尝过酒。”安吉拉说。

“我也是。”伊达说。

我自豪地说：

“我小时候，我奶奶给我做热巧克力，她去世前还在给我做。那不是普通的热巧克力，我奶奶做的是有很多泡沫、很细腻的热巧克力。”

我从来没骗过安吉拉和伊达，那是第一次我在她们面前说谎。我发现，对父母撒谎让我很紧张，但对她们撒谎让我很得意。她们总是有比我更有意思的玩具，更鲜艳的衣服，更令人惊叹的家庭故事。她们的母亲科斯坦扎是托雷多区一个金匠家族的后裔，她的首饰匣里装满了值钱的珠宝，有金项链和珍珠项链、耳环，还有许多手镯、手链，但有两只手镯她不让人碰，有一只手镯她经常戴着，她很在意，而剩下的首饰——她们都可以玩儿，我也可以玩的。安吉拉很快就对热巧克力失去了兴趣，她想知道维多利亚姑姑送的珍贵首饰的细节，希望我仔细讲给她听。我说：它是纯金的，镶着红宝石和绿宝石，闪闪发光，就像电影和电视上的珠宝一样。在我谈论手镯时，我不由自主地越说越多，甚至编造了一个故事。我说，有一次我光着身子照镜子，身上除了妈妈的耳环、项链和那只漂亮的手镯，什么也没穿。安吉拉目瞪口呆地看着我，伊达问我是不是穿着内裤。

我说没有，这个谎言让我舒了一口气。我想，如果我真这么做了，那一定会享受到绝对的幸福。

就这样，有一天下午，我试着把谎言变成现实。我脱下衣服，戴上我母亲的一些首饰照镜子。但这是一个让人痛苦的体验，我看到自己就像一株蔫巴巴的绿色植物，像晒了太多日光，看起来真让人伤心。尽管我仔细化了妆，但我的脸看起来平淡无奇，口红就像是灰色平底锅上一团红斑，很难看。我已经见过维多利亚了，我试着弄清楚我们之间是否真的有相似的地方，但无论我怎么费力都没用。她是个老女人——至少从我十三岁时的目光来看，她很老，而我是个小女孩，我们年龄差别太大，身材完全不一样，脸也没有什么可比性。还有她身上那股劲儿，那种点亮她眼睛的热度，我身上哪里有啊？如果我真得越来越像维多利亚了，但我脸上缺乏最重要的东西，就是她的力量。当这些想法在我脑海盘旋时，我把她的眉毛和额头与我的做比较，我意识到，我希望她真送给了我一只手镯，我觉得，如果我现在戴上它，我会更有力量。

这个想法立刻给了我一种温暖的感觉，就像我沮丧的身体突然找到了良药。我想起了维多利亚姑姑在我们分开前对我说过的话。她很生气，她说，你父亲剥夺了你的大家庭，我们所有人，爷爷奶奶、伯伯叔叔、堂兄弟姐妹，我们不像他那么聪明，也不像他那样受过教育。他和我们一刀两断，把你孤立起来，他害怕我们会毁了你。她发泄了很大的怨气，但这些话在我脑海响起时，让我松了一口气，让我相信自己有一个强大的后盾，他们想要主动和我建立联系。姑姑没有说，你长得像我，或者你有点像我。姑姑说，你不仅属于你爸爸妈妈，你也属于我，属于你爸爸的所有亲戚，你如果站在我们这边，永远不会是一个人，永远都充满力量。是不是因为她这些话，才让我犹豫了一下，进而向她保证：五月二十三日我不会去上学，我会陪着她去墓地？现在一想到那天早上九点，她会开着她深绿色的破菲亚特 500 在金牌广场上等我——就像她跟我告别时说的一样——我既想哭又想笑，对着镜子做着可怕的表情。

- 4 -

每天早上，我们一家三口都要去学校，我父母去教书，我去上学。母亲通常会第一个起床，因为她要做早餐，还要花时间打扮。而父亲只有早餐做好了才会起床，他一睁开眼就会看书，还会记笔记，去卫生间也会带着书。我是最后一个起床，发生那件事情之后，我渴望像母亲一样打扮自己，我经常洗头，化妆，精心搭配要穿的衣服。结果他们俩会不断催促我：“乔瓦娜，你还没好吗？乔瓦娜，你要迟到了，搞得我们俩也要迟到了！”与此同时，他们也在互相催促。父亲说：“奈拉，你快点儿！我要用卫生间。”而母亲则不慌不忙地回答说：“半个小时前卫生间就空着，你还没去吗？”这不是我喜欢的早晨，我喜欢的日子是这样的：父亲要去学校赶早课，第一个出门；母亲要上第二节或第三节课，如果她一整天都没课，那就更好了。母亲准备早餐时，会时不时朝我喊一句“乔瓦娜，快点儿！”她会不慌不忙地做家务，修订那些交给她修改、但经常需要重写的小说。在这种情况下，对于我来说，一切都会很简单，母亲最后一个洗漱，我可以在洗手间多待一会儿。父亲总是迟到，虽然他和往常一样，一边开玩笑逗我开心，一边匆忙赶路。他会把我送到学校楼下，不像母亲那样看着我，等我进学校，他会直接扬长而去，好像我已经长大，可以独自应对这个城市。

我推算了一下，我如释重负地发现，五月二十三号早上会是第二种情况：轮到父亲送我上学。我头一天晚上会准备好第二天要穿的衣服（粉色被我排除在外），其实我母亲总是让我提前准备好衣服，但我从来都没听从过她的建议。那天早上，我醒得很早，心里特别激动。我跑去卫生间，一丝不苟地化好妆，犹豫了片刻之后，戴上了那条镶着天蓝色叶子和珍珠的银手镯。我来到厨房，母亲刚刚起床。怎么起得这么早啊？她问我。我不想迟到，我说，还有语文作业要写。她看到我紧张的样子，连忙去催父亲起床。

吃早餐时一切都很顺利，他们俩开着玩笑，对我评头论足，仿佛我不在场。他们说，我不睡懒觉，还迫不及待想去上学，那肯定是恋爱了。我露出微笑，没有承认也没否认。早饭后父亲消失在洗手间里，这次轮到我喊他快点儿出来。我不得不说，他并没磨蹭，只是那天他找不到干净袜子，又忘了带要用的书，匆忙跑回书房去拿了。总之，我记得当时是七点二十分，父亲拎着装满书的包站在走廊尽头，我按照习惯亲吻母亲，和她告别，这时门铃遽然响起。

那个时间点有人按门铃，确实让人意外。母亲着急去卫生间，她脸上露出不耐烦的表情，就对我说："去开门，看看是谁。"我打开门，维多利亚一下子出现在我眼前。

她说："嗨！还好你已经准备好了，快走吧，我们要晚了。"

我的心突突地撞击着胸腔。母亲看到小姑子站在门口，她大喊一声——没错，她就是大喊了一声："安德烈，快来！你妹妹来了！”我父亲看到维多利亚，也非常惊讶，随后他大声说：“你来干什么？”我担心接下来一分钟要发生的事情，我觉得很虚弱，浑身都在冒汗。我不知道该对姑姑说什么，也不知道该怎么向父母解释，我喘不上气来，觉得自己要死了。但很快，一切都以一种出人意料而又明朗的方式化解了。

维多利亚用方言回答说：

“我是来接贾妮的，今天是我和恩佐相识十七周年纪念日。”

她没再说其他话，就好像我父母能一下恍然大悟，明白她出现在这里的原因，应该毫无怨言地让我跟她走。然而，母亲用意大利语反对说：

“乔瓦娜得去上学。”

我父亲既没有问我母亲，也没有问他妹妹，而是用冰冷的语气问我：

“你知道这件事吗？”

我低着头盯着地板，他继续追问，语气没有任何变化：

“你们是约好的？你想和你姑姑一起去？”

母亲慢吞吞地说：

“这还用问吗，安德烈？她当然想去，她们当然是约好的，不然你妹妹怎么会出现在这里。”

这时，父亲很简短地对我说：“如果是这样，你就去吧。”然后用指尖示意姑姑把门口让开。维多利亚让开了，她穿着一件轻薄的黄色连衣裙，在那片黄色的上方，她的脸就像一张面具，不动声色。我父亲很刻意地看看手表，他没乘电梯，而是径直走楼梯下去了，他没有和任何人打招呼，连我也没有。

“你什么时候送她回来？”我母亲问她小姑子。

“她厌烦的时候。”

她们协商送我回来的时间，语气很冷淡，最后定在了下午一点半。维多利亚向我伸出一只手，我把手伸过去，就像自己还是个小孩，她的手很凉。她紧紧攥着我的手，或许她是担心我会挣脱她，跑回家去。她用另一只空着的手按了电梯，母亲停在门槛那里看着我们，迟疑是不是要关上门。

无论怎么说，事情就是这样。

- 5 -

我和维多利亚姑姑的第二次见面，对我产生的影响比第一次更大。比如说，我发现我身体里好像有一个巨大的空洞，可以在瞬间吞噬任何情感，包括谎言揭穿时的内疚、背叛他人的羞耻，还有所有到那时候为止我给父母造成的伤害带来的痛苦。我站在电梯里，透过玻璃门看到母亲关上了家门。我下楼来到门厅，钻进维多利亚的汽车，坐在她身旁，她马上就点燃一支香烟，她的手明显在颤抖。这时的经历，后来我又无数次经历过，有时让我如释重负，有时又让我沮丧。因为对即将发生的事充满了好奇，这让我暂时放下了对熟悉的地方，对安稳情感的依恋。眼前这个危险又迷人的女人吸引着我，我开始关注她的一举一动。她的车子脏兮兮的，车里有一股很浓的烟味，她开车不像我父亲那样平稳果断，也不像我母亲那样从容，她有时心不在焉，有时过于焦急，车速忽快忽慢，发出吓人的刺耳声音，她还会急刹车，在发动车子时出错，发动机一直在熄火，旁边司机不耐烦了，都对她恶语相向，她手里夹着烟，或嘴里含着烟，用一些污言秽语还击，我以前从没见过女人说这些话。总之，我已经把父母抛到了脑后，连我和他们的敌人联手这么严重的错也忘得一干二净。车子才开了几分钟，我已经没有负罪感了，我也不再担心下午我们一家三口都回到圣贾科莫牧羊山路的家里时，我该如何面对他们。当然，我心里依然有一丝焦虑。无论如何，我确信父母肯定会永远爱我。那辆绿色小汽车危险地行驶在路上，我和姑姑穿过越来越陌生的城区，她凌乱的话语，使我不得不集中注意力，不得不保持紧张，这对我来说，反倒就像一针镇静剂。

我们沿着多葛内拉路往上开，姑姑和一个乱收费的停车场管理员激烈争吵了一番后，把车停了下来。姑姑买了红玫瑰和白雏菊，她砍了价，花都已经包好了，她又改变主意，让卖花的女人解开包装，把花分成了两束。她对我说：这束我送给他，这束你送，他会高兴的。她当然指的是恩佐，从我们上车时起，尽管她无数次被打断，但她一直用温柔的语气跟我说着她的恩佐，这和她应对这个城市时的粗暴态度形成极大反差。我们走近了墓地，走在有新有旧的墓穴和墓碑中间，她还一直在说。我们沿着小径和台阶往下走，仿佛我们正身处死者的“上城”，为了找到恩佐的坟墓，我们必须一直往下走。让我惊讶的是那里的寂静，还有锈迹斑斑的墓穴、腐烂的土地散发的气味，大理石坟墓上有一些幽暗的十字缝隙，像是留给死人透气的。

在这之前，我从来没有去过墓地。我父母从来不会带我去墓地，我也不知道他们是否去过，但我知道，亡灵节那天他们也不会去。维多利亚马上就发现我是第一次去墓地，就借机来指责我父亲。“他害怕，”她说，“他一直都是这样，他害怕疾病和死亡。贾妮，所有那些傲慢的人，那些自以为了不起的人，都会假装死亡不存在。你奶奶去世时，你父亲都没有来葬礼上看一眼。你爷爷去世时也一样，他只待了两分钟就逃走了，因为他是个胆小鬼，他不想看到爷爷奶奶死去的样子，就是为了避免想到自己也会死。”

我试着反驳她，但我很小心，我说我父亲很勇敢。为了维护他，我举例说，有一次他告诉我，死去的人就像损坏的物品，就像电视机、收音机和搅拌器，最美好的事情就是怀念它们好的时候，因为记忆是唯一能让人接受的坟墓。但我的回答让她很不高兴，她一直都没把我当成孩子，说话时她不会斟酌字句，她直接训斥了我，她说我鹦鹉学舌，重复着我父亲说的混账话，说我母亲也对我父亲言听计从。她小时候也听信我父亲那一套，但自从认识了恩佐，她就把我父亲从脑子里抹去了。“抹——去——了。”她一字一句地说。最后她在一面放置骨灰盒的墙壁前停了下来，指给我看下面的一个格子。那个墓穴旁边围起一个小花坛，亮着一盏火焰形状的灯，椭圆的相框里有两张相片。就是这里，她说，我们到了，左边那个人是恩佐，另一个是他母亲。她的态度和我想象的不一样，她没有表现得很庄严或很心痛，而是很愤怒，因为不远处有一些废纸和几支被人丢弃的枯萎花朵。她不满地深吸一口气，把她手上的花递给我，说：“你在这里等着，不要动，在这种鬼地方，如果你不发火，什么事儿也行不通。”她扔下我离开了。

我站在那里，手里拿着两束鲜花，盯着恩佐的照片看，那是一张黑白相片。在我看来他长得不帅，这让我很失望。他长着一张圆脸，笑起来露出洁白的虎牙，他的鼻子很大，双眼炯炯有神，额头很窄，卷曲的黑发遮在上面。他应该不怎么聪明，我心里想。在我家里，大家都认为宽额头是聪慧和高尚的标志，我父母和我都是宽额头，然而窄额头——按我父亲的说法，就是笨蛋的特征。可是我想，眼睛也很重要（这是我母亲的观点）：眼睛越亮，这个人就越聪明，恩佐的眼睛里闪烁着喜悦的光芒。因此我感到迷惑不解，他的目光显然和额头相互矛盾。

这时，寂静的墓地里传来维多利亚姑姑和人吵架的声音，这让我很担心，我害怕别人会打她，把她抓起来。这个墓地到处都一样，到处都是窸窣声、小鸟的叫声和腐烂的花朵，我一个人可走不出去。然而她很快就回来了，和她一起过来的还有一个垂头丧气的老头，他为姑姑打开一把条纹布的折叠椅子，然后去打扫这条小路。她充满敌意地盯着那个老头干活，然后问我：

"你觉得恩佐怎么样？帅不帅？"

"帅。"我撒谎说。

"不是帅，是非常帅。"她纠正我。那老头刚离开，她便把花瓶里原来的花连同发臭的水一起倒在一旁，让我去小喷泉打新鲜的水，说一拐弯就能看见。我害怕迷路，支支吾吾不想去，她挥舞着一只手赶我："快去！快去！"

我只好去了，找到了轻轻流淌的小喷泉。我想象，此刻恩佐的鬼魂正在透过十字缝隙，对维多利亚姑姑说着动情的话，我忍不住不寒而栗。他们那牢固的关系从来没有中断过，这真让我很羡慕。水缓缓流进金属花瓶里，发出嘶嘶的声音。如果恩佐是个丑男人，那又怎样，他的"丑陋"突然令我很感动，甚至这个词已经失去意义，消融在汩汩的水声里。最重要的是他激起爱情的能力，哪怕他丑陋、邪恶或愚蠢。在喷泉边，我感受到了一种伟大的力量，我希望那种爱的能力能降临在我身上，像降临在恩佐和姑姑身上一样，无论我将来会长着一张什么样的脸，只要有那种爱的能力就好了。我拿着两个装满水的花瓶往回走，我渴望姑姑把我当作大人一样对待，用她那种夹杂着方言、肆无忌惮的语言，继续仔仔细细对我讲述他们的爱情，那种绝对的爱情。

但我转进那条小路时，眼前的场景让我感到惊恐。维多利亚坐在刚才那个老头带过来的折叠椅上，她双腿张开，手肘支撑在大腿上，上身弯着，双手掩面，她在说话，她在和恩佐说话，这不是幻觉，因为我听见了她的声音，但听不清说的什么。尽管恩佐已经去世了，她还是和他保持着真正的关系，他们的谈话让我很感动。我尽量放慢脚步，用力踩着步子，好让她听见我回来了。可直到我走到她跟前，她才察觉到我回来了，她立刻拿开手，轻轻擦拭脸上的皮肤，她擦眼泪的动作很巧妙，她让我看到她的悲痛，又没有一丝尴尬，反而像一种掩饰。她的眼睛亮晶晶的，有些发红，眼角有些湿润。在我家，我必须隐藏自己的情绪，不然就会显得没教养。而她，过去了整整十七年——对我来说，这似乎是一段无穷无尽的时光——她依然伤心欲绝，在墓穴前痛哭，对着大理石说话，对着一堆看不到的骸骨、一个早已不在人世的男人倾诉。她只拿了一个花瓶，用虚弱的声音说："你插你那束花，我插我的。"我听从她的嘱咐，把自己的花瓶放在地上，解开花束。她抽搭了一下鼻子，一边拆除包装，一边低声说：

"你有没有告诉你父亲，我跟你讲了恩佐的事？他有跟你谈过恩佐吗？他有没有说实话？他有没有对你说，他跟恩佐是朋友，想知道我们之间的一切，于是恩佐全都告诉了他。后来他让恩佐受尽折磨，他把我的恩佐毁掉了？他有没有告诉你，为了我们父母的房子，那个我现在住的破房子，我们闹得有多凶？"

我摇摇头，我本想告诉她，我对他们吵架的事不感兴趣，我只想听她讲爱情，因为我认识的人，没有一个能像她一样，对我讲这种事。但维多利亚特别想说我父亲的坏话，她希望我听她说，想让我明白她为什么那么生我父亲的气。就这样，她坐在折叠椅上插花，我半蹲在离她不到一米远的地方，也在把花放进花瓶里，她讲起了他们为了房子吵架的事，那套房子是他们的父母留给五个孩子的唯一遗产。

故事太长了，让我觉得很难受。她说："你父亲不想放弃，他一直想得到自己的那份。他说这是我们兄弟姐妹的房子，是爸妈的房子。这是他们付款买的，只有我帮过他们，我拿出自己的钱帮了他们。我说，没错，安德烈，但你们全都安顿下来了，好赖都有一份工作，可我什么都没有，其他兄弟姐妹都同意把这套房子留给我。他却要把房子卖掉，把卖房子的钱五个人分。如果其他三个人不想要他们那一份，很好，但他那一份他想要。我们争论了好几个月：你父亲站一边，我们其他四个兄弟姐妹一边。因为一时找不到解决方案，恩佐也参与进来。你看看他，看看他的脸、他的眼睛和他的笑容。我们当时很相爱，除了你父亲，没人知道我们的关系，他是恩佐的朋友，我的兄长，给我们出主意的人。恩佐站在我这一边，他说，安德烈，你妹妹没能力给你钱，她从哪儿去弄这么多钱？你父亲回答说，你闭嘴，你算老几，你连话都说不清楚，这是我和我妹妹的事，你插什么嘴？恩佐很伤心，他说，那好吧，我们估一下房子的价值，我来付你应得的那一份。你父亲却破口大骂，王八蛋！什么叫你来付？你不过是个小宪兵，你能从哪儿弄到钱！你要是能弄到，只能说明你手脚不干净，是个穿着制服的盗贼！就是这一类的话，你明白吗？你好好听听，你父亲看似文雅，但其实很粗俗，他甚至说，恩佐不仅睡了我，还他妈想把我们父母的房子搞到手。这时恩佐说，如果他继续说下去，就掏出手枪打死他。恩佐说“打死你”时很认真，你父亲吓得脸色苍白，一言不发地离开了。贾妮，可是现在……”说到这里，姑姑吸吸鼻子，擦擦湿润的眼睛，抿了抿嘴，抑制住激动与愤怒说：“你应该认真听听你父亲干的好事儿：他直接去找了恩佐的妻子，当着她三个孩子的面说，玛格丽塔，你丈夫睡了我妹妹。这就是他做的，他应该承担后果，他毁了我的生活，也毁了恩佐、玛格丽塔和那三个可怜孩子的生活。”

这时，阳光正洒在花坛里，花瓶里的鲜花熠熠生辉，比那盏火焰形状的灯还要夺目，日光使色彩变得很明艳，点给逝者的灯似乎毫无用处，就像熄灭了一般。我很难过，为维多利亚悲伤，为恩佐、他妻子玛格丽塔和他们三个年幼的孩子悲伤。我父亲真的会做那种事吗？我无法相信，因为他总是对我说，乔瓦娜，告密是最可耻的行为。可在维多利亚口中，他正是一个告密者，即使他有正当的理由，但我敢肯定他不会那样做，一定不会，这不是他的做法。但我不敢告诉维多利亚姑姑，在他们恋爱十七周年纪念日这天，如果我执意说，她在恩佐墓前撒谎，我觉得这会冒犯她。我一言不发，但我很不开心，因为我又一次没有捍卫我父亲，我有些忐忑地看着她。这时她开始用眼泪浸湿的手帕擦拭照片上面的椭圆形玻璃，好像是为了让自己平静下来。沉默让我感到压抑，于是我开口问她：

“恩佐是怎么死的？”

“得了很严重的病。”

“什么时候？”

“我们之间彻底结束后没几个月。”

“他是因痛苦而死的？”

“没错，他就是痛苦死的。是你父亲害恩佐生病的，他逼我们分手，他害死了我的恩佐。”

我说：

“那你为什么没生病，没有死呢？你不痛苦吗？”

她直勾勾盯着我的眼睛，我立刻垂下目光。

“贾妮，我也很痛苦，直到现在我也很痛苦，但痛苦没让我死去。首先，我活着就可以继续思念恩佐；其次，因为我要帮助他的几个孩子和玛格丽塔。我是个善良的女人，我觉得有义务帮玛格丽塔把那三个孩子抚养成人，为了他们，我在那不勒斯很多有钱人家做过用人，现在也从早忙到晚；最后，我活着是因为仇恨，对你父亲的仇恨，这种恨使你不想活也得活着。”

我紧接着问：

“你抢走了玛格丽塔的丈夫，为什么她不生气，反而还让一个抢了她丈夫的女人来帮她？”

维多利亚点燃一支香烟，用力吸了一口。我父母面对让人为难的问题时，他们会不动声色，岔开话题，有时两个人商量之后，才会给我答复，而维多利亚却表现得很烦躁，她会说脏话，毫不遮掩自己的不耐烦，但她用很直白的方式回答了我，从来没有哪个成年人这样对我。“我的感觉是对的。你很聪明，像我一样，是个聪明的小婊子，但同时你真是太贱了，你表面一本正经，但又喜欢在别人伤口上捅刀子。我抢了别人的丈夫，没错，你说得对，我就是抢了别人的丈夫，我把恩佐抢了过来，我把他从玛格丽塔和几个孩子身边抢走了，我宁愿死，也不想把他还回去，”她感慨地说，“这件事很不光彩，可爱情很强烈，有时候必须得这样做。你别无选择，你会发现，如果没有丑事，好事也就不存在了。你这样做，是因为你不得不这样做。至于玛格丽塔，她其实很生气，她打打闹闹，把恩佐抢了回去。可之后她发现恩佐生病了，在几个星期里就发了病，他得的是心病。玛格丽塔也很难过，就对他说，你走吧，回维多利亚身边去吧。对不起，如果我早知道你会生病的话，我会早点让你走，让你回到她身边。但已经太晚了，我们一起面对了他的病，一直到他去世。玛格丽塔是一个怎样的女人呢？她很善良，是个好女人，我想让你认识她。她知道我多么爱她丈夫，我多么痛苦。她说，好吧，我们爱上了同一个男人，我理解你，有谁能不爱恩佐呢？算了，我和恩佐生的这几个孩子，如果你也想疼爱他们，我没什么可反对的。你懂吗？你懂什么是慷慨吗？你父亲，你母亲，他们的朋友，所有那些大人物，他们有这么伟大、这么慷慨吗？”

我不知道该回答什么，只好小声说：

“我破坏了你们的纪念日，抱歉，我不该让你说这些。”

“你没有破坏什么，相反，你让我很高兴。因为我谈到了恩佐，每次我提起他，不光是回忆难过的事，我也会想起我们那时有多幸福。”

“这才是我最想知道的。”

“幸福？”

“是的。”

她的双眼变得更加炽热。

“你知道男女之事吗？”

“知道。”

“你嘴上说知道，其实你什么也不懂。‘操’你知道吗？”

我有些忐忑。

“我知道。”

“那种事，我和恩佐一共做了十一次。后来他回到了他妻子身边，我再也没有和其他男人做过。恩佐亲吻我，抚摸我，舔舐我身上的每寸肌肤，我也抚摸他，一直吻到他的脚趾，我爱抚他，舔舐、吮吸他。最后他完全进入我的身体，两只手都抓住我的屁股，一只手在左边，一只手在右边，他用力撞击我，我不禁发出尖叫声。你这一生如果没有像我这样操过，像我一样满怀爱意，那么带劲地操过，你就白活了。我不是说一定要有十一次，但至少有一次这种经历也好。你告诉你父亲，维多利亚说了，如果我没像她和恩佐那样操过，就白活了。你就这样告诉他。他觉得他对我做了那些事，可以让我失去爱情，但其实我什么也没有失去，无论是从前还是现在，我什么都有，你父亲才是什么也没有。”

她的话印在我的脑海里，再也没法抹去。它们来得太突然，我没想到她会对我说这些。很显然，她把我当作了成年人，我很庆幸，她从一开始就没用那种对待十三岁小女孩的方式跟我说话。可是听到这些话时，我还是感到很震惊，我甚至想用手捂住耳朵。但我没有这样做，我一动不动，无法躲过她落在我脸上的目光，她想看看我对这些话的反应。从身体上讲，是的，身体上，她对我说话的方式让人不安。在那儿，那座墓地里，在恩佐的肖像前，她也丝毫不担心别人听见。啊，多么震撼人心的故事！啊，我要是能撇开家教的束缚，学会那种说话方式该多好！在那一刻之前，从来没有人对我——对我一个人，描述如此纯粹的肉体愉悦。我真的惊呆了。我感觉到肚子里有一股热流，比维多利亚教我跳舞时感到的更强烈。我和安吉拉说悄悄话时，最近我和安吉拉在她家或我家浴室里拥抱，感觉也没有这么强烈。听维多利亚说那些话，我不仅渴望她享受过的乐趣，我还觉得，如果那种幸福过后，没有她的痛苦和不渝的忠诚，那么她享受到的乐趣也不可能存在。我一言不发，她用有些不安的眼神看着我，小声说：

“我们走吧，已经很晚了。你要记住我说的这些话，你喜欢听这些吗？”

“喜欢。”

“我就知道，我们很像。”

她打起精神，站起身把折叠椅折起来，盯着我手上带天蓝色叶子的银手镯看了一会儿。

“我送过你一只手镯，”她说，“比这漂亮得多。”

- 6 -

和维多利亚见面很快就变成了一种习惯。父母的态度让我很意外，他们没有一起责备我，也没有单独责备我。其实想想看，也许这种态度也符合他们的人生选择，符合他们对我的教育方式。他们尽量避免对我说出这样的话：你和维多利亚姑姑约好了，你该告诉我们；你瞒着我们策划逃学，这太不应该了，你的做法太愚蠢了。他们没有对我说，这个城市里太危险了，你还小，不能这样乱跑，指不定会发生什么事情。尤其是，他们避免对我说，忘了那个女人吧，你知道她恨我们，以后不要再和她见面了。他们的做法恰恰相反，尤其是我母亲。他们想知道，我和维多利亚姑姑出去的那天早上，是不是很有意思。

他们问我对墓地有什么感受。我讲了姑姑开车技术很糟糕，他们脸上露出意味深长的微笑。我父亲很随意地问我们都聊了什么时，我也是随口提到他们为了那套房子争吵的事，也提到了恩佐。父亲听了并没有很激动，他简明扼要地回答，是的，我们吵架了，我不同意她的选择，很明显，恩佐想把我们父母的房子据为己有。他就是穿着制服的流氓恶霸，他还拿着枪来威胁我，为了不让他毁掉我妹妹，我不得不把一切都告诉他妻子。而我母亲这时补充道，你姑姑虽然脾气很坏，但人很单纯，不该生她的气，倒是应该同情她，她就是因为太单纯了，所以才把自己毁掉了。无论如何，她看着我继续说，我和你父亲很信任你，也相信你是一个明白事理、能辨别是非的孩子，不要让我们失望。我之前还告诉她，我也想认识一下其他几个姑姑和叔叔，维多利亚姑姑跟我提到过他们，尤其是我想见其他姑姑和叔叔家的孩子，他们年龄应该和我差不多。母亲把我拉到自己跟前，让我坐在她腿上，她高兴地说，我好奇心太重了，最后她说：如果你还想见维多利亚，就去见吧，但一定要告诉我们。

于是我们开始讨论再见维多利亚的问题，我做出很懂事的样子，马上郑重地说，我要好好学习，上次逃课是我错了，我如果真要和姑姑见面的话，我应该选在星期天。当然，我从来没有提到姑姑怎么对我说她对恩佐的爱。我明白，如果我只提到其中几个字眼，都会让父母很气愤。

就这样，后来那段时光不再那么让人焦虑。学期末的那段时间，我的学习开始好转，我以平均七分的成绩顺利升学。假期开始了，我们按照以前的习惯，七月的后半个月，我们和马里安诺、科斯坦扎、安吉拉、伊达一家在卡拉布里亚海边度过。

八月的前十天，我们在阿布鲁佐大区的维莱塔巴雷亚山区度过，还是和他们一家一起。时间过得很快，新学年开始了。我进了高中预科班，不是我父亲教书的高中，也不是我母亲教书的地方，而是沃美罗的一所高中。我和维多利亚姑姑的关系没有疏远，反而更加稳固了。放暑假前，我就已经开始给她打电话了，我想念她粗声大气地跟我说话，我喜欢她把我当大人看待，就像我和她是同龄人一样。在海边和山里度假时，每次安吉拉和伊达炫耀他们有钱的爷爷奶奶，还有其他富裕的亲戚时，我就会提到姑姑。九月份，我获得父母的允许，我和她见了两次面。到了秋天，我们家里的气氛很融洽，没什么让人焦虑的事儿，我和姑姑见面成了一种习惯。

一开始，我以为因为我的缘故，他们兄妹俩会拉近彼此的关系，我相信我的任务就是让他们和解，但情况并非如此，他们通过一种极为冷淡的方式接触。母亲陪我到姑姑家楼下，她会带上要阅读或修改的东西，她不会上楼，只是在车里等我；或者维多利亚姑姑来圣贾科莫牧羊山路接我，但她不会像第一次那样，出人意料来敲我们家的门，而是我下楼到街上找她。姑姑从来没有说过“问问你母亲要不要上楼来坐坐，一起喝杯咖啡”。我父亲也小心谨慎，从来都不会说“让她上楼来吧，让她来家里坐坐，我们聊聊天，然后你们再走”。他们依然像之前一样相互仇恨，我很快便放弃了要协调他们关系的想法。我反而明确地意识到，那种仇恨给我带来了好处：如果我父亲和他妹妹和好了，我和维多利亚的会面就不再那么特殊，我的身份会降级，我会只是一个普通侄女，而不再是朋友、心腹和同谋。有时候我会想，如果他们俩不再相互怨恨，我也会想办法重新挑起他们的仇恨。

- 7 -

有一天，姑姑事先没有告诉我，就带我去见了她的其他兄弟姐妹。我们去了尼古拉叔叔家，他是一名铁路工人。维多利亚叫他“大哥”，就好像我父亲这个长子不存在。我们还去了安娜姑姑和罗塞塔姑姑家里，她们都是家庭主妇。安娜嫁给了一个在《晨报》工作的校对员，罗塞塔的丈夫是个邮局职员。这就像是一场寻亲活动，维多利亚姑姑带着我四处走动，她用方言形容说，我们去认识一下你的血亲。她开着那辆绿色的菲亚特500，先去了安娜姑姑居住的卡沃内区，然后到了尼古拉叔叔生活的坎皮·弗莱格里伊区，最后去了罗塞塔姑姑居住的波佐利区。

我发现，我几乎不记得这些亲戚，甚至都不知道他们的名字。我努力掩饰这一点，但维多利亚姑姑还是察觉到了，她开始说我父亲的坏话，说他剥夺了这些亲人对我的爱。他们虽然没有怎么上过学，也不能言善辩，可他们心地很善良。她说到心地善良的时候，挥动着一只关节粗大的手，拍打着她丰满的胸脯。就是在那种情况下，她开始建议我“你仔细看看，我们是什么样的人，再仔细观察你父母亲又是什么样的人，然后告诉我有什么差别”。她非常强调“观察”这个词。她说我像是戴着眼罩的马一样，什么都看不到，对那些让人不安的事视而不见。你好好观察！要睁开眼睛好好看看！她不停地提醒我。

事实上，我把一切都看在眼里。我见到的那些亲戚，他们的孩子有些比我大一些，有的和我同龄，对我来说，这是一个新奇的发现。维多利亚没事先告诉他们，就把我带到他们家里，叔叔和两个姑姑，还有那些兄弟姐妹都热情地欢迎了我，好像他们对我很熟悉，好像这些年他们一直满怀期待地等待我的到来。他们住的房子狭小而昏暗，家里的摆设，按照我接受的教育标准来看，不是俗不可耐，就是很粗糙。除了安娜姑姑家里有一些侦探小说，其他人家里完全看不到书的影子。他们全都用夹杂着方言的意大利语热情地和我交谈，我也努力和他们一样，至少我没说一口纯正的意大利语，而是故意加上一点那不勒斯口音。没人提到我父亲，没人问他最近怎么样，也没人让我向他问好，他们对我父亲的敌意显而易见，但他们想尽办法想让我明白，他们对我没有任何成见。他们像维多利亚姑姑一样，叫我“贾妮”，我父母从来没这样叫过我。我喜欢我见到的所有人，我从来没有像那时那么享受亲情。我在他们中间很自在，也很招人喜欢，我开始想：维多利亚对我的昵称——贾妮，这名字让我的身体里出现了另一个女孩，她更讨人喜欢，或者说，她至少和我父母、安吉拉、伊达和同学所熟知的乔瓦娜不同，这真是太神奇了。对我来说，这是很幸福的时刻，我想，对于维多利亚姑姑也一样，因为带我拜访亲戚的过程中，她没有表现出自己霸道的一面，她态度一直很和善。尤其是，我发现她的哥哥嫂子、妹妹妹夫，以及他们的孩子都对她很温柔，就像在对待一个让人爱怜的人。尤其是尼古拉叔叔，他对维多利亚姑姑格外好，他记得她喜欢草莓味的冰淇淋，而且知道我也喜欢这个口味，就马上打发其中一个孩子去买来给大家吃。我们离开时，他亲吻了我的额头，对我说：

“还好你一点儿也不像你父亲。”

我越来越擅长对父母隐瞒发生在我身上的事。更确切地说，我不断提高说谎的技巧，但同时也说了一些真话。当然，撒谎时我心里并不是很轻松，而是很痛苦。在家里，我听到他们在房间里走动，那是我喜欢的方式。我们一起吃早饭、午饭和晚饭时，我对他们的爱就占了上风，我差点儿要喊出来：爸爸，妈妈，你们说得对，维多利亚恨你们，她报复心很强，想把我从你们身边夺走，想通过这种方式来伤害你们，你们要阻止我，不要让我和她见面了！可是他们总是用极力克制的语调，说着那些无懈可击的句子，好像真的每一个字下面都掩盖着他们不想对我说的话，那些更真实的话。我偷偷给维多利亚姑姑打电话，和她约好见面的时间。

只有我母亲会小心翼翼打探我的事。

“你们去哪里了？”

“去了尼古拉叔叔家，他向你们问好。”

“你觉得他怎么样啊？”

“有点蠢。”

“不能这样说自己的叔叔。”

“他总是无缘无故大笑。”

“是的，我记得他有时会这样。”

“他一点都不像我爸爸。”

“的确不像。”

很快，我有了另一场很重要的会面，依然是没有事先打招呼，姑姑直接带我去了玛格丽塔家，她家离姑姑家不远。那片城区让我回想起了童年时期的焦虑：脱落的墙皮、蓝灰或淡黄色的楼房、空荡荡的低矮建筑，追着姑姑的菲亚特500狂吠的恶犬和煤气的味道都让我感到不安。维多利亚姑姑停好车，直接朝一个宽敞的院子走去，周围是几栋浅蓝色的楼房，她从一扇小门进去，踏上楼梯时，她才回过头对我说，恩佐的妻子和孩子住在这里。

我们来到四楼，维多利亚没有按门铃，而是用钥匙打开了门，这是第一件让我意外的事。她大声说："我们来了！"这时传来一声用方言喊出来的热情欢呼："啊！我真是太高兴啦！"紧接着出来一个矮个子女人，脸圆圆的，穿着一身黑衣服，面容姣好，一双蓝色的眼睛镶嵌在一张红扑扑的脸上。她招呼我们坐在一间昏暗的厨房里，介绍她的几个孩子给我认识，两个男孩托尼诺和库拉多，都二十岁出头，还有一个女孩，叫朱莉安娜，大概十八岁。女孩身材高挑，一头棕色的头发，画着很浓的眼妆，长得很漂亮，她母亲年轻时应该也是这个样子。托尼诺是老大，长得很帅气，浑身散发着力量，但我感觉他很害羞，仅仅和我握一下手，他的脸就红了，他一直没怎么跟我说话。唯一外向的是库拉多，他和我在墓地的照片上看到的男人长得一模一样：卷曲的头发、窄额头、明亮的眼睛和同样的微笑。我在厨房墙上看到恩佐穿着警服的照片，身侧别着手枪，这张照片比墓地里的大很多，镶着很华丽的相框，照片前还燃着一支红蜡烛。我发现这个男人上身长，腿短。他们的小儿子就像是恩佐的翻版，再现了他的音容笑貌。库拉多用一种很稳重、又很有感染力的语气对我说了很多恭维话，我知道他是开玩笑的，但我很享受，我很高兴自己受到这种特别的关注。但玛格丽塔觉得他很无礼，忍不住说了几次："库拉，你太没规矩了，放过小姑娘吧。"她用方言命令库拉多闭嘴，他不说话了，用亮闪闪的眼睛盯着我。玛格丽塔往我手里塞糖果时，身材丰满、漂亮的朱莉安娜对我说了很多亲昵的话，她笑盈盈的，声音也很清脆。托尼诺虽然没说话，但他也默默地关注着我。

在我们拜访的过程中，玛格丽塔和维多利亚的目光时不时会投向相框里的男人。她们会频繁提到他，大部分都是这样的话：如果他还在，不知道会有多开心，不知道会有多生气，不知道会有多欢喜。或许，在过去将近二十年里，她们都是这样过日子的，两个女人就是这样回忆同一个男人。我看着她们，研究她们。我想象玛格丽塔年轻时，相貌和朱莉安娜一样，恩佐和库拉多差不多，维多利亚和我很像。而我父亲，是的，也包括我父亲，他还是锁在金属盒子里的那张照片上的模样，照片背景里有一个“店”字。可以肯定的是，在当时那条街上，一定有一家甜品店、一家熟食店或裁缝店，具体不知是什么店，他们从这家店铺前来来回回，甚至还在店铺前摄影留念。拍照时，可能年轻又富有心机的维多利亚还没从温柔美丽的玛格丽塔手中抢走恩佐——那个长着虎牙的男人。也可能照片是恋情发生之后拍的，恩佐和维多利亚开始地下恋情，但照片不是我父亲告了密之后拍的，因为后来只有痛苦和愤怒。但此一时彼一时，如今我姑姑和玛格丽塔心平气和，然而我不由自主地想到，照片中的那个男人也会紧紧抓住玛格丽塔的屁股，姑姑把他据为己有的那段时间，他也用同样灵巧的方式，紧紧抓住过姑姑的屁股。这种想法让我羞红了脸，这时库拉多说：“你一定正在想什么好事儿。”我几乎是大喊着说：“没有！”但我继续想入非非，无法把那个景象从眼前抹去。在那间昏暗的厨房里，不知道这两个女人多少次谈论过她们共享的男人，她们会细枝末节地讲述这个男人做过的事、说过的话。那一定是爱恨交织的时刻，在找到某种心理平衡之前，她们一定是挣扎了很久。

她们共同抚养孩子这件事，开始不可能一帆风顺，或许现在也没那么祥和。我很快就发现了至少三个问题：首先，维多利亚最喜欢的是库拉多，其他两个人对此很不满；其次，玛格丽塔有些害怕我姑姑，说话时会偷偷用眼睛瞟她，看看她是否赞同自己的话，如果她不赞同，玛格丽塔就会把刚说过的话收回去；最后，三个孩子都很爱母亲，他们有时会护着她，以免她受维多利亚的欺负，但他们同时对我姑姑又怀有敬畏。他们很尊重姑姑，仿佛她是他们生命的保护神，但同时也害怕她。不知道为什么，大家提到了托尼诺的朋友罗伯特。姑姑和玛格丽塔一家的关系在我眼前顿时明了起来了。这个罗伯特在帕斯科内长大，十五岁时全家搬去了米兰，那天晚上，这男孩就要回来了，托尼诺想让他来家里睡觉。玛格丽塔为此大动肝火：

“你是怎么想的，你想让他睡在哪里？”

“我不能拒绝他。”

“为什么？你有这个义务吗？他帮过你什么？”

“什么也没帮过。”

“那不得了！”

他们争执了一会儿，朱莉安娜和托尼诺站在一边，库拉多和他们的母亲站在一边。我看出来了，所有人都从小就认识那个男孩，他是托尼诺的同学。朱莉安娜满怀热情地强调说，他是一个善良、谦虚又聪明的男孩，只有库拉多很讨厌他。库拉多纠正他妹妹的说法，对我说：

“不要相信她，罗伯特太烦人了，让人蛋疼！”

“提他的时候，把嘴巴放干净点儿！”朱莉安娜很气愤，这时托尼诺用挑衅的口吻对他说：

“反正比你的那些狐朋狗友强多了。”

“如果罗伯特敢再说上次他说的那些话，我的朋友会让他屁股开花！”库拉多反驳说。

大家陷入了沉默。玛格丽塔、托尼诺和朱莉安娜看向维多利亚，库拉多也不再说话，好像恨不得把刚才的话收回去。姑姑停了一下才开口，她的语气我以前从未听到过，充满威胁，但也饱含着痛苦，就好像她胃疼似的：

“你的这些朋友都是谁，让我们听听。”

“没有谁。”库拉多紧张地笑了一声。

“你说的是萨尔真特律师的儿子？”

“不是。”

“你说的是罗萨里奥·萨尔真特？”

“我谁也没说。”

“库拉，你知道的，你要是跟你提到的这人说一句‘你好’，我一定会打断你的骨头。”

气氛变得很紧张，玛格丽塔、托尼诺和朱莉安娜似乎想要淡化他们和库拉多的冲突，避免姑姑对着他发火。但库拉多不想屈服，转而开始说罗伯特的坏话。

“反正那家伙已经去了米兰，他没有资格对我们这儿的人指手画脚！”

朱莉安娜见哥哥没服软，还在我姑姑面前那么放肆，就又开始发火了：

“该闭嘴的是你，我就喜欢听罗伯特说话！”

“因为你是个笨蛋。”

“够了，库拉！”他母亲训斥他，“罗伯特是个好孩子。可是托尼，他为什么非得在这里过夜？”

“因为是我邀请他的。”托尼诺说。

“那又怎样？你告诉他，你搞错了，我们家太小了，没有地方住。”

“你也告诉他，”库拉多又插了一句，“他最好别在这个城区露面。”

托尼诺和朱莉安娜很恼火，他们一起望着维多利亚，好像无论好坏，轮到她去处理这件事。让我震惊的是，玛格丽塔也望向了姑姑，仿佛在说：“维多，你说我该怎么办呢？”维多利亚低声说：“你们的母亲说得对，家里没有地方，让库拉多到我那里睡吧。”就简单几句话，玛格丽塔、托尼诺和朱莉安娜的眼睛里都流露出感激。库拉多哼了一声，还想要再说那个客人的坏话，但姑姑小声呵斥他：“够了！”库拉多举起双手作出投降的姿势，但不是心服口服。随后，他明白应该采取行动，对姑姑表达自己的顺从，他在姑姑的身后，在她脖子和脸颊上亲了许多下，声音响亮。姑姑坐在餐桌旁，一脸厌烦，用方言说：“天啊！库拉，你腻歪死了！”从某种意义上讲，这三个孩子也是她的孩子，因此我们也是亲人？我很喜欢托尼诺、朱莉安娜和库拉多，我也喜欢玛格丽塔。可惜我现在才认识他们，我不会说他们的语言，我和他们也没有真正的亲密感。

- 8 -

维多利亚好像察觉到了我在这个家庭氛围中格格不入的感觉，有时，她似乎想要帮我突破这种状况，有时她又会刻意突显这种处境。天啊！她感叹说，你看，我们的手长得一模一样！她说着把手伸到我的手跟前，大拇指对着我的大拇指。这种接触让我很激动，我很想紧紧拥抱着她，或者靠在她身旁，脑袋放在她的肩上，倾听她的呼吸，还有她粗声粗气的说话声。

但更多时候，一旦我说了什么让她不满意的话，她就会说我，感叹一句，有其父必有其女！或者取笑我母亲打扮我的方式，你长大了，你看看你的胸都发育了，不能出门穿得像个洋娃娃，你应该反抗，贾妮，他们正在毁掉你。于是她又开始喋喋不休，你看看他们，看看你父母，好好看看他们，不要上当！

她很在意这件事，每次我和她见面，她都坚持让我告诉她，我父母怎么过日子。因为我只是泛泛地讲一些我父母的生活，她很快就会生气，带着恶意取笑我，或者张大嘴巴放声大笑。我只是对她说，我父亲每天怎么努力学习，他有多受人尊敬，他的文章在一份有名的杂志上发表了，他英俊、聪明，我母亲很爱他，他们俩都很优秀。我母亲会修改那些专门为女性写的爱情故事，有时她需要重写，她什么都懂，她性格特别温和。但我的话激怒了维多利亚，她黑着脸，用怨恨的语气说，你很爱他们，因为他们是你父母，但如果你发现不了他们其实都是烂人，你也会变得和他们一样，到时候，我就再也不想见你了。

为了让她高兴，有一次我对她说，我父亲有许多种声音，他会根据周围的环境改变声音。他有热情的声音、专横的声音、冷漠的声音，全部是优美的意大利语，但他还有轻蔑的声音，有时是意大利语，有时是方言，他会用这种声音和所有他讨厌的人说话，尤其在面对缺斤少两的店老板、不好好开车的司机，还有那些没有教养的人的时候。关于我母亲，我对维多利亚说，她很崇拜一个叫科斯坦扎的朋友，有时她会受不了这位朋友的丈夫，也就是和我爸爸情同手足的马里安诺，他经常会开一些恶意的玩笑。但尽管我对维多利亚说了这些具体而坦诚的话，她也没有对我表示赞赏，相反，她说这不过是没有实质的空谈。我发现，她记得马里安诺这个人，她说，那才不是什么情同手足的朋友，他简直是个白痴。“手足”这个词让她很气愤。她用一种很辛辣的语气说，安德烈根本不知道什么是手足！我记得，当时我们在她家厨房里，外面破败的街上正下着雨。我的神情一定很难过，眼睛里已经含满了泪水，但我惊讶地发现，我的反应让她心软了，这是从来没有过的事儿，这让我很欣喜。她露出微笑，把我拉到身旁，让我坐在她腿上，用力亲了我的脸颊，还轻轻咬了一下。她用方言小声说：“对不起，我没有生你的气，我生的是你父亲的气。”然后一只手伸进我的裙底，用手掌在我屁股上轻轻拍了几下。她在我耳边重复了许多次，好好看看他们，看看你父母，否则你没法得救。

- 9 -

她说话时，语气里一直带着不满，但有时也会突然温情泛滥，让我对她很依恋。见不到她的日子过得很慢，简直让人难以忍受，在我见不到她、也不能给她打电话的日子里，我特别渴望跟朋友聊到她。就这样，我跟安吉拉和伊达说了很多关于她的事儿，我让她们发誓要绝对保密。我只有在她俩面前可以炫耀我和姑姑的关系，但刚开始，她们也不怎么听我说，因为她们更想对我讲她们那些很特别的亲戚的轶事。但她们很快就会让步，因为她们提到的亲戚和我姑姑完全没有可比性，我讲的维多利亚的事完全超出了她们的经验。她们的姑姑、姨妈、堂姐妹、表姐妹、奶奶外婆都是出身于富贵人家，她们住在沃美罗区、波西利波区、曼佐尼街或者塔索街。而我却别出心裁，谈论我父亲的妹妹时，我添油加醋，想象她居住在一个有墓地、河流、恶犬、燃烧的煤气和废弃的楼房的地方。我说她有过一段不幸的恋情，但是独一无二，那个男人心痛而死，而姑姑却一直爱着他。

有一次，我小声对她们说，维多利亚姑姑提到他们俩多相爱时，用了‘操’这个词，她还跟我讲了她和恩佐是怎样操的。安吉拉听了十分震惊，她盘问了我很长时间，我回答时可能有些夸张了，我借维多利亚之口，说了长久以来我自己幻想的一些事，但我一点也不觉得难为情，事实就是那样，姑姑就是那样对我讲的。我感动地说："你们不知道，我们关系有多好，我们心心相印，她拥抱我，亲吻我，她经常对我说，我们俩简直一模一样。"当然，我对她和我父亲过去的争吵一字不提，也就是他们因为争遗产，为那套破房子产生的矛盾。我父亲对她的出卖，我也绝口不提，毕竟那些事都不怎么光彩。但我讲了在恩佐死后，玛格丽塔和维多利亚以一种令人钦佩的合作精神生活在一起，她们共同照料几个孩子，就好像那是她们俩生下的，好像那几个孩子也是我姑姑的血肉，是我姑姑生的。不得不说，这个想象是偶然浮现在我脑海中的，但我把它融入了后来的讲述里。连我自己也相信，她们俩奇迹般地一起生下了托尼诺、朱莉安娜和库拉多。尤其是在伊达跟前，我更是口若悬河，差点要说那俩女人有超能力，她们可以在夜空里飞翔，去卡波迪蒙特森林里采摘仙草制作魔法药水。不过我的确对伊达说过，维多利亚在墓地和恩佐交谈了，他还给她提了建议。

"他们就像我们这样交谈吗？"伊达问。

"是的。"

"所以，是他想让你姑姑去做那三个孩子的妈妈吗？"

“这是自然。他是宪兵，他想做什么就做什么，他还有手枪呢。”

“就像我妈和你妈是我们仨的妈妈吗？”

“没错。”

伊达看起来很不安，安吉拉也有些激动。我越是添油加醋讲述我姑姑的故事，她们就会越大声感叹：“太感人了，我都要哭了！”当我说到库拉多怎么有趣，朱莉安娜多么漂亮，托尼诺多么迷人时，她们俩的兴趣更浓了。讲到托尼诺时，我投入的情感连我自己也感到不可思议。我喜欢他，对我来说这也是一个意外发现，当时他并没给我留下多深印象，我反而觉得他是兄妹仨人中最没意思的，可我讲了许多关于他的事，我精心描述了那个男孩。伊达特别爱看小说，她对我说，你恋爱了。我承认了，主要是为了看看安吉拉的反应，是的，我爱上他了。

于是出现了这种情况，我的两个朋友不断向我打听关于维多利亚、托尼诺、库拉多、朱莉安娜和他们的母亲的事儿，想知道更多细节，而我也会滔滔不绝。一切都很顺利，直到发生了后来的事。她们开始请求我，想见见维多利亚姑姑和托尼诺。我马上说不行，因为这是我自己的事，是我一直在幻想的事，我编出来的故事让我心里觉得很舒服。但我编得太离谱了，一旦被揭穿，现实就会让我很丢脸。此外我觉得，我父母也许是装出来的，让一切保持平衡，我已经很辛苦了。稍有失算，比如我请求：“妈妈，爸爸，我可以带安吉拉和伊达去维多利亚姑姑家吗？”可能那种平衡就会塌陷，所有负面情绪都会爆发出来。但安吉拉和伊达很好奇，她们不断地坚持。夹在两个朋友和维多利亚姑姑中间，我度过了一个有些迷惘的秋天。两个朋友想要看看，我进入的世界是否比我们现在生活的世界更激动人心，而我姑姑那边，如果我不和她站在一边，不公开反对我父母，她就会让我离开那个世界，离开她。因此我觉得我和父母在一起时很恍惚，和维多利亚在一起时也很轻飘飘的，和两个朋友在一起时，也不能表露真实的情感。正是在那种情况下，我在不由自主的情况下，开始真正监视我的父母。

- 10 -

我父亲很爱钱，这是我没有想到的事，但我在他身上证实了这一点。我不止一次听到他小声指责我母亲，毫不留情地说她在没用的东西上面花费了太多钱。在其他方面，我父亲的生活一直都是老样子：早上在学校，下午在书房，晚上在我家或去别人家开会。至于我母亲，在金钱问题上，我经常听到她在反驳，每次声音都很小："这是我自己挣的钱，我有权给自己买点东西。"但我母亲也有一个变化，她虽然总是对我父亲的那些会议颇有微词，尤其是会取笑参与其中的马里安诺，母亲把这些会议称为"让世界进入正轨的谋划"，但她突然间也开始参加这些会议。她不仅会参加在我家举行的，在别人家举行时她也会参加，我父亲显而易见对此很不耐烦。所以晚上他们不在家时，我经常和安吉拉或维多利亚煲电话粥。

我从安吉拉那里得知，科斯坦扎不像我母亲那样，她对那些会议不感兴趣，即使大家在她家里开会，她也更喜欢出门，或在家看电视、看书。我和维多利亚姑姑打电话时，我跟她说了我的新发现，虽然我不是特别确信，我还是说了我父母为钱吵架的事儿，也说了我母亲近来对我父亲晚上活动的好奇。让我觉得意外的是，她夸奖了我：

“你终于发现你父亲特别爱钱。”

“是的。”

“他就是因为钱毁了我的生活。”

我没有回答，我很高兴自己终于发现了一则让她满意的信息。她追问我：

“你母亲给自己买了什么？”

“衣服、内裤，还有很多护肤品。”

“败家的娘们！”她高兴地喊了一句。

我明白，维多利亚希望听到这些事，还有我父母的表现，因为这不仅仅说明她之前说的是对的，我父母是错的一方；这还标志我学会了透过表象看本质。

这样的窥视和发现让她很满意，这让我有了信心。我不像维多利亚期待的那样，不再做父母的女儿，我和父母的关系很亲密，我觉得，父亲对金钱的迷恋和母亲小小的铺张浪费不会让我不爱他们。问题在于，我可以对维多利亚说的事很少，有时没什么可说的，但为了讨她欢心，为了巩固我们之间的关系，我不由自主虚构了一些事情。好在我能想到的谎言都很夸张，如果让那么离奇的罪行发生在他们身上，我担心维多利亚会说，你真是个说谎精。所以我都不敢说，我最终只找了一些异常的小事，再把事实稍稍夸大一点说给她听。即使是这样，我心里仍然很不安。我不是真正爱父母的女儿，我也不是真正忠诚的告密者。

一天晚上，我们一家人去马里安诺和科斯坦扎家吃晚饭。我们沿着奇马罗萨街往下走，我看到一大片乌云在弥漫，像黑色的手指一样伸了过来，我有一种不祥的预感。在我两个朋友宽敞的房子里才待了一会儿，我就觉得很冷，暖气还没有开，我穿着一件羊毛外套，母亲认为这件衣服很优雅。科斯坦扎家有个安静的女佣，厨艺很好，我看着她便想起了维多利亚，她也在这样的公寓里做女佣。我们在他们家总是能吃到很美味的饭菜，但那天我只尝了几口就不吃了，因为我担心弄脏外套，其实之前母亲就建议我脱掉它。上甜点之前，马里安诺会滔滔不绝地说很久，伊达、安吉拉和我都觉得很无聊。终于挨到了晚饭结束，我们问是否可以离席，科斯坦扎允许我们离开。我们来到走廊，坐在地板上，伊达向我们扔一枚红色的弹力球，不断招惹我和安吉拉。安吉拉问我决定什么时候带她们去见我姑姑。这次她逼得很紧，她说：

“你知道我想对你说什么吗？”

“什么？”

“我觉得你姑姑根本就不存在。”

“她当然存在了。”

“就算她存在，也不像你说的那样，所以你不想让我们认识她。”

“她比我跟你们讲的还要有意思。”

“那你带我们去她家吧。”伊达说，她用力把弹力球扔向我。为了避开小球，我向后摔到了地板上，我直挺挺地躺在那里，正对着餐厅大敞着的门。长方形餐桌位于餐厅中央，我们的父母还围坐在餐桌旁聊天。从我的位置可以看见他们四个人的侧影，我母亲坐在马里安诺的对面，科斯坦扎在我父亲对面，我不清楚他们在谈什么。我父亲说了些什么，科斯坦扎笑了起来，马里安诺回应了一句。我躺在地上，可以清楚看到他们的腿和脚，脸倒是不怎么看得清楚。马里安诺的脚在桌子底下伸得很长，他和我父亲交谈时，两个脚踝夹着我母亲的一只脚踝。

我忽然感到一种难以言喻的羞耻，我匆忙坐起来，用力把小球扔给伊达。但我只坚持了几分钟，又重新躺到了地板上。桌子底下，马里安诺的腿还是伸得很长，但此时母亲已经收回了腿，整个身体都转向我父亲。她正在说："已经十一月了，可天气还是很热。"

"你在干什么呢？"安吉拉问。这时她小心翼翼地躺在我身旁，说："前不久我们俩还一般高，你看，现在你身子比我长。"

- 11 -

那天晚上接下来的时间里，我的视线都没离开过我母亲和马里安诺。她很少参与谈话，也没和他交换过眼神，她只是盯着科斯坦扎或我父亲，但好像她有什么心事，目光其实很空洞。而马里安诺的目光一直都没从她身上移开，他一会儿看她的脚，一会儿看她的一边膝盖，一会儿又用炽热而忧郁的目光盯着她的一只耳朵，这和他平时聊天时肆无忌惮的风格完全不同。他们少有的几次交谈中，母亲回答的都是单音节，马里安诺莫名其妙，他用温柔的语气小声和我母亲说话，那种关切是从来没有过的。过了一会儿，安吉拉执意让我留在他们家睡觉，每次晚上我来她家吃饭，她都会让我在她家留宿。一般来说，我母亲会埋怨几句，说我会给他们添麻烦，最后会同意，我父亲则总是默许我。但这次我母亲没有马上允许，而是搪塞了几句。

这时马里安诺插了几句，他先强调第二天是星期天，不用去学校，接着向我母亲保证，第二天午饭之前，他会亲自送我回圣贾科莫牧羊山路。我一定会留下在那里过夜，但我听他们在说那些没用的话，我母亲的话是一种无力的反抗，马里安诺的话里有一种急切的请求。我怀疑他们谈论的是其他事情，他们心照不宣，但其他人却不明就里。我母亲同意我和安吉拉一起睡，马里安诺的表情很严肃，几乎可以说是很激动，仿佛我在这里留宿是一件特别重大的事，决定着他在大学的事业，或者会解决他和我父亲研究了十几年的重大问题。

快到晚上十一点时，犹豫许久之后，我父母决定离开了。

“你没有睡衣。”母亲说。

“她可以穿我的睡衣。”安吉拉说。

“那牙刷呢？”

“家里有她的牙刷，上次她把牙刷落在了这里，我帮她收起来了。”

科斯坦扎也说了几句，语气里带着一丝揶揄，本来是一件习以为常的事，不知道为什么我母亲会那么啰嗦。科斯坦扎说，安吉拉在你家睡觉时，不也穿乔瓦娜的睡衣吗？她在你家不也有自己的牙刷吗？是的，当然，母亲妥协了，她有些不自在地说，安德烈，我们走吧，天太晚了。父亲从沙发上起身，看起来已经有些不耐烦了，他过来让我亲了一下，我跟他道了晚安。母亲心不在焉，没让我亲她，但她吻了科斯坦扎，两边脸颊都吻了，发出了“啵啵”的响声，她之前从来都没有这样。在我看来，这么响亮的亲吻是基于一种需求，她需要强调她们俩的友谊和交情。她的眼神流露着不安，我心里想：她怎么了？她不舒服吗？她向门口走去，她好像忽然想起马里安诺就站在身后，自己却没向他告别，似乎是一不小心，她几乎像要晕倒一样，靠在了马里安诺的胸膛上，母亲保持着那个姿势，转过头，把嘴贴向马里安诺。此时，我父亲正在和科斯坦扎告别，对晚宴赞不绝口。我的心一瞬间提到了嗓子眼儿，我觉得他们会像电影里那样接吻，然而马里安诺只是伸出一边脸颊，行了贴面礼，母亲也贴了贴他的脸。

我父母刚离开公寓，马里安诺和科斯坦扎就开始收拾餐桌，让我们也收拾一下准备睡觉。但我没法集中精神。在我眼皮底下到底发生了什么？我看见了什么？马里安诺只是开一个单纯的玩笑？还是早有预谋的勾搭？两个人的勾当？我母亲一直都很清白，她怎么能忍受那种桌底下的触碰，还是对方是一个远不及我父亲有魅力的男人？她对马里安诺没什么好感，她当着我的面说过两次他真的太蠢了，她甚至和科斯坦扎在一起时也不会克制这种态度，她经常用开玩笑的语气问科斯坦扎，她怎么能忍受这个从不闭嘴的男人。可是她的脚踝夹在他的两个脚踝之间，这又意味着什么呢？他们俩保持那个姿势多长时间了？几秒？一分钟？还是十分钟？为什么我母亲没有立即把腿抽回去呢？她后来为什么心不在焉呢？我很困惑。

我刷牙的时间太长了，以至于伊达不耐烦地说："行了，你都把牙齿刷坏了。"每次都是这样，只要我们进了她和安吉拉的房间，她就会变得很霸道。其实，她是怕我们两个大孩子会孤立她，因此她会先发制人。也是出于这一点，她很快就用不容置疑的口吻宣布，她也要在安吉拉的床上睡，她不想一个人睡自己的床。两姐妹争吵了一会儿，床上太挤了，你走开！不，一点儿也不挤！这种情况下，伊达从不会妥协。安吉拉对我使了使眼色，对她说："但你一睡着，我就会去你的床上睡觉。”“太好了！”伊达洋洋得意地说，很满意这个结果，但并不是因为她一整晚都可以和我一起睡，而是因为她姐姐不会和我睡。她试图开启“枕头大战”，我们的反击有气无力，她只好停下来，关了灯，在我和安吉拉中间躺下。黑暗中，她兴高采烈地说，下雨了，我多喜欢我们一起睡啊！我不困，求求你们，我们说一整晚话吧！但安吉拉让她安静，说自己困了，一阵嬉笑声过后，只剩下雨水打在玻璃上的声音。

我脑海里马上浮现出母亲的脚踝放在马里安诺脚踝中间的画面。我努力摆脱那个画面，想说服自己，那说明不了什么，那只是朋友间开的玩笑，可是我做不到。我心想：如果那个动作说明不了什么，那我可以把这件事告诉维多利亚姑姑。我姑姑一定会告诉我那个场景重不重要，不就是她让我监视我父母的吗？你仔细观察，好好观察他们，她就是这样说的。现在我观察了，我也看到了一些东西。我只需要尽最大努力听我姑姑说的，就能知道这是一场玩笑还是别的。但我很快就发现，我永远不会把我看到的那一幕告诉她。即使没有任何问题，维多利亚都能挑出刺来。她会解释给我听，我也会发现，那种粗暴的性欲，和父母送给我的教育手册上写的不一样，手册里有色彩斑斓的插图和简洁浅显的讲解，而我会看到那种有些可笑、也让人觉得恶心的性欲，就像喝了治疗喉咙疼痛的含漱剂。这是我没有办法忍受的事儿。可是一想到姑姑，她常用的那些粗鲁的、让人兴奋的词汇一下向我涌来。在黑暗里，我仿佛清楚地看见马里安诺和我母亲抱在一起，在做维多利亚说过的那件事。维多利亚说的那种不同寻常的愉悦，他们俩在一起能体会到吗？姑姑也希望我将来能体会到那种愉悦，那是生活为我准备的唯一真正的礼物。如果我告诉她这件事情，她就会采用讲自己和恩佐的事时用的词语，用一种贬低的方式来讲我母亲，通过我母亲，进而贬低我父亲，我更加坚信，最好的办法就是永远不要把我看到那一幕告诉姑姑。

“她睡着了。”安吉拉小声说。

“我们也睡吧。”

“好啊，我们去她的床上。”

黑暗里，我听见安吉拉小心翼翼地挪动脚步。她来到我这边，拉起我的一只手，我谨慎地跟着她，溜到了另一张小床上。天气很冷，我们盖上被子。我想到了马里安诺和我母亲，我在想，父亲什么时候才能发现他们俩的秘密呢？我清楚地知道，我家里的一切都会变得越来越糟，一切很快会恶化。我心里想：即使我不把这件事告诉姑姑，她也会发现；或许她已经知道了，只是想迫使我亲眼目睹这个秘密。安吉拉悄悄说：

“我们聊聊托尼诺吧。”

“他很高。”

“然后呢？”

“他有一双漆黑、深邃的眼睛。”

“他真的想让你做他女朋友吗？”

“真的。”

“如果你们成了男女朋友，你们会接吻吗？”

“会。”

“舌吻？”

“是的。”

她紧紧抱着我，我也抱着她，像往常我们一起睡觉时那样。我们就这样拥抱着，尽可能贴得很近，我的胳膊环着她的脖子，她搂着我的腰部。她身上那股熟悉的气味慢慢散发出来，浓烈而甜蜜，很温暖。“你抱得太紧了！”我小声嘀咕，她抵着我的胸脯，强忍着笑，叫我托尼诺。我叹了口气说：“安吉拉。”她又叫了那个名字，这次她没有笑，重复了几次：“托尼诺，托尼诺，托尼诺。”接着她又说：“你要发誓，你会介绍我认识他，不然我们就绝交。”我向她发了誓，我们一边抚摸着对方的身体，一边接吻，这样持续了很长时间。虽然我们很困，但我们没法停下来，那是一种无忧无虑的愉悦，驱走了内心的不安，我们没有理由放弃。

第三章

-1-

有很多天，我都在监视我母亲。电话响了，如果她过于急切去接，打电话的声音一开始很大，后来变成低语，我就会怀疑和她通话的人是马里安诺。如果她在穿衣打扮上花费太多时间，试了一条又一条裙子，最后甚至来问我的意见，想知道哪条更合适，我就肯定她要去私会自己的情人，这都是我偶尔在她修订的爱情小说稿子里看到的情节。

我发现，这时候我会嫉妒得无可救药。在这之前，我一直确信母亲属于我，我拥有支配她的权利，这一点确凿无疑。在我的意识里，父亲也属于我，名正言顺也属于我母亲。他们同床共枕，拥抱亲吻，最后孕育了我。在我六岁左右，他们就把孕育我的方式告诉了我，在我看来，他们的关系是既定的事实，也正是因为这个原因，我从来没有为他们的关系感到不安。但在他们的关系之外，我痴心妄想我母亲只属于我，任何人都不能侵犯她，和我分享她。我觉得，她的身体属于我，她的气味属于我，甚至她的心思也只能放在我身上，自从我记事以来，我一直这样觉得。而现在，突然之间这件事变得不那么可靠，这里我再借用一下从她修改的小说里学到的话：我母亲背叛了家庭，偷偷委身于另一个男人，那个男人觉得自己有权在桌底下用双脚夹着她的脚踝，谁知道在其他地方，他是不是和她口水相融，吮吸我吮吸过的乳头，一只手撸住她一边屁股——就像维多利亚说的那样，那是我不会说的方言，但我特别渴望能像她那样说话。我母亲气喘吁吁地回到家，有无数工作和家务等着她去做，我看到她眼睛很亮，我能感觉到她衣服底下有马里安诺双手抚摸过的痕迹，她不抽烟，但我从她身上能闻到烟味，那是被尼古丁熏黄的手指散发的气味。哪怕只是碰她一下，我都会觉得恶心，我再也不能坐在她的腿上了，也不能玩她的耳垂，惹她厌烦，她会制止我说："你把我的耳垂弄红了！"然后我们一起大笑，我无法承受失去这些快乐。她为什么要这么做，我绞尽脑汁地想这个问题。可我没有找到任何一个理由能解释她的背叛。我想试着搞清楚，我要怎么做才能让她回到之前，也就是发生餐桌下那一幕以前的时光，我在想怎么才能像之前那样重新拥有她。虽然以前我还没意识到自己那么在乎她，因为很显然，她好像会一直在我身边，随时会满足我的需要，而且永远都会这样。

- 2 -

那段时间，我避免给维多利亚打电话，也避免和她见面。我在心里为自己找理由：我和姑姑不见面，我正好可以对安吉拉和伊达说，姑姑很忙，她连见我的时间都没有。但其实另有隐情。那段时间，我一直特别想哭，但我知道，只有在姑姑跟前我才能肆无忌惮地大声哭泣。没错，我需要一个发泄的时刻，不用说话，也不用说出自己的心事，我只想释放内心的痛苦。可谁能保证，在我号啕大哭时，我不会把责任推到姑姑头上，我不会声嘶力竭地叫喊，我会说我照她说的做了，我看了她让我看的东西，但现在我知道：我不该那么做，无论在什么情况下，我都不该那么做。因为我发现，我父亲最好的朋友——实际上，他是一个让人讨厌的男人——在吃晚饭时用脚踝间夹着我母亲的脚踝，而我母亲没有生气地站起来，她没有大喊，你怎么能做出这样的事！而是任凭他用腿磨蹭着自己的脚踝。总之，我担心自己如果大哭起来的话，哭到伤心处，我会突然改变自己的决定，会把我看到的事情说出来，我不希望这种事情发生。我很清楚，一旦我把所有的事告诉姑姑，她会立刻拿起电话，把一切都告诉我父亲，享受折磨他带来的快感。

所有事又是什么事情？我慢慢冷静下来了。我无数次审视我亲眼看到的画面，我努力抛开自己的幻想，时间一天天过去，我试图不再去想我家正在发生很严重的事情。我需要人陪我，我想分散一下注意力，因此我与安吉拉和伊达的来往比以前更密切，这让她们越来越想认识我姑姑。最后我想：见见又能怎样，这能费什么事儿？又有什么坏处呢？于是一天下午，我决定去问我母亲："我可不可以找个星期天，带安吉拉和伊达去姑姑家？"

那段时间我心事重重，之前看到的那个画面一直在我脑子里盘旋，而我母亲那段时间工作繁重。她匆忙赶去学校，回到家里，又匆匆出门，再回家把自己关在房间里，一直工作到深夜。我料想，她一定会心不在焉地说，可以，你去吧。然而她听到我的话并不高兴：

"安吉拉和伊达？她们跟你姑姑有什么关系？"

"她们是我的朋友，她们也想认识她。"

"你知道的，维多利亚无法给人留下一个好印象。"

"为什么？"

"因为她不是个体面的女人。"

"也就是说……"

“算了，我现在没时间和你讨论这些，我觉得你也不该再和她见面了。”

我很生气，我说我要去找我父亲谈，但与此同时，我脑子里不由自主地响起了这些话：你才是一个不体面的女人，而不是维多利亚姑姑；我现在就去告诉爸爸，你和马里安诺做了什么，你会付出代价的！因此我没像往常一样等母亲去和父亲说我的要求，而是直接跑进他的书房，我心里想着：我一定会把我看到的告诉我父亲，我还要说出我猜想到的事情。我对自己的反应感到惊讶，我也很害怕，但我没法停下来。我来到了父亲的书房，我大喊着说，我想让安吉拉和伊达认识我姑姑，仿佛这是一件生死攸关的大事。父亲的眼睛从他的书上抬起来，他关切地对我说：“没必要大喊大叫，发生什么事了？”

我顿时松了一口气，我刚才想告诉父亲我看到的那一幕，此时我把已经到嘴边的话咽了回去，我用力亲了亲父亲的脸颊，我告诉他安吉拉和伊达提的请求，抱怨母亲态度很生硬。他没有拒绝我的要求，还是用刚才温柔的语气，重申了他对妹妹的排斥。他说：“和维多利亚见面是你自己的事情，出于你个人的好奇心，我不想插嘴，你会发现安吉拉和伊达不会喜欢她的。”

科斯坦扎从未见过我姑姑，出人意料的是，她就像和我母亲商量过似的，也反对这件事。两个女儿和她斗争了很久，才得到她的许可。她们向我转述了科斯坦扎的提议：你们可以在我们家和她见面，或者在万维特利广场的一家咖啡馆见面，你们可以和她聊聊，满足乔瓦娜的愿望，诸如此类。至于马里安诺，他更不情愿：“有什么必要和那个女人一起过星期天？我的天！还要去下城那种糟糕的地方，没什么有意思的东西可以看。”可在我看来，他根本没有发言权，我对安吉拉撒谎说，我姑姑说了，要么去她家，要么就别见了。最后科斯坦扎和马里安诺妥协了，但他们和我父母细致地规划了星期天的行程安排：九点半，维多利亚来接我，十点钟，我们一起接上安吉拉和伊达；最后见完面，两点钟，维多利亚会先送我的两个朋友回家，两点半再送我回家。

我给维多利亚姑姑打电话，把星期天的行程安排告诉了她，我不得不说，我心里很忐忑，因为在那之前，我一直没和她商量过这件事。她和平时一样非常粗暴，先是责怪我这么久没给她打电话，但实际上，她似乎很高兴我带朋友一起去找她。她说："只要你高兴，我也会很高兴。"她用很不屑的语气答应了家人为我们制定的严格日程表，她好像心里在说：好啊，听你们的，但我想干吗就干吗。

- 3 -

就这样，一个星期天，那时橱窗里已经摆出了圣诞节的饰品了，维多利亚准时来到我家。我很紧张，她来接我时，我已经在大门那里等了一刻钟了。姑姑看起来心情愉快，开着那辆菲亚特 500 疾速向山下驰去，驶向奇马罗萨街，她一边开车一边哼唱着小曲儿，她还让我跟她一起唱。到达我两个朋友楼下时，科斯坦扎和两个女儿正在等我们，三个人都光鲜亮丽，像电视广告里的人物一样。我马上发现，姑姑还没停下车，她嘴上叼着烟，就已经在用讽刺的目光打量优雅得体的科斯坦扎。我忐忑不安地说：

“你不用下车，我让我朋友自己上来，这样我们就可以直接走了。”

但她根本就没有理会我，她笑起来，用方言说了一句：

“这女人昨晚就这样睡觉的吗？或者她大清早就要去参加招待会？”

说完她便下车了，异常热情地向科斯坦扎打招呼，她表现得太夸张了，一眼就能看出是假的。我也想下车，但车门有些毛病，一时间打不开，我一边摆弄车门，一边焦虑地看着科斯坦扎，她脸上带着客气的微笑，安吉拉和伊达站在她两边，维多利亚姑姑一边说着话，一边挥舞着手。我心里暗自希望姑姑不要说脏话，这时我打开了车门。我跑过去，正好听见姑姑正用夹杂着方言的意大利语夸赞我的朋友：

“漂亮，太漂亮了，俩孩子都长得像妈妈一样漂亮。”

“谢谢。”科斯坦扎说。

“这耳环也漂亮。”

姑姑开始称赞科斯坦扎的耳环，她用手指掠过耳环，然后是项链、裙子，她在短短几秒内，把科斯坦扎的所有衣服首饰都摸了个遍，仿佛站在她面前的是一个盛装的木偶。我甚至担心她会掀起科斯坦扎的裙子，要仔细看看她的丝袜和内裤，她绝对干得出来这种事。但她突然停了下来，忽然怔住了，好像有一根看不见的绳子拉住了她的脖子，让她明白自己应该得体一些。她神情凝重地盯着科斯坦扎手腕上戴的镯子，那只手镯我很熟悉，那是安吉拉和伊达的母亲最珍爱的手镯，白金的，上面有一朵由钻石和红宝石镶嵌的花朵，光彩夺目，真的散发着光芒，连我母亲都羡慕不已。

“真漂亮啊！”维多利亚拉着科斯坦扎的手，同时指肚拂过手镯，在我看来，她由衷地欣赏那只手镯。

“是啊，我也很喜欢。”

“这手镯对你来说很重要吧？”

“我戴了许多年了，已经戴出了感情。”

“那您可要小心了，这么漂亮的东西，别让小偷把它偷走了。”

她松开科斯坦扎的手，仿佛她在赞美时，忽然感到一种强烈的厌恶。她转向安吉拉和伊达，用虚假浮夸的语气说，她们比世上所有手镯都要珍贵，然后让我们上车。这时，科斯坦扎叮嘱我们：“孩子们，乖乖的，别让我操心，我两点在这里等你们。”我见姑姑没回答，也没有告别就开动汽车，一副怒气冲冲的样子，我只好透过车窗，假装高兴地大声喊：“好的，科斯坦扎，两点见，你不用担心！”

- 4 -

我们出发了，维多利亚像往常一样开着车，技术不行，但很大胆，她开着车带着我们上了环城路，一路向下驶向帕斯科内城区。她对我的朋友很不客气，一路上经常批评她们，说她们说话声音太大了。我也在大声说话，因为发动机声音很吵，我们不得不提高嗓门大喊，但姑姑还是一味责怪她们。我们尽量控制自己，但她依然很生气，说我们吵得她头疼，让我们闭嘴。我凭直觉猜测，她一定是遇到了让她不高兴的事儿，或许是因为她不喜欢这两个女孩，总之很难猜测。有很长一段路程，我们都一言不发，我坐在姑姑旁边，安吉拉和伊达坐在后排很不舒适的座位上。后来姑姑忽然打破了沉寂，但她的嗓门粗暴而沙哑，她问我的两个朋友：

“你们俩也没受洗吗？”

“没有。”伊达脱口而出。

安吉拉接着说：“可是爸爸说过，如果我们长大了，愿意的话可以受洗。”

“如果你们没受洗就死了呢？只能去地狱的边境，你们知道吗？”

“地狱的边境根本就不存在。”伊达说。

“也不存在天堂、炼狱和地狱。”安吉拉接着说。

“谁告诉你们的？”

“我爸爸。”

“那他觉得，上帝应该把那些有罪的和没有罪的人安置在哪里？”

“上帝也不存在。”伊达说。

“也不存在罪过。”安吉拉说。

“这也是爸爸告诉你们的？”

“是的。”

“你爸爸是个混蛋。”

“不可以说脏话！”伊达指责维多利亚。

我担心姑姑彻底失去耐心，就赶紧说：

“罪过的确存在，没有友情，没有爱，糟蹋一个好东西时就是罪过。”

“你们听到了吗？”维多利亚说，“贾妮都懂了，你们还不懂。”

“不是这样的，我也懂的，”伊达焦急地说，“罪过是一种苦涩的感觉。我们喜欢的东西掉在地上摔碎时，我们会说‘真是罪过’。”

伊达期待得到表扬，但没能如愿，姑姑只是说，一种苦涩的感觉，是吗？我觉得她这样对待我的朋友很不公平，伊达虽然年龄小，但她很聪明，她如饥似渴地读了许多名著，我喜欢她刚才说的话。于是我又重复了两三次“真是罪过”，我希望维多利亚能听见。与此同时我越来越焦虑，但我也说不上来具体为什么。或许我在想，这一切都变得那么脆弱，这是什么时候开始的呢？或许是我父亲说出那句难听话之前，在我来初潮时，或者我的乳房开始隆起时，谁知道呢，那有什么办法？我当时太在意我父亲说的那句让人伤心的话，我太看重这个姑姑了。啊！我真希望回到小时候，七八岁，或者六岁时，或者更小的时候，抹掉中间的那段经历，我不想看到马里安诺和我母亲的脚踝，这样我现在就不会坐在这辆糟糕的车里，它随时会撞上其他汽车或冲出马路，可能几分钟后，我就会死掉或受重伤，我会失去一只胳膊、一条腿，或是余生再也见不到光明。

“我们要去哪里？”我问。我知道自己犯了一个错误，我曾经鲁莽地问过一次维多利亚这个问题，她凶巴巴地回答我，我知道去哪里。然而在当时的情况下，她似乎很乐意回答我。她没有看我，而是透过后视镜看着安吉拉和伊达：

“去教堂。”

“我们完全不会祷告。”我告诉她。

“那不行，你们得学，因为祷告很有用。”

“但现在我们还不会。”

“现在不会没关系。我们不是去祷告，我们要去教区的小集市，你们不会祷告，但你们肯定会帮忙卖东西吧。”

“是呀！”伊达高兴地说，“我很会卖东西！”

我松了一口气。

“是你组织的吗？”我问维多利亚姑姑。

“是教区搞的活动，不过主要是我的几个孩子组织的。”

她第一次当着我的面，把玛格丽塔的三个孩子称作“我的孩子”，语气还很自豪。

“库拉多也来吗？”我问。

“库拉多是个混蛋，但我说什么他就得做什么，否则我会打断他的腿。”

“那托尼诺呢？”

“托尼诺很乖。”

安吉拉忍不住激动地尖叫了一声。

- 5 -

我很少进教堂，除非父亲觉得有些教堂很漂亮，想带我参观一下。他认为，那不勒斯教堂建筑十分精巧，里面的艺术品数不胜数，不应该被埋没和忽视。一次偶然的机会——我记得我们当时是在圣洛伦佐教堂，但我不确定——父亲批评了我，因为我在大殿里乱跑，找不到他了，便惊慌失措地大声呼唤他。他觉得，那些不相信上帝的人，就像他和我，出于对他人信仰的尊重，也应该表现得有教养：可以不在圣水钵里蘸湿手指，可以不画十字，但即使在寒冷的季节，进教堂的时候也应该摘下帽子，不应大声喧哗，也不能点烟或抽着烟就走进去。可维多利亚姑姑嘴里叼着点燃的烟，把我们拽进一座外面是灰白色、里面光线灰暗的教堂，她大声说，快画十字！我们没有画，她发现了，于是她抓着我们的手，强迫我们画，先是伊达，我是最后一个，她抓着我们的手，依次点我们的额头、胸部和双肩。她怒气冲冲地说："以圣父、圣子及圣灵之名！"随后她心情越来越坏，她带着我们沿着光线很暗的大殿向前走，一边抱怨说，你们害得我迟到了！我们来到一扇门前，门把手格外闪亮，她没敲门就直接进去了，门在她背后关上了，把我们仨留在了外面。

"你姑姑一点也不招人喜欢，而且她长得真丑。"伊达对我小声说。

"才不是。"

"就是！"安吉拉用很严肃的语气说。

我感觉眼泪快要涌出来了，但我努力忍住了。

"她说我和她很像。"

"才不是呢！"安吉拉说，"你不丑，你也不讨人厌。"

伊达解释说：

"你有时有点讨厌，但很少。"

维多利亚再次出现，和她一起的是个年轻男人，个子不高，但面容清秀，十分热情。他穿着一件黑色套头毛衣、一条灰色的裤子，脖子上用皮绳挂着一个木十字架，上面没有耶稣像。

"这是贾妮，这两个是她的朋友。"姑姑说。

"我是贾科莫。"年轻人自我介绍说，他声音很美，没有方言口音。

"堂·贾科莫。"维多利亚纠正他说，语气有些不耐烦。

“你是神父？”伊达问。

“是啊。”

“我们不会说祷告词。”

“没关系。不说祷告词也可以祷告。”

我很好奇：

“怎么祷告？”

“心诚则灵。你只要扣紧双手说‘我的上帝，求求你了，请你保护我，帮助我’，就是这类的话。”

“只能在教堂祷告吗？”

“随处都可以祷告。”

“即使你对上帝一无所知，也不相信他存在，他也会满足你的愿望吗？”

“上帝会聆听所有人。”神父很客气地回答说。

“不可能，”伊达说，“那肯定很吵，根本都听不到大家在说什么。”

我姑姑用指尖拍拍她，训斥了她几句，说在上帝面前不能说这些，对上帝来说，一切皆有可能。堂·贾科莫从伊达的眼睛里看到她很难过，便抚摸了一下维多利亚刚才拍过的地方，轻声说了一句“童言无忌”。随后，他出人意料地提到了一个叫罗伯特的人，我很快就明白，这就是不久前大家在玛格丽塔家谈论的那个罗伯特，他之前就是这个城区的孩子，如今在米兰学习和生活，也是托尼诺和朱莉安娜的朋友。堂·贾科莫称他为“我们的罗伯特”，神父亲切地谈论罗伯特，说正是他让我们看到，漠视孩子的行为并不罕见，圣徒也做过这种事，他们不明白，想要进入天堂就要变成小孩。实际上，耶稣训斥了他们，他说：“你们在做什么？让小孩到我这里来，不要让他们远离我。”说到这里，他意味深长地看着我姑姑说：“我们不该把自己的不满发泄到孩子身上。”我想，神父应该发现了维多利亚有些反常，她今天有些不高兴。他的手继续放在伊达的头上，接着又说了几句有些伤感的话，提到童年、纯洁、青春和人生路途上会遭遇的危险。

“你不赞同吗？”他温和地问我姑姑，姑姑的脸一下红了，就像神父发现了她心不在焉似的。

“赞同什么？”

“罗伯特说的话。”

“他说得很好，但没考虑后果。”

“正是因为没考虑后果，他才会说得这么好。”

安吉拉很好奇，小声问我：

“这个罗伯特是谁？”

我对罗伯特一无所知。我本想说，我和他很熟，他很厉害。或者漫不经心地用库拉多的话说，他呀，他是一个讨厌鬼。然而我示意她保持安静，我很厌烦。当我意识到我对姑姑世界的了解只流于表面，更感到心烦了。安吉拉很顺从，不再作声，伊达却没有，她问神父：

“罗伯特是什么人？”

堂·贾科莫笑起来说，信仰上帝的人所具有的美德与智慧，罗伯特都有。下次他来的时候，神父向我们承诺说，我把他介绍给你们，现在我们去卖东西吧，来吧，否则那些穷人该抱怨了。我们穿过一个庭院的小门，院里有一个L形拱廊，装饰着金色华彩和圣诞彩灯，下面摆满卖旧货的货摊，玛格丽塔、朱莉安娜、库拉多、托尼诺以及其他我不认识的人，都忙着装饰和整理每件物品。他们脸上洋溢着笑容，接待那些可能会买东西的人。那些出于善心买东西的人，外表看起来，不像我想象的穷人。

- 6 -

玛格丽塔夸赞了我的两个朋友，称她们为“漂亮的小姐”，把她俩介绍给自己的孩子，他们都很热情。朱莉安娜选了伊达做自己的助手，托尼诺选了安吉拉，我待在一旁听库拉多聊天，他想把维多利亚姑姑逗乐，但姑姑对他很凶。我只坚持了一会儿就走神了，我借口想逛一逛，看看大家都卖什么，我在各个摊位前走动，漫不经心地摸摸这个东西，看看那个物件。市场上有许多自家做的甜食和点心，但大家卖的主要是眼镜、扑克牌、老式电话机、玻璃杯、茶碟、托盘、咖啡壶，都是看起来用了很多年、很旧的物件，可能用过这些物品的人已经去世了，可怜的人卖的破旧东西。

人渐渐多了起来，我听见有人和神父说话时用了“寡妇”这个词，他们说那个寡妇也在。由于他们看向玛格丽塔、她的孩子和维多利亚看守的摊位，我一开始误以为他们指的是玛格丽塔。但我渐渐发现，他们说的是维多利亚。那个寡妇也在，他们说，今天大家可以弹琴跳舞呢。我不明白他们说“寡妇”是嘲弄还是出于尊重，让我惊讶的是，我姑姑是一个未婚女人，他们却把她和“守寡”、“玩乐”联系在一起。

我在远处仔细地看着她，她站在一张桌子后面，她上身很消瘦，但胸脯却很丰满，像是从一堆落满灰尘的旧物件中冒出来的。我不觉得她很丑，我也不希望她真的丑，但安吉拉和伊达说她很丑。我想，或许是今天有什么事让她不开心，她眼神中流露着焦虑，说话时做着手势，显得很霸道，有时会出人意料地大叫一声。一部旧电唱机放着音乐，她有时会随着音乐的节奏扭动着身体。我心里想：也许她真的有自己的心事，我不知道是什么事让她那么生气，她也可能在为库拉多担忧。我们俩都这样，我们想美好的事时很漂亮，但心里有糟糕的念头时就会变丑，我们必须摆脱那些让我们变丑的事儿。

我百无聊赖地在院子里闲逛，我本想利用那天上午的时间驱赶我内心的不安，但我没能做到。母亲和马里安诺的事对于我来说太过沉重，压得我骨头痛，像得了流感似的。我看看安吉拉，她看起来很漂亮，露出灿烂的笑容，她正和托尼诺一起欢笑。在那一刻，我觉得所有人都漂亮、善良而正直，尤其是堂·贾科莫，他热情地接待教区的人，和他们握手，并不躲避他们的拥抱，好像浑身散发着温暖的阳光。会不会只有我和维多利亚心情阴郁，只有我们俩满脸忧愁呢？此刻我的眼睛很痛，嘴里十分苦涩，我走过去待在库拉多旁边，一方面想帮他卖东西，另一方面想寻求一点安慰。我担心他会感受到我呼吸出来的气息，或许那种有些发酸又有些发甜的气味，不是来自我喉咙深处，而是来自摊位上的旧货。我觉得很难过，圣诞小集市上的每一分钟，我都在姑姑身上看到了自己的影子，这真让人觉得压抑。她一会儿佯装热情，接待教区居民，一会儿又瞪大眼睛发愣。是的，她很难受，至少和我一样难受。库拉多问她：“怎么了？维多，你生病了吗？你脸色很难看。”她回答说：“是的，我有心病，我胸闷，肚子难受，我的脸特别难看。”她张大嘴巴，想强颜欢笑，但她做不到，后来她面色苍白地对库拉多说："你去帮我拿杯水。"

库拉多去找水时，我在想：她有心病，我真和她一样，她是我最亲近的人。上午的时间快要过去，我就要回到父母的身边了，我不知道，对于我家里发生的乱七八糟的事情，我还能忍受多久。就像之前母亲反对我带安吉拉和伊达来见姑姑，我一时冲动，跑到父亲房间想去揭发她一样，这时我特别想发泄一下。一想到马里安诺紧紧抱着我母亲，我就觉得难以忍受，我想象她穿着我熟悉的衣服，戴着耳环和其他首饰，那些首饰都是我小时候玩过、有时也戴过的，我感到越来越嫉妒，联想到了一些让人恶心的画面。我无法容忍那个丑恶的男人闯入我的世界，我受不了了，不由自主做了一个决定。我不假思索地说："姑姑（虽然她说过，不要再这样叫她），姑姑，我必须告诉你一件事情，但这是一个秘密，你不能告诉任何人，你要发誓不会说出去。"我感觉自己的声音像是玻璃破碎时发出的声音。她有气无力地说，她从来不发誓，她唯一发的誓言就是永远爱恩佐，那个誓言她到死都会遵守。我很绝望，我说如果她不发誓，我就不会说。"那就算了，"她小声说，"那些肮脏的事情，如果你谁也不告诉，它们就会变成狗，在你晚上睡觉时，把你的脑子吃掉。"我被那个场景吓坏了，更需要安慰。没过一会儿，我把维多利亚姑姑拉到一旁，把我母亲、马里安诺的事，以及我看到的那一幕，还有我想象的事情都告诉了维多利亚。我祈求她：

"拜托了，不要告诉我爸爸。"

她盯着我看了许久，看起来很邪恶，表情带着难以理解的嘲弄，用方言回答说：

"告诉你爸爸？你以为他会在乎吗？告诉他什么？马里安诺

和奈拉的脚踝在桌子底下的勾当？”

- 7 -

时间过得很慢，我不断看表。伊达和朱莉安娜在一起很开心，托尼诺和安吉拉在一起看起来也很自在，我觉得自己很失败，就像一块放错配料的蛋糕。我到底做了什么？接下来会发生什么？库拉多给维多利亚端来一杯水，他不慌不忙，但看起来兴致不高。我觉得他是个无聊的人，但那时我感觉很迷失，我希望他也能关心一下我。但他没有，没等维多利亚喝完水，他就消失在了教区的人群中间。维多利亚用目光跟随着他，她忘了我站在她旁边，等着她能跟我聊聊，给我一些建议。我对她讲了那么重要的事，难道她觉得无关紧要吗？我偷偷看着她，她正忙着把一副太阳镜卖给一位五十来岁的胖太太，不耐烦地开了一个过高的价格，同时她的目光也没离开库拉多。我心里想：那男孩的行为表现，似乎比我告诉她的事还要严重。她看着库拉多，对我说，他太爱交朋友了，就像他父亲一样。她突然喊了一声：“库拉！”男孩没有听见或假装没听见，维多利亚正在用纸打包太阳镜，这时她丢下那位胖太太，拿着那把用来剪打包带的剪刀，左手拉着我，拖着我向庭院走去。

库拉多正在和三四个小伙子聊天，其中一个个头很高，身材干瘦，牙齿外突，让人觉得他一直在笑，就算没什么可笑的，他也好像在笑。我姑姑表面上很冷静，命令他的继子立刻回到摊位那里去，在我看来，“继子”这个说法特别适合那三个孩子。库拉多用开玩笑的口吻回答她说："两分钟后我就回去。"那个龅牙的男孩似乎在笑。姑姑突然转向龅牙男孩，挥舞着剪刀对他说，如果他再笑，就把他的鸡儿剪下来。她用方言说出那个词语，语气很平静。但那个男孩似乎不想收起笑容，我能感受到，维多利亚身上积郁的愤怒正在爆发出来。我很担心，我觉得姑姑不知道，那男孩是因为龅牙才没办法闭上嘴，她不知道，就算天塌下来他也会笑。她突然大吼一声：

"你还笑，罗萨，你再笑一下试试！"

"我没有笑。"

"你笑了，你笑是因为你觉得你父亲会给你撑腰，但你错了，在我这儿，没人能给你撑腰。你离库拉多远点儿，明白了吗？"

"明白了。"

"不，你不明白，你确信我不能把你怎么样，现在你看好了。"

这时候，已经有几个教区的人停下来看我们，姑姑忽然抬高的嗓门，吸引了他们的注意力。姑姑将剪刀头对着那个小伙子，在我眼皮底下，把剪刀朝他的一条腿上扎去，小伙子往后跳了一步，眼里闪过的惊愕和害怕，打破了像面具一样固定在脸上的微笑。

姑姑追着他，威胁还要继续扎他。

"现在你搞清楚了吗，罗萨？"她对他说，"不要让我继续！我才不在乎你是萨尔真特律师的儿子！"

那个叫罗萨里奥的年轻人，是那个我不认识的律师的儿子，他举起一只手表示投降，向后退去，他的几个朋友也一起消失了。

这时库拉多很气愤，想去追自己的朋友，但维多利亚拿着剪刀走到他面前，对他说：

“你别动，如果你把我惹火了，我就拿这个来对付你！”

我拉着她的一只胳膊。

“那个男孩，”我战战兢兢地说，“他没法闭上嘴。”

“他竟敢当着我的面笑我。”维多利亚气喘吁吁，她生气地说，“没人可以当面笑话我。”

“他不是故意笑的。”

“不管是不是故意的，反正他笑了。”

库拉多叹了一口气，说：

“别说了，贾妮，对她说这些没用的。”

姑姑吼了他一句，气喘吁吁地对他吼道：

“你闭嘴！我不想再听见你说一个字！”

她紧紧攥着剪刀，我发现她很难控制自己。可能因为恩佐死后，她爱的能力已经随着时间流逝而消耗殆尽了，但我觉得，她恨的力量却无穷无尽。我见识了她是如何对待可怜的罗萨里奥·萨尔真特，现在我把马里安诺的事告诉她了，不难想象出她会怎么对待我母亲，尤其会怎么对待我父亲。想到这里，我差点哭出来，我太草率了，我原本不想说那些话的，那些话是自己倾倒出来了。或许事情不是那样，或许我早已做出了决定，决定把自己看到的事情告诉维多利亚，在我答应两个朋友的请求，组织了这次会面时，我就已经决定了。我再也不是无辜的了，我的心事背后隐藏着其他想法，我的童年结束了。我努力挽留，然而天真的日子还是逃走了，眼泪一直在我眼里打转，但那绝对不是我无辜的证据。还好堂·贾科莫来了，他来劝说大家，这让我忍住了眼泪。来吧，来吧，他把一只胳膊搭在库拉多的肩膀上对他说，不要惹维多利亚生气，她今天不舒服，你去帮她拿甜点吧。姑姑叹了一口气，声音里带着怨恨，她把剪刀放在了一张桌子边缘，向庭院外的马路上看了一眼，可能想看看罗萨里奥那伙人是不是还在那里。最后她黑着脸说“我不需要人帮忙”。她消失在通向教堂的小门里。

- 8 -

不一会儿，她托着两个大托盘回来了，上面装满了杏仁点心，上面有蓝色和粉色花纹，每一块点心上都点缀着一颗银色的糖果。教区的人都上去争抢着吃，但我吃了一块就吃不下了，我没什么胃口，心里堵得慌。这时贾科莫拿来了一把手风琴，他抱着琴，像抱着一个穿着红白条纹衣服的孩子。我想他应该会拉手风琴，他却笨拙地把琴递给维多利亚，维多利亚没有拒绝，很自然地接过了琴，这是我在她家角落里见过的那把琴吗？她皱着眉头，坐在一把椅子上，闭着眼睛演奏，脸上浮现出各种表情。

安吉拉走到我背后，用欢快的语气说：“你看，你姑姑真丑。”那一刻，维多利亚的确很丑，虽然她手风琴拉得很好，教区居民都在为她喝彩，她的表演也缓和了气氛，但她演奏时面部表情扭曲，简直像个妖怪。她抖动着肩膀，抿着嘴唇，皱起眉头，上半身向后倾着，显得比腿长很多，她的双腿张开，好像根本管不住它们。幸好过了一会儿，一个头发花白的男人接替了她并且开始演奏。然而姑姑并没有安静下来，她走到托尼诺身边，抓着他的一只胳膊，把他从安吉拉身边拉走，让他和自己跳舞。这时她看起来很快乐，但也许，那种快乐只是她身体里狂暴情绪在支撑着她，她想通过舞蹈发泄出来。看到她在跳舞，其他男女老少，甚至连堂·贾科莫也跳起了舞。我闭上眼睛，想抹去眼前的一切。我觉得自己遭到遗弃，我违背了自己接受的教育，有生以来我第一次开始祷告。上帝啊！我说，上帝，拜托了，如果你真的无所不能，就让姑姑对我父亲什么也不要说。我用力紧闭着双眼，仿佛把眼皮紧紧挤在一起就可以在祷告时集中足够的力量，可以让我把祈求的事传达给在天国的上帝。接着，我祈祷姑姑不再跳舞，准时送我们回科斯坦扎家，这次祈祷奇迹般地应验了。让我庆幸的是，虽然吃了点心，听了音乐，唱了歌，跳了很长时间的舞，我们最后及时出发了，把雾蒙蒙的工业区留在了身后，准时到达了沃美罗区的奇马罗萨街，安吉拉和伊达家楼下。

科斯坦扎也很准时，她穿着一件比早上那件更漂亮的裙子。维多利亚从她的菲亚特500里出来，把安吉拉和伊达交给科斯坦扎，又一次夸赞了她，赞美了她身上的每样东西。维多利亚姑姑夸赞了她的裙子、发型、妆容、耳环、项链和手镯，她一边摸那只手镯，几乎是在爱抚，一边问我："你喜欢吗，贾妮？"

对我来说，整个过程，她对科斯坦扎的夸赞，似乎都是比早上更辛辣的讽刺。我和她脑子里的声音忽然产生了共鸣，带着一种毁灭性的力量，她用阴险的声音，她口无遮拦的表达是这样的：你这么精心打扮有什么用！真是白费心机，你打扮得花枝招展，你丈夫还是和我侄女的妈妈搞在了一起，哈哈哈！我又开始祈祷上帝，尤其是在维多利亚开车送我回家的时候。在去圣贾科莫牧羊山路的一路上，我都在祷告，那对于我来说是一段漫长的旅途。维多利亚姑姑一言不发，我也不敢再对她说，不要告诉我父亲，求你了；如果你想为我做些什么，就责怪我母亲吧，但请你对我父亲保守这个秘密。尽管上帝并不存在，可我却在祈求他：上帝，请不要让维多利亚说出这样的话——我和你一起上楼去，我要和你父亲谈谈。

令我惊讶的是，我的祈祷再一次奇迹般地应验了。这真是奇迹，很美好，也让我摆脱了困境，维多利亚把我送到我家楼下，完全没有提及我母亲、马里安诺和我父亲。她只是用方言对我说："贾妮，你记住，你是我侄女，我们俩很像。如果你需要我，如果你说：'维多利亚，快来接我。'我会立刻跑过来，我永远都不会落下你不管。"她说完这些话，我觉得她的脸变得柔和了，我想，如果安吉拉这时看见她，一定会觉得她很美，就像此刻她在我眼里很美一样。但我独自在家时，我把自己关在房间里，我从衣柜上的镜子里看着自己，确信不会有任何奇迹出现，我正在势不可挡地变成我姑姑的样子，我很崩溃，忍不住哭了起来。我说服自己不再监视父母，也不再和姑姑见面。

- 9 -

我努力把迄今为止发生的事情写下来，呈现出我所经历的生活的各个阶段，我确信，在那天下午，我彻底变成了另一个人。那天下午，科斯坦扎没带两个女儿，而是一个人来到我家，我母亲用红肿的眼睛警惕地看着她。我母亲的眼睛那几天都是肿的，脸也很红，她说那是因为海边吹来的寒风，拍打着窗户玻璃和阳台上的栏杆，也让她受了风寒。科斯坦扎表情严肃，面色蜡黄，她把自己的白金手镯给了我。

“为什么送给我？”我困惑不解地问。

“她不是送给你，”我母亲说，“她是还给你的。”

科斯坦扎用她美丽的嘴长长地叹了一口气，才开口说话：

“我本以为是我的，其实它却是你的。”

我不明白，也不想明白。我对她表示感谢，试着把手镯戴到手腕上，但我戴不上。在一片沉默中，科斯坦扎用她颤抖的手帮我戴上了。

“我戴着怎么样？”我故作轻松地问我母亲。

“很好。”她面无表情地回答说，然后走出了房间，科斯坦扎跟在她身后。从那一刻起，她再也没来过我们家。

马里安诺也从我们家消失了，因此我与安吉拉和伊达来往得也没那么频繁了。一开始，我们会通过电话，我们仨都不知道发生了什么。科斯坦扎来我家送手镯的之前，安吉拉告诉我，我父亲和他父亲在奇马罗萨街的房子里吵了一架。一开始，他们的讨论和平时差不多，就像是在讨论政治、马克思主义、历史的终结、经济、国家，后来却意外变得很激烈。马里安诺大吼着说：“请立刻离开我家，我再也不想见到你！”我父亲忽然脱下了“耐心的朋友”外衣，开始用方言叫嚷起来，说了很多难听话。安吉拉和伊达吓坏了，但没人理会她们，连科斯坦扎也不管她们的反应。科斯坦扎后来再也受不了他们的喊叫了，就说她要出去透透气。这时马里安诺用方言叫喊道：“好啊，滚吧！不要脸的荡妇，再也不要回来！”科斯坦扎狠狠地甩门而去，门弹开了，马里安诺踢了一脚，把门关上了，我父亲又打开门，跑出去追科斯坦扎。

之后的几天里，我们一直在电话里谈论那场争吵。安吉拉、伊达和我都想不明白，为什么在我们还没出生时，我们的父母就热情高涨地讨论的马克思主义还有其他问题，现在怎么会忽然惹出这么多麻烦。事实上，出于不同原因，关于那场争吵，我们明白的事情远比我们说出口的多。我们凭直觉想到，这件事可能与性有关，而不是因为讨论马克思主义，但不是我们好奇的那种性，也不是在任何情况下都能让我们愉悦的性。我们觉得，有一种性欲正猝不及防地闯入我们的生活，它并不诱人，反倒让我们很厌恶，因为我们懵懵懂懂感觉到，它与我们的身体、与我们同龄人的身体，或与演员和歌手的身体无关，而是和我们的父母身体有关。我们想象着，他们卷入了一种让人厌恶、恶心的性事，这和他们平时教育我们、他们提倡的性截然不同。伊达认为，马里安诺和我父亲互相叫嚷的那些话，像发烧时咳出的痰，像黏液拉出的丝，黏黏糊糊，玷污了我们最隐秘的欲望。也许正因如此，我的两个朋友原本特别喜欢谈论托尼诺、库拉多，还有她们有多喜欢这两个男孩，现在她们却变得沮丧，开始对这个话题避而不谈。至于我，好吧，对我们俩家的秘密，我知道的比安吉拉和伊达多得多，因此我避免去想我父母、马里安诺和科斯坦扎之间到底发生了什么，我觉得事情比我看到的复杂，这让我筋疲力竭。事实上，是我先退缩的，因为焦虑和痛苦，我放弃在电话里和她们谈心。我比安吉拉和伊达更能感觉到，哪怕说错一个字，都会打开一个危险的豁口，让事情的真相暴露出来。

那段时间，谎言与祷告是我日常生活的一部分，这让我摆脱了困境。大部分谎言我都是说给自己听的。我很不快乐，但我会在家里和学校装出特别高兴的样子。早上，我看着我母亲，她的脸因为痛苦已经变形了，她鼻子两边的脸蛋红红的。我用欢快、肯定的语气对她说，你今天真漂亮。至于我父亲，他突然间不再一睁眼就开始学习了，我发现他一大早就准备好出门了，或者晚上在家时，他也面无血色，双眼毫无生气。我明知道他心不在焉，根本不想帮我解答，尽管那些题并不难，我还是不断拿学校布置的作业去问他。

同时，我虽然不相信上帝，但我会像信徒一样去祷告。上帝啊！我祈求说，希望我父亲和马里安诺真的是因为马克思主义、历史的终结才吵架的，希望维多利亚没给我父亲打电话，把我说的事情告诉他。一开始，我以为上帝又一次聆听了我的祈祷。据我所知，是马里安诺先对我父亲发火的，如果是维多利亚向我父亲告了密，那一定会是我父亲先对马里安诺发火。但很快我便发现，有些事情讲不通，为什么父亲会用他从来都不说的方言痛骂马里安诺呢？为什么科斯坦扎会甩门离开家呢？为什么是我父亲，而不是她丈夫跑去追她呢？

我很忐忑地活在自己的谎言和祈祷里。维多利亚应该是把一切都告诉我父亲了，所以我父亲跑到马里安诺家和他吵架。科斯坦扎从他们的争吵中得知，自己的丈夫在餐桌下用脚踝夹着我母亲的脚踝，于是她也开始大吵大闹。事情应该就是这样。但为什么马里安诺在妻子难过地离开他们在奇马罗萨街上的房子时，会冲她大吼“好啊，滚吧！不要脸的荡妇，再也不要回来”，为什么我父亲会跑去追她呢？

我觉得，有些事情我没搞清楚，有时我会试图弄明白，可一旦真相要浮出水面时，我却退缩了。我不断思索一些莫名其妙的事：比如那次争吵之后，科斯坦扎的来访；我母亲疲倦不堪的脸，和她那双眼袋发青的眼睛，她忽然用命令的眼神看以前她很崇敬的老朋友；科斯坦扎谦卑的模样，以及她充满懊悔的动作；我觉得她是在送给我一份礼物，可母亲却纠正说，那不是赠送，而是归还；安吉拉和伊达的母亲用颤抖的手，把她原来戴着的白金手镯戴在了我的手腕上；还有这只手镯，现在我白天黑夜都戴着的手镯。啊，在我房间里发生的事，眼神、动作和话语，都围绕着这件首饰，这只手镯无缘无故就成了我的了。我知道的事情当然要比我说出来的多。因此我经常祷告，尤其晚上梦见了自己害怕的事，我惊醒时会祈祷。上帝啊！我低声说，上帝，我知道是我的错，我不该要求和维多利亚见面，我不该违背我父母的意愿，但事情已经发生了，求求你，让一切都重回正轨吧。我希望上帝真能满足我的愿望，如果他不帮忙的话，一切都将土崩瓦解。圣贾科莫牧羊山路会滚落到沃美罗区，沃美罗区会滚落到整个城市里，而整个城市会淹没在大海之中。

在黑暗中，我感到一种可怕的焦虑，我的胃里有种压迫感，让我一整晚不断起床去呕吐。我故意弄出声响，我感觉胸里、心里、脑袋里都有锐利的东西深深刺痛着我，我希望父母会出现，会来帮我，可他们并没有来。但我知道他们还醒着，在他们卧室的地方有一道光线撕裂了黑暗。我断定，他们已经不想管我了，他们不会因为任何原因，中断他们晚上的小声交谈。最多是母亲忽然提高了嗓门、一个音节或半个单词会突然冒了出来，就像刀锋划在了玻璃上，而父亲的声音就像远处的雷鸣。早上，我看到他们的脸色都很难看。我们低着头，安静地吃早餐，我再也受不了了。我开始祷告：上帝，我受够了，发生点什么事情吧，任何事情都可以，好的坏的都不重要。比如让我死掉，这样他们就会受到震动，就会和好如初，然后让我在一个重拾幸福的家庭里复活。

一个星期天，吃午饭时，我忽然感到一种强烈的冲动，有一股力量忽然驱动着我的大脑和舌头。我展示出我的手镯，用一种欢快的语气说：

“爸爸，这是维多利亚姑姑送给我的，对吗？”

母亲喝了一口葡萄酒，父亲的目光没有从盘子上移开，他回答说：

“从某种意义上讲，是的。”

“那你为什么要把它送给科斯坦扎？”

这一次他抬起眼睛，用冰冷的眼神盯着我，什么也没说。

“回答她！”母亲命令他，但他没有听从。于是，母亲几乎是大喊着说：

“十五年来，你父亲一直还有另一个妻子！”

她的脸忽然变得绯红，眼神十分绝望。我明白，拆穿这件事对她来说似乎很痛苦，她已经后悔自己挑明这件事了。但我并不感到惊讶，我也不觉得那是什么错，我反而感觉，自己一直都知道，有那么一瞬间，我很确定一切都可以挽回。如果那件事已经持续十五年了，那它就会永远持续下去，只要我们仨都说“那好吧”，那么一切就会恢复太平。母亲在自己的房间里，父亲在书房里，参加会议，看书。为了帮他们和解，我对母亲说：

“你也是，你也有另一个丈夫。”

母亲面色苍白，小声说：

“我没有，我向你保证，那不是真的。”

母亲的否认带着深深的绝望，她几乎是用假声重复说：“我向你保证，我向你保证。”对我而言，或许她遭受的痛苦太让人难以忍受了，我笑了。我并不是有意笑的，我看到了我父亲眼里的愤怒，我很害怕，我感到很羞愧。我本来想为自己辩解，那不是真的笑，爸爸，那是肌肉在抽搐，我不知道怎么控制，不由自主地笑了出来，我前几天在一个叫罗萨里奥·萨尔真特的小伙子脸上亲眼见过这种笑。但这时候，那笑却挥之不去，变成了一个冷冰的微笑，我感觉它浮在我脸上，我没办法抹去。

父亲慢慢起身，想要离开餐桌。

“你去哪里？”母亲警觉地问。

“去睡觉。”他说。

当时是下午两点。通常在那个时间，尤其是星期天，或者他不用去学校时，他都会把自己关在书房里学习，一直到晚饭时间。他大声打了个哈欠，想让我们明白，他是真的困了。母亲说：

“我也去睡觉。”

他摇摇头，我和母亲从他脸上看出，像往常一样和母亲躺在一张床上，对他来说已经变成一件不可能的事情。离开厨房前，他以一种罕见的、无可奈何的语气对我说：

“真没办法，乔瓦娜，你的确和我妹妹一样。”

第四章

- 1 -

我父母用了将近两年时间决定分开，实际上，在那两年里，他们生活在同一屋檐下的时间很少。我父亲会一声不吭，消失好几个星期，让我担惊受怕，我很担心他在那不勒斯某个昏暗肮脏的角落自杀了。后来我才发现，原来他舒舒服服地住在波西利波区一套漂亮房子里，那是科斯坦扎的父母送给她的，现在，她和马里安诺已经吵得不可开交了。有几次，我父亲出现时，他表现得很温情，彬彬有礼，似乎是想要回到母亲和我身边。但没好几天，我父母又一言不合就吵架，但对一件事情，他们意见一直很一致：为了我好，我不应该再见维多利亚了。

我没有反对，因为我也觉得，我不应该再和姑姑见面。而维多利亚那边，危机爆发之后，她就没再露过面，也没再打过电话。我猜想，她是想让我主动去找她：她作为一个女佣，却认为我应该效忠于她。我决定再也不理会她了，我已经心力交瘁，她把自己的一切都倾泻在我身上：她的仇恨、复仇的渴望和她的语言。从她身上，我感受到恐惧与诱惑杂糅在一起，我希望，至少那种诱惑已经开始消散了。

但一天下午，维多利亚又来诱惑我了。电话响了，我接了电话，听到电话那头说："喂，贾妮在吗？我想和贾妮说话。"我屏住呼吸，挂断了电话。但她一次又一次打过来，每天都是同一时间打过来，但从来不在星期天打。我任凭电话响着，我强迫自己不去接电话。如果我母亲在家，她去接电话，我就会大喊一句："不管是谁打的，就说我不在！"我模仿母亲命令的语气，有几次，她就是用这样的语气从房间对我大喊的。

在这种情况下，我会屏住呼吸，眯着眼睛，祈祷电话不是维多利亚打来的。如果不是她就好，如果是她，母亲没告诉我，那也安生。慢慢地，姑姑打来的电话越来越少了，我觉得她已经放弃了，于是我开始接电话，不再担心是她打来的。意外的是，维多利亚又忽然来电话了，她在电话另一端大喊："喂，是贾妮吗？我要和贾妮说话！"可我不想再做贾妮了，我每次听见是她，都会挂掉电话。当然，她焦虑不安的声音，有时会让我觉得她很痛苦，我也会很难过。我又产生好奇心，想去见她，想问她一些事情，想激怒她。有几次，我心情特别沮丧，我很想大声回答她说："对，是我，你跟我说说，这到底是怎么回事？你对我父母做了什么？"但我总是一言不发地挂断电话，我已经习惯了不再提她的名字，即使是在自己心里，也不再念叨这个名字。

后来，我决定摆脱她给我的手镯，我不再把手镯戴在手腕上，而是把它锁进了床头柜的抽屉。但每次想到它，我都会觉得胃疼，出一身冷汗，都会激起一些挥之不去的心事。我父亲和科斯坦扎相爱了这么多年，早在我出生之前就开始了，我母亲和马里安诺都丝毫没有察觉，怎么可能呢？为什么我父亲爱上了他好朋友的妻子？在我看来，他对她不是一时迷恋，而是用一种处心积虑的方式爱到了现在。而科斯坦扎，她那么优雅，那么有教养、热情，从我记事以来，她就是我家的常客，她怎么会在我母亲的眼皮底下，侵夺她丈夫十五年？马里安诺和我母亲一直都认识，为什么他最近才偷偷在餐桌下用脚踝夹住我母亲的脚踝，还不经我母亲的同意？这件事已经很清楚了，母亲坚决地向我保证过，他们之间什么也没有。在成人的世界里，在这些通情达理、满腹经纶的人身上到底发生了什么？是什么让他们退化成了这么不可信的动物，简直比爬行动物还要低级。

我越来越痛苦，面对各种各样的问题，我从来都不想寻求真正的答案。真相一浮出水面，我就开始回避和否认，直到今天，我依然很难面对这些问题。我开始怀疑，问题就出在那只手镯上。显而易见，那只手镯与整个事件息息相关，尽管我小心翼翼，不再打开放着它的抽屉，可它还是无所不在，甚至手镯上宝石和白金闪烁的光芒也释放着痛苦。父亲对我的爱似乎无边无尽，他怎么可能会夺去姑姑送给我的礼物，把它送给科斯坦扎呢？如果最初这只手镯属于维多利亚，那它就代表了姑姑的品位，代表她的审美，她觉得那只手镯很优雅、很漂亮；那科斯坦扎为什么也会喜欢这只手镯，十三年来一直保留着它，而且经常戴在手上？我想，我父亲那么仇视自己的妹妹，和她非常疏远，为什么他确信：一件属于姑姑的首饰，一只应该送给我的手镯，不适合我母亲，却适合他的第二个妻子？科斯坦扎那么优雅，出身珠宝世家，根本不需要这些东西，我父亲为什么觉得这只手镯适合她？维多利亚和科斯坦扎根本不是一类人，她们简直截然不同。我姑姑胸无点墨，科斯坦扎博览群书；一个粗俗，一个优雅；一个贫穷，一个富有。然而这只手镯却硬把她们联系在了一起，这让我感到迷惑，让我把她们摆在一起。

现如今我觉得，正是因为当时那种胡思乱想，我才能慢慢摆脱父母带给我的伤痛，我甚至开始觉得，我根本不在乎他们的相互指责、恳求和鄙视。但是，我用了好几个月的时间才做到这一点，起初一段时间，我拼命挣扎，像溺水的人一样惊慌失措，想抓住什么东西。有时候，尤其在夜晚，我带着痛苦和焦虑醒来后，我会想，虽然我父亲最讨厌那些神神鬼鬼、迷信的东西，但那只手镯的来历还是让他很忌讳，他害怕手镯会伤害到我，为了我的安全着想，他把手镯送了出去。这个想法使我平静下来了，我拥有一位慈爱的父亲，我刚出生，他就努力让我远离维多利亚姑姑的恶意，让我远离这个女巫姑姑的影响，因为她想控制我，把我变得像她一样。但没过多久，我又开始想：如果父亲很爱科斯坦扎，这让他背叛我母亲，让他离开母亲和我，那父亲为什么要送她一只不吉利的手镯呢？我在半睡半醒中胡思乱想，也许因为他太喜欢那只手镯了，所以才没有把它扔进海里。或许，他也被那件首饰迷惑了，他想在丢弃它之前，至少看着它戴在科斯坦扎手腕上的样子，正是这个愿望毁了他。他觉得，科斯坦扎戴着这只有魔法的手镯，她比原来更漂亮了，把我父亲吸引住了，让他无法只爱我母亲。总之，为了保护我，父亲决定自己承受妹妹的巫术（我时常幻想，维多利亚早就预见他会犯下这个错误），而这也毁掉了他的家庭。

我那时已经到了要彻底告别童话世界的年龄，但我又重新编造童话故事，在一定程度上，这减轻了我父亲对于那件事的责任，也把我的责任降到最小。如果事实上，一切恶的根源是维多利亚姑姑的魔法，那么现在这场悲剧，在我刚出生时就开始了。因此我没什么错，引导我见到维多利亚的那股黑暗力量其实早就存在了，整件事与我无关，就像耶稣提到的那些孩子，我是无辜的。可是，我精心构想的这幅画面后来也褪色了。无论这只手镯会不会带来厄运，客观事实是：我父亲十三年前就认为他妹妹送给我的手镯很美，这手镯也得到了像科斯坦扎那么优雅的女人的认可。结果是粗俗与文雅衔接在一起，两者之间的界限并不是那么清晰，这在我内心构建的童话世界里也是如此，我开始失去自己原有的定位，越来越迷茫。我姑姑从一个粗俗的女人变成了有品位的女人。我父亲和科斯坦扎从高雅变成了粗俗，因为他们对我母亲，甚至对招人厌恶的马里安诺犯下的错误，就能说明这一点。就这样，有时在入睡之前，我会想象一条地下隧道，把我父亲、科斯坦扎和维多利亚联系起来，即便这违背了他们的意愿。尽管他们觉得，他们之间很不同，可在我看来，他们本质是一样的。在我的想象里，我父亲会抓着科斯坦扎的屁股，在她身上撞击，就像过去恩佐对我姑姑做的，当然，恩佐也是这样对玛格丽塔的。他这样做，给我母亲带来了很大的痛苦，她会像童话故事里的人物一样哭泣，眼泪装满一个个瓶子，直到失去理智。而我继续和她在一起生活，过着一种阴郁的生活，不再有父亲才能带给我的乐趣，没有他应对世界的聪明才智，而科斯坦扎、安吉拉和伊达会享用他的智慧。

当时的情况就是这样，一次我放学回来，我发现那只手镯不止对我一个人意义非凡。我用钥匙打开家门，发现母亲在我房间里，愣愣地站在床头柜前。她从抽屉里取出了那只手镯，拿在手上，她凝望着它，仿佛那是“和谐女神哈耳摩尼亚的项链”，她想透过外表，看到它邪恶的本质。那时，我发现她的背更佝偻了，她变成了一个骨瘦如柴的驼背女人。

“你不戴了吗？”她发现我回来了，便问我，但没有转身。

“我不喜欢它。”

“你知道吗？它不是维多利亚的，而是你奶奶的。”

“谁告诉你的？”

母亲告诉我，她亲自给维多利亚打过电话，从她口中得知，我奶奶在临去世前把手镯留给了她。我不安地看着母亲，我已经无法和维多利亚交谈了，因为她是一个不可信、很危险的女人。但很显然，我父母只是禁止我和姑姑来往，他们自己还是会和她交谈。

“真的吗？”我满脸狐疑地问她。

“谁知道呢，所有来自你父亲家里的一切，包括你父亲，几乎都是假的。”

“你和他谈过了吗？”

“谈过。”

她想搞清楚这件事，也逼问了我父亲：“那只手镯真是你母亲的吗？她真把手镯留给了你妹妹吗？”他开始支支吾吾，说他很在意那只手镯，他记得手镯戴在他母亲手腕上的样子，所以当他得知维多利亚想要卖掉它时，便给了她一笔钱，把它保留下来了。

“奶奶是什么时候去世的？”我问。

“在你出生之前。”

“所以维多利亚撒谎了，她没把手镯送给我。”

“你父亲是这样说的。”

我能感觉到，母亲不相信父亲说的，她相信维多利亚说的。我到那时一直相信姑姑说的，虽然不是很情愿，直到现在我依然相信姑姑的版本，因此我也不相信父亲说的。但事与愿违，这只手镯已经开启了新的故事，带来了严重后果。在我的脑海里，这只手镯在几秒之内就变成了兄妹俩争吵的主要原因，成为了他们仇恨的诱因。我想象，我奶奶临终前躺在床上，她睁大双眼，嘴巴大张，喘不上气来，而我父亲和维多利亚，在他们的母亲垂死时，却在为一只手镯争吵。他把手镯从姑姑手中抢走，在咒骂声中，我父亲把钞票扔到空中，带着手镯离开了。我问母亲：

“刚开始，爸爸从维多利亚那里拿到手镯，是想等我长大了送给我吗？”

“不是。”

这两个字说得那么肯定，让我很难受，我说：

“他要那只手镯，也不是为了送给你。”

母亲点点头，把手镯放回抽屉里，就好像浑身失去了力量，她躺到了我床上抽泣起来。我觉得很不自在，她以前从来不哭，可好几个月以来，她动不动就哭起来，我也很想哭，但我克制住了，为什么她却不能克制一下？我轻抚着她一边肩膀，亲吻她的头发。现在事情很清楚，无论我父亲怎么得到的那只手镯，他的目的就是把它戴在科斯坦扎纤细的手腕上。这只手镯无论从哪个角度去看，无论把它放入什么故事中，比如一篇童话、一部有趣或平庸的小说里，它也只能说明一件事情：我们的身体被欲望推动着，在生活中消耗着自己，让我们做出一些不该做的事。总的来说，我能接受这种事情发生在马里安诺、我母亲，甚至是我身上，但我永远都想象不到，这样愚蠢的事情也会毁掉像科斯坦扎和我父亲这样优越的人。这件事让我思索了很长时间，我在学校里，在路上，吃午饭时，吃晚饭时，在深夜里我都在想着它。那些充满智慧的人怎么会做出这么愚蠢的事，我在思索这其中的含义。

- 2 -

那两年里发生了许多重要的事情，我父亲在强调我确实很像他妹妹之后，第一次离家出走，我觉得，他那样做是因为我让他很厌恶。我很委屈，也很恼火，我决定不再学习。我不再打开书本，也不再写作业。冬天过去了，我变得越来越不像之前的自己。我改掉了一些父亲让我养成的习惯，我不再读报纸，也不看电视新闻。至于衣服的颜色，我也从白色、粉色换成了黑色，眼睛涂成黑色的，嘴唇是黑色的，所有衣物都是黑色的。我上课心不在焉，对老师的批评充耳不闻，母亲的啼哭也让我无所谓。我不学习，但我疯狂地读小说，在电视上看电影，听震耳欲聋的音乐。尤其在生活中，我变得沉默寡言。本来我也没什么朋友，除了和安吉拉、伊达多年的来往，但她们也被家庭发生的悲剧吞没了，我彻底变成孤身一人，脑子里只回荡着自己的声音。我在心里大笑，对自己做各种表情，很多时候，我都待在学校后面的阶梯上，或者在浮罗里迪阿娜公园里，我在两旁种着树木和篱笆的小路上晃荡。很久以前，我和我母亲、科斯坦扎、安吉拉和伊达一起走过一次，那时伊达还坐在婴儿车里。我喜欢在恍惚之中进入往昔快乐的时光里，仿佛自己已经老了，我漫不经心地看着那道矮墙，望着桑塔雷拉别墅里的花园，或坐在浮罗里迪阿娜公园的一张长凳上，那里面朝大海，可以俯瞰整座城市。

后来安吉拉和伊达又出现了，但我们只通过电话联系，是安吉拉给我打来了电话，她很高兴地说，她想尽快让我看看她们在波西利波的新家。

“你什么时候过来？”她问。

“我不知道。”

“你爸爸说了，你以后会经常和我们在一起。”

“我得陪着我妈妈。”

“你生我的气了？”

“没有。”

安吉拉确定我不嫉恨她之后，就改变了语气，变得更热情，对我说了她的一些秘密，虽然她应该清楚，我并不想听那些。她说，从某种意义上来说，我父亲将会变成她们的父亲，因为他离婚后会和科斯坦扎结婚。她说，马里安诺不但不想再见到科斯坦扎，也不想再见她和伊达了。她知道这件事，是因为一天晚上，马里安诺叫喊着说，他敢肯定，她们的亲生父亲是我父亲，她和伊达都听见了。她最后向我透露说，她有一个男朋友，但我不可以告诉任何人：她的男朋友是托尼诺，他经常打电话，他们在波西利波见过面，他们在梅尔杰利纳海港散过许多次步，不到一个星期前，他们相互表白了。

虽然这通电话很长，但我几乎什么都没说。即使她用开玩笑的语气说，我们俩可能是姐妹，所以我可能成为托尼诺的小姨子，我也没说话。直到伊达——她可能一直在旁边站着听我们说话——难过地大声说：“我们才不是姐妹，虽然你爸爸很可爱，但我只想要我爸爸！”我这时才轻声说：“我赞同伊达的想法，即便你们的母亲和我父亲结婚了，你们还是马里安诺的女儿，我还是安德烈的女儿。”我知道安吉拉和托尼诺好了，这让我很不悦，但我没有说出来。我只是低声说：

“当初我说托尼诺喜欢我，我是开玩笑的，托尼诺从来没喜欢过我。”

“我知道，我在答应和他交往之前问过这件事，他对我发誓，他对你从来都没产生过好感。他第一次见到我就爱上我了，他心里只有我。”

随后，她突然哭了起来，仿佛刚才闲聊时她极力压抑的痛苦突破了堤坝，她匆匆说了一句抱歉便挂断了电话。

每个人都哭个不停，我实在受不了这些眼泪了。6月，我母亲去了学校，想看看我在学校的表现，发现我考试没及格。她自然知道我没怎么学习，但不及格似乎在她的意料之外。她想和任课老师谈话，和校长谈话，她拽着我跟她一起去，好像我可以证明自己受了委屈。几位老师很费劲才想起我是谁，可他们拿出花名册，上面给我打的全是很低的分数，他们向我母亲证明，我缺课的次数超过了规定。我母亲很难过，尤其是对我逃课这件事。她低声问我："你去哪儿了？你干什么了？"我说："我去了浮罗里迪阿娜公园。"这时我语文老师说，这孩子可能不太擅长学文科。然后他很温和地问我："是不是这样？"我没回答他，但我想大喊：我长大了，我已经不是小孩儿了！我什么都不擅长，我不聪明，不积极向上，不友爱，我不漂亮，我也不招人喜欢！我母亲——她眼妆很浓，打了许多腮红，脸上的皮肤绷得很紧——她替我回答说："她很擅长，特别擅长，只是今年她有一点迷失。"

在回家的路上，她才开始生我父亲的气：都是他的错，他应该好好监督你学习，他应该帮助你，鼓励你，他却离开了。回到家后，她仍在抱怨，但她不知道怎么才能找到那个不负责任的丈夫，第二天，母亲去学校找他了。我不知道他们聊得怎么样，但晚上母亲对我说：

"我们不要把这件事告诉任何人。"

"什么事？"

"你留级的事。"

我感到更大的羞辱。我发现，我希望大家都知道这件事，最终来说，留级是我与众不同的体现。我本来希望母亲会把我留级的事儿告诉她学校里的同事，告诉那些她为之修改样稿的人；我尤其是希望我父亲把我留级的事告诉那些尊重他、爱戴他的人。我希望他说，乔瓦娜不像我和她母亲，她不爱学习，也不用功，她从内到外都像她姑姑一样丑，或许她应该和她姑姑一起生活，住在工业区的马切洛街。

“为什么？”我问。

“因为没必要把这事儿搞得像一场悲剧，这只是一次小小的挫折。你再来一年，好好学习，你会是班级里最优秀的学生。你愿意吗？”

“我愿意。”我不情愿地回答。我想回自己的房间，但她留住我说：

“等一下，记住也不要告诉安吉拉和伊达。”

“她们都升级了吗？”

“是的。”

“是爸爸说的？他让你不要告诉她们吗？”

她没回答我，开始埋头工作，我觉得她似乎更瘦了。我知道，他们为我的失败感到羞耻，或许这是他们唯一共同的情感。

-3-

那个夏天，我们没去度假，母亲没有度假。父亲那边我不知道，直到第二年深冬，我们才见到他，因为母亲要和他正式离婚，才找到了他。但我无法忍受这件事，整个夏天，我都假装没有察觉到母亲的绝望。甚至她和我父亲开始讨论怎么分割财产时，甚至是他们激烈争吵时，我都漠不关心。那时父亲说，奈拉，我现在急需书桌第一个抽屉里的笔记。母亲开始叫嚷，说他别妄想从这个家里拿走任何东西，哪怕是一本书、一个笔记本，哪怕只是他平时用的钢笔和打字机。然而，让我感觉最受伤害、最屈辱的是，他们嘱咐我说，不要告诉任何人你留级了。我第一次觉得他们真的很猥琐，就像维多利亚向我描绘的那样。于是我想方设法避免与安吉拉和伊达通话或见面，我担心她们问我考试成绩怎么样，或问我其他事情，比如问我高二的学习怎么样，实际上，我还正在重念高一的课程。我越来越喜欢撒谎，那时我觉得，祈祷和撒谎一样，可以给我带来同样的安慰。为了避免我父母被揭穿，避免别人知道我没有遗传他们的才能，我必须要不断说谎，这让我很受伤，很沮丧。

一次伊达打来电话，我让母亲说我不在，虽然那时我看了许多小说和电影，我很想和她，而不是和安吉拉讨论。但我更喜欢绝对的孤立状态，如果有可能的话，我都不想再和我母亲说话了。在学校里，在那些乖孩子中间，我的穿衣和化妆风格都像一个离经叛道的女人，我远离所有人，包括老师在内。那些老师都在默默忍受着我桀骜不驯的态度，因为我母亲想办法让他们知道：她也是一名教师。母亲不在家时，我把音乐开得很大声，有时我会跟着音乐节奏疯狂跳舞，经常会有邻居过来按门铃抗议，但我从来不开门。

一天下午，我一个人正在家里大声放音乐，门铃响了，我看着猫眼，很确定是生气的邻居在抗议，可我在楼梯间看到了库拉多。我还是不打算开门，但我意识到，他应该听见了我经过走廊的脚步声。他盯着猫眼，脸上带着平时那种厚颜无耻的表情，或许他听见了我在门这边的呼吸声，这时他脸上严肃的表情消失了，露出一个让人安心的灿烂微笑。我脑海里浮现在墓地里看到的他父亲的照片，在那张照片上，我姑姑的情人就是带着这种心满意足的微笑。我想，不应该在公墓里放死者微笑的照片，幸好库拉多的微笑浮现在一个活生生的男孩脸上。我让他进来了，主要是因为我父母总叮嘱我，他们不在家时，不要让任何人进门，但我不后悔让他进来。他逗留了一个小时，从那场漫长的危机开始之后，我第一次感觉到快乐，我以为我已经失去了快乐的能力。

当我认识了玛格丽塔的几个孩子，我很欣赏托尼诺的克制，我也喜欢朱莉安娜的美丽、通人情，但库拉多喋喋不休，又有些邪气的话让我很厌烦。他会取笑任何人，甚至连维多利亚姑姑也不放过，有时他说的话一点儿也不好笑。但那天下午，他嘴里说出的任何话——通常都是一些愚蠢的废话，都让我笑得前仰后合，流出眼泪。我第一次有这样的反应，随后这便成了我的特征：我无缘无故地大笑，没法停下来，大笑也变成了干笑。那天下午最激动人心的时刻，是库拉多提到“假正经”这个词。我之前从没听过这个词，我觉得很滑稽，他说出这个词时，我开始捧腹大笑。库拉多察觉到了我的反应，于是用他那方言调子的意大利语不断说到这个词——这个假正经，那个假正经——他一会儿贬低他哥哥托尼诺，一会儿又讽刺他妹妹朱莉安娜，同时从我的笑声中获得满足和鼓励。在他看来，托尼诺是假正经，因为他和我朋友安吉拉，一个更假正经的人好上了。库拉多问他哥，你亲她了吗？有过几次。你摸她的胸了吗？没有，因为我尊重她。你尊重她？那你就是个假正经，只有假正经才会在交往后还尊重女朋友，如果你尊重她，为什么还和她成为男女朋友？真他妈没劲儿！看着安吉拉，如果她不是那么假正经，她会说，托尼诺，求你了，不要再尊重我了，不然我就甩了你。他们太逗了，哈哈哈！

那天下午，我多开心啊！我喜欢库拉多谈论性时的坦然，我喜欢他用那种方式嘲笑他哥哥和安吉拉的关系。情侣在一起会做什么，他似乎懂得很多，也亲身经历过，他会用方言漫不经心地说出一些性行为的名称，然后向我解释那是什么意思。虽然我不太明白那些词汇，但我仍会发出谨慎而僵硬的笑声，直到他又左一句右一句提到“假正经”时，我又真正大笑起来。

他不会区分严肃和滑稽，他似乎觉得，性是一件很搞笑的事。我明白，无论接不接吻，抚摸不抚摸，都是很搞笑的事。在他看来，所有人里最搞笑的是他妹妹和罗伯特——托尼诺那个特别聪明的朋友。他们俩从小就相爱，但从来都没有告诉别人，现在他们终于在一起了。朱莉安娜疯狂地爱着罗伯特，对她来说，他最帅气、最聪明、最勇敢，也最正直，另外他比耶稣基督还要相信上帝，虽然耶稣是上帝的儿子。在那不勒斯的帕斯科内城区，还有罗伯特念书的米兰，所有方济各修女都一定赞同朱莉安娜的观点。但库拉多对我说，还有很多肩膀上顶着脑袋的人不赞同这种狂热，这些人中也有库拉多和他的朋友，比如那个长着龅牙的男孩罗萨里奥。

“也许你们搞错了，朱莉安娜是对的呢。”我说。

他语气很严肃，但我很快就明白，那是他装出来的。

“你不认识罗伯特，但你认识朱莉安娜。你去过教区，见过大家跳舞，见过拉手风琴的维多利亚和那些人。因此你可以告诉我：你是相信他们，还是相信我？”

我已经笑了起来，我说：

“我相信你。”

“那么，照你的想法，客观来说，罗伯特是什么样的人？”

“一个假正经。”我几乎是大喊出来的，狂笑不止，我脸上的肌肉都笑疼了。

我们俩越用这种方式说话，我心中打破规矩的快感就越强烈。家里大人不在，我让一个比我大七八岁的小伙子进来，和他兴高采烈地谈论了将近一小时的性事。渐渐地，我觉得我已经准备打破所有禁忌。他猜到了我的心事，他眼里泛着光，说：“你想看一样东西吗？”我摇摇头，但我笑了，库拉多也在嬉笑，他忽然把裤子拉链拉开了，小声说：“把手给我，我可以让你摸一下。”我只是笑，没把手给他，他很温柔地把我的手拉了过去。“抓住！”他说，“啊，不要太使劲儿，很好，近一点，你以前没有摸过‘假正经’，对吗？”他故意这样说，想让我继续笑。我笑起来，小声对他说：“行了，我妈妈要回来了。”他回答说：“我们也让她摸一下‘假正经’。”我们又疯狂笑了起来，我觉得握着他那又粗又硬的玩意儿很滑稽，我把它拉了出来，想到他都没有吻过我。我正想着，他要求我说：“把它放进嘴里。”我本想那么做，那时他让我做什么，我就会做什么，但他裤子里散发出一股浓烈的公厕味，让我感到很恶心。而且就在那时，他突然说：“算了。”然后把它从我手里拿走，塞进内裤里，喉咙里发出一阵呻吟，让我很震惊。我看见他闭着眼睛瘫坐在沙发上，倚着靠背。没过几秒，他动了起来，他拉上拉链，从沙发上一跃而起。他看看手表说：

“我该走了，贾妮，我们刚才聊得这么开心，我们还要再见面啊。”

“我母亲不让我出门，我得学习。”

“你不用学习吧，你已经很优秀了。”

“我不优秀，我没考及格，留级了。”

他用难以置信的目光看着我。

“你得了吧，不可能。我都从来没留过级，你会留级？这不公平，你要反抗。你知道吗？我从来都不是学习那块料。机械师证是他们白送给我的，因为我讨人喜欢。”

“你不讨人喜欢，你是个笨蛋。”

“你是说，你和笨蛋玩得很开心？”

“是的。”

“所以你也是笨蛋？”

“是的。”

库拉多已经走到楼梯间了，他才突然拍了一下脑门，大叫一声，我差点忘了一件重要的事！他从裤兜里掏出一个皱巴巴的信封，他说他是专程来送这封信的，信是维多利亚给我的。还好他记起来了，如果他忘了，我姑姑会像青蛙一样大声叫嚷。他说“青蛙”，是想用这个无厘头的比喻引我发笑，但这一次我没有笑。他把信给我后，走楼梯下去，消失了，痛苦又回到了我的心里。

那个信封脏兮兮、皱巴巴，还封着口。我趁着母亲还没回来，手忙脚乱地打开信封。信只有几行，但有许多拼写错误。维多利亚说，既然我不再给她打电话，也不接她的电话，就已经表明，我像我父母亲那样，对亲人已没有感情，那我该把手镯还给她，她会派库拉多来拿。

- 4 -

我又重新戴上了那只手镯，这出于两个原因：首先，维多利亚想要回手镯，我想戴着它在班级里炫耀一阵子，我想让别人明白，我作为留级生，其实这对我来说是件无所谓的事情；其次，我父母快正式离婚了，父亲尝试和我重建关系，他每次在学校下面出现时，我都想让他看见这只手镯，我想让他明白，如果他邀请我去科斯坦扎家，我一定会戴着这只手镯去。但无论是我的女同学还是我父亲，都没有注意这件首饰，我们女同学是出于嫉妒，而对于与我父亲来说，哪怕只是提到手镯，可能就会让他很难堪。

父亲一般会出现在学校门口，他语气很亲切，我们会一起去缆车站不远的小吃店吃番茄奶酪盒子和油炸面团。他会问到老师、课程和分数，但我有种感觉，尽管他看起来很专注地听我说话，可他对我说什么都不感兴趣。这些话题很快就聊完了，他也不会说起别的事情，我也不敢打听他的新生活，最后我们俩都陷入了沉默。

这种沉默让我很难过，也很生气，我觉得父亲快要变成另一个人，不再是我父亲了。他看着我，以为我漫不经心，没有觉察到他的目光，但其实我感到了他目光里的不安。他仿佛已经很难认出我了，我现在化着浓妆，从头到脚都是黑色的。或者对他来说，我的两面性已经越来越明显了，我是一个虚伪讨厌的人，比我还是他最疼爱的女儿时更明显。在我家房子下面，他又变得很亲切，他会亲吻我的额头，对我说，替我向你妈妈问好。我跟他告别之后，大门刚在我背后关上，我就伤感地想象，他猛踩油门，如释重负地离开了。

我在楼梯上或电梯里，经常哼唱一些我讨厌的那不勒斯民歌。我假装自己是歌手，我把衣领尽量往下拉，露出胸口，吟唱那些听起来很可笑的歌词。走到楼梯间时，我会收敛自己，把衣服整理好，用钥匙打开门，走进家门。我母亲在家里，她也刚从学校回来。

“爸爸向你问好。”

“谢谢他。你吃饭了吗？”

“吃了。”

“吃的什么？”

“番茄奶酪盒子和油炸面团。”

“下次你告诉他，你不能总吃番茄奶酪盒和油炸面团，再说，那些食物对他自己身体也不好。”

她说最后一句话时，那种真诚的语气令我感到诧异，其实她也说过很多类似的话。经过一段漫长的绝望时光，她内心的某些东西发生了变化，或许是那种绝望的表现方式变了。她已经瘦得皮包骨头，她抽烟比维多利亚姑姑还要凶，她的背越来越弯，她坐着工作时，就像个鱼钩，好像要捕捉那些很难上钩的鱼。尽管如此，但一段时间以来，她关心的似乎不是自己，反而是她前夫。有时候我很确信，她认为前夫快死了，甚至已经死了，只是没人发现而已。她依然会把所有可能的过错都算到他头上，但现在掺杂了对他的怨恨和牵挂。她痛恨我父亲，但似乎又担心他离开自己的庇护后，会很快失去健康和性命。我不知道该怎么办，她的身体状况让我担心，可我又很生她的气，她逐渐丧失对其他事物的兴趣，却仍旧对和前夫一起度过的日子念念不忘。我会看一眼她修改的、经常是重写的那些故事，现在故事里总是有一个优秀的男人，会因为各种原因消失。如果她的某个女性朋友来家里做客，通常是和她在同一所高中教书的老师，我经常会听见她说出类似这样的话：“我前夫有许多毛病，不过在这个问题上，他绝对是对的，他说……他认为……”她频繁提到我父亲，而且满怀敬意，但远不止这些。

她通常会买《共和国报》，当她发现我父亲开始频繁给《团结报》写文章后，她也开始买《团结报》，她会把署名展示给我，还会把一些句子画出来，把那些文章剪下来。我心想：如果一个男人对我做了我父亲对我母亲做的那种事，我一定会撕开他的胸腔，把他的心挖出来。我那时确信，在那段时间里，她也幻想过这样的报复，可现在那种恶毒的怨恨逐渐平息下去了，变成了对过去的怀念。一天晚上，我发现她正在整理家庭照片，包括她放在金属盒里的那照片。她说：

“过来，你看这张照片上，你父亲多帅啊！”

她给我展示了一张黑白照片，那是我之前从来没见过的，虽然我之前把家里到处都翻了个遍。她从一本意大利语词典里抽出了那张照片，那是她高中时就有的一本词典，我从没想过要在那种地方找。我父亲应该也不知道这张照片的存在，因为照片上，维多利亚姑姑没被涂抹掉，她还是个小姑娘。照片上还有恩佐——我一眼就认出了他。不仅如此，在那张照片上，我父亲站在中间，姑姑在一侧，恩佐在另一侧，照片上还有一个身材娇小的女人坐在一张单人沙发上，不算太老，也不是很年轻，脸上的表情看起来很凶恶。我低声说：

“在这张照片上，爸爸和维多利亚看起来很高兴，姑姑面带微笑看着他。”

“是呀。”

“这是恩佐，那个流氓宪兵。”

“是的。”

“在照片上，他和父亲也没有矛盾。”

“没错，他们一开始是朋友，恩佐经常去他家。”

“这位太太是谁？”

“你奶奶。”

“她人怎么样？”

“很讨厌。”

“为什么？”

“她不喜欢你父亲，所以也不喜欢我。她连话都不想和我说，也不想见到我，我一直都不属于那个家，一直都是外人。你想啊，她更喜欢恩佐，而不是你父亲。”

我仔细地观察这张照片，心里突然一惊，我从笔筒里拿了一个放大镜，放大了照片上奶奶的右手腕。

“你看！”我说，“奶奶戴着我的手镯。”

她没有拿放大镜，她弯下腰，像鱼钩一样，看着照片摇摇头，小声说了一句：

“我从来没有留意过。”

“我一眼就看见了。”

她做出一个厌烦的表情。

“是啊，你一眼就看见了手镯。可我让你看你父亲，你却看都没看。”

“我看了，我不觉得他有多好看。”

“他很帅，你还小，你不懂一个聪明的男人有多英俊。”

“我知道。在照片上，他就像维多利亚姑姑的双胞胎哥哥。”

母亲用她虚弱的语调，有些沉重地说：

“他抛弃的人是我，不是你。”

“他抛下了我们俩，我恨他。”

她摇摇头。

“该恨他的是我。”

“我也恨他。”

“不，你现在很生气，你不知道自己在说什么。他本质是一个善良的男人。他看似说了谎，背叛了我们，但其实他很诚实。在某种意义上，甚至可以说他很忠诚。他的真爱是科斯坦扎，他们好了这么多年，到死他们都会在一起。最重要的是，他愿意把他母亲的手镯送给科斯坦扎。”

- 5 -

我的发现让我俩都很痛苦，但我们的反应却不同。我母亲不知道翻过多少次那本字典，不知道看过多少次那张照片，可她从来没发现马里安诺的妻子炫耀了那么多年的手镯，她多年来梦寐以求的精致首饰，竟然就是照片里她婆婆手腕上戴的那只。在那张黑白照片上，她唯一能看到的是父亲少年时的样子，在照片里，母亲看到了她爱父亲的原因，她才把照片像一朵花一样珍藏在字典里，即使干枯了，也会让人想起收到鲜花的时刻。她眼里只有我父亲，从未注意到其他东西，所以我给她指出那件首饰时，她一定感到心如刀割。但她没让我看见她的反应，她努力克制自己，她说一些温情或充满怀念的话来掩人耳目，似乎要转移我的注意力。我父亲善良、诚实、忠诚？科斯坦扎是他的真爱，他真正的妻子？我奶奶更喜欢的是恩佐——那个勾引维多利亚的人，而不是自己的儿子？她编造了好几个类似的小故事，讲给我听，最后，她慢慢又沉浸在了对前夫充满崇拜的怀念里。当然，现在在我看来，如果她没有通过某种方式填满丈夫留下来的空洞，她的内心会崩溃，她会死掉。可当时我觉得，她选择了一种最让人厌恶的方式。

至于我，那张照片给了我勇气，让我觉得，无论出于什么原因，都不能把手镯还给维多利亚姑姑。我想到的理由很混乱，我心想，这只手镯是我的，因为这是我奶奶的。我心想，这属于我，因为维多利亚违背了我父亲的意愿，把手镯据为己有，也因为我父亲违背了维多利亚的意愿，把手镯抢了过来。我心想，它属于我，无论如何它都属于我。不仅因为它是姑姑送给我的，无论这是不是谎言，但我父亲得到了这只手镯，是为了把它送给一个外人。我心想，这是我的，因为那个女人，也就是科斯坦扎把它还给了我，所以维多利亚索要它不合情理。我最后想，这是我的，因为我在照片里认出了它，我母亲却没有，因为我知道怎么面对痛苦，承受痛苦，也知道如何制造痛苦，可她不会。她让我很难过，她连成为马里安诺的情人的能耐都没有，她不知道怎么使自己快乐，她现在又瘦又干，还驼背，她在那些愚蠢的故事上浪费时间，故事里全是像她一样的女人。

我不像她，我像维多利亚和我父亲，照片上他们兄妹俩长得很像。我开始给姑姑写信，我的信很长，比她给我写的信长很多，我给她罗列出我想保留手镯的那些乱七八糟的理由。我把信放进上学装书的双肩包里，等着某一天库拉多或维多利亚本人出现。

- 6 -

然而，在学校楼下意外出现的人却是科斯坦扎。那天早上，在我母亲的强迫下，她把手镯还给我了，之后我一直没再见过她。我觉得她比原来更漂亮、更优雅了，她身上散发着淡淡的香水味。那款香水我母亲之前用了许多年，可她已经不用了。我唯一不喜欢的细节是：她眼睛肿着。她用一向都很迷人的声音对我说，她想带我参加一个小型家庭聚会，只有我和她两个女儿；我父亲整个下午都要忙学校的事，但他已经给我母亲打过电话，我母亲也同意了。

“在哪里？”我问。

“在我家。”

“为什么？”

“你不记得了？今天是伊达的生日。”

“我有很多作业。”

“明天是星期天。”

“我讨厌星期天学习。”

“你不愿做出这个小小的牺牲吗？伊达经常提起你，她很爱你。”

我做出了让步，上了她那辆和她一样散发着香味的汽车，车子向波西利波开去。她问了我学校的事，尽管我不知道高二学的是什么，而她是老师，每一个问题我都害怕答错，我还是小心翼翼，没说我留级了，还在上高一。为了岔开话题，我问起安吉拉。科斯坦扎马上就开始说，她两个女儿因为我们不再见面的事儿有多难过。她对我说，安吉拉最近梦到我了，在梦里她丢了一只鞋，我帮她找了回来，诸如此类的事。她说话时，我漫不经心地把玩着手镯，我想让她注意到我戴着它。然后我说：“我们不再见面，那也不是我们的错。”我说完这句话后，她的语气就变了，她有些冷淡地低声说：“你说得对，不是你们的错。”接着便陷入了沉默，就像是因为路上车多，她决定专心开车了。但她没忍住，突然又说了一句：“你也不要觉得都是你父亲的错，发生了这件事，谁也没有错，大家都不是有心伤害别人的。”她减慢速度，把车靠边停下，说：“很抱歉。”她突然哭起来。天啊！我真受不了这些眼泪了。

她抽噎着说：“你不知道你父亲有多痛苦，他多为你操心，他睡不着觉，他很想你，安吉拉、伊达和我也想你。”

“我也很想他，”我很不自在地说，“我想你们所有人，我也想马里安诺。我知道谁也没有错，发生这样的事，谁也没办法。”

她用指尖擦干眼泪，她的每个动作都很轻盈、小心。

“你真懂事，”她说，“你总是能对我的女儿起到正面影响。”

“我不懂事，但我读了许多小说。”

“很好，你在成长，你说的话总是很有意思。”

“不，我是认真的，我刚才说的不是我的话，那是书里的句子。”

“安吉拉已经不看书了，你知道她谈了一个男朋友吗？”

“知道。”

“你有男朋友吗？”

“没有。”

“爱情很复杂，安吉拉谈得太早了。”

她补了补眼妆，掩盖住了发红的眼睛，问我有没有整理好，又重新发动了汽车。同时她又谈起安吉拉，虽然她没有直接问我，但她旁敲侧击，想明白我是否比她知道更多事。我很紧张，我不想说错话。我很快发现，她对托尼诺一无所知，不知道他的年龄，不知道他是做什么的，连名字也不知道。我没说他和维多利亚、玛格丽塔与恩佐的关系，也没有说他比安吉拉大了将近十岁。我只是小声说，他是一个可靠的男孩，为了防止自己说出其他事情，我差点找借口说我不舒服，我想回家。但那时我们已经到了，汽车行驶在一条林荫大道上，随后科斯坦扎停好了车。波光粼粼的大海和花园里的旖旎景色吸引了我：那不勒斯城尽收眼底，天空一望无垠，维苏埃火山也清晰可见。这就是我父亲现在生活的地方。他离开圣贾科莫牧羊山路，并没有降低太多高度，反而获得了这样的美景。科斯坦扎问我：

“你可以帮我一个小忙吗？”

“可以。”

“你能摘掉手镯吗？我女儿都不知道我把它给你了。”

“如果把真相说出来，或许一切就不会这么复杂了。”

她痛苦地说：

“真相很复杂，等你长大就明白了，而看小说是没办法明白的，所以，你愿意帮我这个忙吗？”

谎言，全是谎言，成年人不准我们说谎，可他们却满嘴谎言。我点头同意，取下手镯，放进了口袋。她向我致谢，我们一起进了她家。隔了这么长时间，我又见到了安吉拉和伊达，虽然我们仨变化都很大，但我们很快就重新找回了之前的默契。你好瘦啊！伊达说，可是你的胸真丰满，你的脚真长，啧啧，你为什么穿的全是黑衣服？

我们在一个洒满阳光的厨房里吃饭，里面的家具和电器都闪闪发亮。我们三个女孩开始开玩笑，我一直嘻嘻哈哈，科斯坦扎看到我们的样子，心情也好了许多。她脸上哭过的痕迹没有了，她很热情，对我的照顾比对她女儿还周到。后来，她责备了两个女儿，因为她们特别激动，开始详细地给我讲她们和外婆一起去伦敦的旅行，我完全插不上话。整个过程中，科斯坦扎一直满怀爱意地看着我，她在我耳边悄悄说了两次："你能来，我真高兴，你现在出落得这么漂亮了。"她有什么意图？我心里想。或许她想把我也从母亲身边抢走，想让我来这个家生活。我会不开心吗？不，或许我会很开心。这里宽敞明亮，无比惬意。如果我父亲没有像住在圣贾科莫牧羊山路时那样，在这里睡觉，吃饭，去洗手间，我几乎可以肯定，我会在这里住得很开心。障碍恰恰就在这里，他生活在那里，他的存在让一切都无法想象：我住在那里，与安吉拉和伊达恢复关系，吃科斯坦扎家勤快、安静的女佣做的饭。我发现，我最担心的是他提着装满书的公文包，从某个地方回来的那一刻，他会亲吻这个妻子的嘴唇，就像曾经一直对另一个妻子那样。他会说他很累，但还是会和我们三个孩子开玩笑，会假装很爱我们，他会把安吉拉抱在腿上，帮她一起吹生日蜡烛，会唱欢乐的生日歌，接着他会像往常一样，突然变得很冷淡，回到另一个房间，也就是他的新书房，和圣贾科莫牧羊山路的那间书房一样，他会把自己关在里面。科斯坦扎会像我母亲以前一样，告诉我们："你们说话小声点，拜托了，不要打扰安德烈，他还要工作。"

"你怎么了？"科斯坦扎问我，"你脸色变得很苍白，有什么问题吗？"

"妈妈！"安吉拉叹了一口气，"你能让我们安静一会儿吗？"

- 7 -

我们三个女孩单独度过了一下午，大部分时间里，安吉拉都在不停地谈托尼诺。她竭尽全力想让我相信，她非常在乎这个男孩。托尼诺话很少，性子慢，但他说的都是重要的事。托尼诺对她言听计从，因为很爱她，但他会维护自己的立场，让别人尊重他。托尼诺每天都去接她放学，他个子很高，一头鬈发，安吉拉一眼就能在拥挤的人群里看到他，因为他那么帅气，肩膀很宽阔，穿着羽绒服都能看到他的肌肉。托尼诺取得了测量师资格证，已经开始做一些零工了，但他胸怀大志，正偷偷学建筑，他跟母亲和弟弟妹妹都没说。他和罗伯特很要好，罗伯特是朱莉安娜的男朋友，但他俩很不同。安吉拉在四个人一起吃披萨时认识了罗伯特，不过很扫兴，罗伯特很普通，也有点无趣。她不明白，为什么朱莉安娜这么漂亮的女孩会那么喜欢他。她也不明白，托尼诺比罗伯特帅气，也比他聪明，为什么没得到那么多关注。

我一直听着，但她无法让我信服，我反而觉得，她是在利用男朋友的事情让我明白，虽然她的父母离婚了，她依然很快乐。我问她：

“为什么你没有跟你母亲说过他？”

“这和我母亲有什么关系？”

“她想从我这儿打探消息。”

她惊恐不安地问：

“你告诉她托尼诺是谁了吗？你告诉她，我在哪里认识他了吗？”

“没有。”

“她不该知道这些。”

“那马里安诺呢？”

“他更不该知道。”

“你知道吗，如果我父亲看到他，会马上让你跟他分手。”

“你父亲算什么，他应该闭嘴，他没权利告诉我该做什么。”

伊达使劲点头，表示赞同，她强调说：

“我们的父亲是马里安诺，这点是不会错的。我和姐姐已经决定了，我们不是任何人的女儿，我们也不会再把我们的母亲当母亲了。”

安吉拉压低声音说话，我们以前用粗话谈论性时，她总会这样。

“她是个婊子，是你父亲的婊子。”

我说：

“在我正读的一本书里，有个女孩在她父亲的照片上吐口水，她的一个朋友也这样做了。”

安吉拉问：

“你会在你父亲的照片上吐口水吗？”

“那你呢？”我也问她。

“我会在我母亲的照片上吐口水。”

“我不会。”伊达说。

我想了一会儿，说：

“我会在我父亲的照片上撒尿。”

这种假设让安吉拉很激动。

“我们可以一起做。”

“如果你们要这么做，”伊达说，“我会看着你们，然后把你们写下来。”

“把我们写下来是什么意思？”我问。

“我写你们在安德烈的照片上撒尿。”

“写一篇小说？”

“是的。”

我很高兴，我喜欢姐妹俩切断血缘关系，选择在自己家里“流亡”。我也想那么做，我喜欢这种做法，我也喜欢她们的口无遮拦。

“如果你喜欢写这类故事，我可以给你讲讲我真正做过的事。”

“什么事？”

我压低声音：

“我比你们的母亲更像婊子。”

她们对我要说的事情表现出浓厚的兴趣，一直追问我，想让我讲给她们听。

“你有男朋友了吗？”伊达问。

“要做婊子，并不需要男朋友，做婊子是随便什么人都行。”

“那你是随便什么人都行吗？”安吉拉问。

我说是的。我讲了我和一些男孩用方言谈论性，我一直笑个不停，等我笑够了，他们就把那玩意儿掏出来，他们想让我把它握在手里，或放进嘴里。

“好恶心！”伊达说。

“是呀，”我承认说，“都很恶心。”

“‘都’是什么意思？”安吉拉问。

“所有男人，他们的味道就像火车上的厕所。”

“但接吻很美好。”伊达说。

“男人不喜欢接吻，他们连碰也不碰你，就迅速拉开裤子拉链，他们只希望你摸那玩意儿。”

“不对！”安吉拉忍不住反驳说，“托尼诺会吻我。”

她质疑我说的话，让我觉得很生气。

“托尼诺只吻你，是因为他不会对你做其他事。”

“不对。”

“那我们听听，你和他都做了什么？”

安吉拉小声说：

“托尼诺是很虔诚的教徒，他很尊重我。”

“看吧，你交男朋友做什么？让他尊重你？”

安吉拉没说话，摇摇头，有些烦躁。

“我交男朋友是因为他喜欢我。而你，可能根本没人喜欢你，你还留级了。”

“是真的吗？”伊达问。

“谁告诉你的？”

安吉拉犹豫不决，似乎在为自己一时冲动羞辱了我而感到抱歉。她小声嘀咕说：

“你告诉了库拉多，库拉多告诉了托尼诺。”

伊达想安慰我。

“但我们没有告诉任何人。”她说，她想抚摸我一边的脸颊。我躲开了，一字一句地说：

“只有像你们这样的贱人才会鹦鹉学舌，只有你们才会顺利升学，会让男朋友尊重自己。我不学习，考试不及格，我是个婊子。”

- 8 -

我父亲回来时天已经黑了，科斯坦扎看起来很焦虑，说：“你怎么搞得这么晚，你知道乔瓦娜来了。”我们吃晚饭时，他假装很高兴。我非常了解他，他在努力扮演自己的角色，他并不快乐，但他表现得兴高采烈。我希望，他过去与我和母亲生活在一起时，没有像那晚一样费劲假装，那实在太明显了。

而我丝毫没有掩饰自己的愤怒，科斯坦扎虚情假意的关心让我很厌烦，安吉拉冒犯了我，我不想再和她有任何关系，我也受不了伊达试图安慰我时的各种友爱表现。我感觉心里有一股恶意在汹涌，想不顾一切地爆发出来，从我的眼睛里、从我的脸上一定能看出来，想到这一点，我忽然有些担忧。这时我在伊达的耳边小声说："今天是你的生日，可是马里安诺没有来，应该有什么原因吧。可能是你太爱抱怨了，也可能是你太烦人了。"伊达不再和我说话，下嘴唇颤抖着，仿佛被我打了一耳光。

这件事并没有这样悄无声息地过去。这时，父亲正温和地和安吉拉说着什么，他察觉到我对伊达说了难听话，他中断谈话，忽然转向我的方向，斥责我说："拜托了，乔瓦娜，别这么没教养！"我什么也没说，只是露出一个微笑，这更让他恼怒，于是他又厉声问："你听到我说的了吗？"我点点头，强忍着不让自己笑出来，我等了一会儿，脸上火辣辣的，我说："我去一下卫生间。"

我关上卫生间的门，拼命洗脸，想洗去脸上的愤怒和灼热感。他认为他能伤害我，我也很会伤害别人。回餐厅前，我重新画了眼妆，像科斯坦扎哭过之后那样。我从口袋里取出手镯，戴到手腕上，回到了饭桌上。安吉拉惊讶地瞪大双眼，说：

"你怎么有我妈妈的手镯？"

"是她给我的。"

她转向科斯坦扎：

“你为什么给她了？我一直想要这只手镯。”

“我也很喜欢。”伊达小声说。

我父亲脸色阴郁，插了一句：

“乔瓦娜，把手镯还回去。”

科斯坦扎摇摇头，我觉得她一瞬间也变得很无力。

“没关系，手镯是乔瓦娜的，我送给她了。”

“为什么？”伊达问。

“因为她是一个勤奋的乖孩子。”

我看着安吉拉和伊达，她们都很难过。复仇的渴望减弱了，她们很难过，这让我很难过。一切都那么让人伤心，那么惨淡，没有任何事能让我像小时候那样快乐，那时候她们也还是小孩。我不禁想到，现在她们是那么难过、那么受伤，为了缓解痛苦，她们会说出我的秘密，会说我考试不及格，不会学习，天生很笨，一身毛病，我配不上那只手镯。我愤怒地对科斯坦扎说：

“我不乖，也不勤奋！去年我考试没有及格，现在留级了！”

科斯坦扎有些疑惑地看着我父亲，他轻咳一声，好像要纠正我夸张的说法，他轻描淡写、很不情愿地说：

“这是真的，但今年她很用功，或许一年就可以学完两年的课程。快点，乔瓦娜，把手镯给安吉拉和伊达。”

我说：

“手镯是我奶奶的，我不能把它给外人。”

父亲喉咙深处发出可怕的声音，充满了冷漠和轻蔑：

“我知道这只手镯属于谁，立刻把它摘下来！”

我把手镯取了下来，用力摔到厨房的家具上。

- 9 -

父亲开车送我回家。我意外以胜利者的身份离开了波西利波的公寓，但也因为痛苦而筋疲力竭。我的书包里装着那只手镯，还有一块带给我母亲的蛋糕。科斯坦扎很生我父亲的气，她亲手把手镯从地板上捡了起来。她查看镯子，确定没有损坏后，她盯着那个和她同居的男人的眼睛，一字一句地强调说，手镯毫无疑问是属于我的，这没什么可商量的。就这样，气氛很僵，已经到了无法假装高兴的地步，伊达吹灭了蜡烛，聚会结束了。科斯坦扎执意要我带一块甜点给她以前的朋友：这是给奈拉的。安吉拉闷闷不乐地切下一大块蛋糕，认真地包了起来。现在，我父亲正往沃美罗方向开着车，但他心烦意乱，我第一次见他这样。他脸上的线条和我从前所熟悉的样子有很大不同，他的眼睛发亮，脸上的皮肤紧绷着，尤其是他的嘴扭曲着，说话有些含糊不清，好像很费力。

他用这样的话做开场白："我理解你，你觉得我毁掉了你母亲的生活，现在你想复仇，也要毁掉我的生活，还有科斯坦扎、安吉拉和伊达的生活。"他的语气很温和，但我能感受到他在压抑自己，我很害怕，我担心下一刻他会打我，我们会撞到墙上，或撞上别的汽车。他察觉到我的恐惧，小声说，你害怕我。我撒谎说没有，我大声说，他说的都不是真的，我不想毁掉他，我爱他。但他坚持自己的看法，又劈头盖脸对我说了许多。你害怕我，他说，你觉得我不再是原来的我了，或许你是对的，或许我有时会变成一个我不想成为的人。如果我吓到你了，请你原谅我，请再给我一点时间，我会变回那个你熟悉的我。现在这段时期对我来说太糟糕了，一切都在崩塌，我以为事情就这样结束了。如果你怀恨在心，并不需要解释，这很正常。但你要记住你是我唯一的女儿，你永远都是我唯一的女儿。还有你母亲，我也永远爱她，现在你不明白，但你以后会明白的。那么多年，我对你母亲一直很忠诚，在你出生之前，我就爱着科斯坦扎，但我们之间什么都没发生，我一直都想拥有像科斯坦扎那样的妹妹，和你姑姑相反，截然相反。科斯坦扎很聪明，有教养，非常敏锐，对我来说，她就像姐妹，就像马里安诺是我的兄弟，我和他一起学习，讨论，坦诚相待，我知道马里安诺所做的一切，他其实一直都在背叛科斯坦扎。你现在长大了，我可以告诉你这些事，马里安诺一直都有其他女人，他喜欢跟我分享他和别的女人的故事。我觉得科斯坦扎很可怜，我心里很不安，我想保护她，不让她受自己男朋友、丈夫的伤害。我一直以为，我卷入其中是出于一种兄妹情感，但一次偶然的机会，是的，很偶然的机会，我们一起旅行，出差参加一个教师的活动。她很重视那次机会，我也很在意，但我们没有其他的想法。我发誓，我没有背叛过你母亲，我从学生时代起就很爱你母亲，直到现在我也爱她，我爱你和你母亲。那次我们出去，我、科斯坦扎，还有其他许多人一起吃了晚饭，我们说了很多话。一开始我们在餐厅、在路上聊天，后来一整晚我们都在我房间里，在床上聊天，就像马里安诺和你母亲也在，我们四个人年轻时在一起那样。我们之前经常凑在一起讨论问题，你明白的，就像你、安吉拉和伊达无话不谈的时候。但当时房间里只有科斯坦扎和我，我们发现，我们之间不是兄妹之爱，而是另一种爱，我们自己也很震惊。不知道这些事是怎么发生的，又为什么会发生，有什么深层原因，有什么表面原因。但你不要认为后来我们有进一步发展，没有，我们之间只是一种强烈的、无法割舍的情感。我很抱歉，乔瓦娜，原谅我，手镯的事也请原谅我，我一直觉得它属于科斯坦扎。我看见它时就想：她一定会很喜欢这只手镯，她戴上得多漂亮啊！正是因为这个念头，我母亲去世后，我不惜一切代价要得到手镯，可是维多利亚坚称手镯是她的，我还打了她一耳光。你出生后，我对她说，你把手镯送给孩子吧。那一次她听了我的话，可我一拿到手镯，就马上把它送给了科斯坦扎。那是我母亲的手镯，她从来没爱过我，从来没有，也许是我对她的爱让她很难受，我也不清楚。人的一些行为，看似只是行为，实际上却是象征。你知道什么是象征吗？我得跟你解释一下。善会不知不觉变成恶，请你尽量理解我的话，我没有做对不起你的事，那时你刚出生。如果我不给科斯坦扎，那就是我对不起她，在我的意识里，那只手镯早已经属于她了。

他就这样说了一路，其实他说的话比我复述的更凌乱。我一直不明白，为什么一个经常思考、沉迷于学习、能想出清晰简练句子的男人，有时情绪失控，会说出如此没有条理的话。好几次我都试图打断他，我说："我理解你，爸爸，这些事和我无关，这是你和妈妈的事，是你和科斯坦扎的事，我不想知道。"我还说："很抱歉，你这么痛苦，我也很痛苦，妈妈也很痛苦，你不觉得这有点可笑吗？这一切痛苦都代表你爱我们。"

我不想挖苦他。那时我有点想和他讨论那种痛苦和恶意：你觉得自己是好的，是善良的，但有时忽然间，或慢慢地，那种恶意会蔓延开来，在你的脑子里、胃里和整个身体里扩散。我想问他，爸爸，这种恶意是从哪里产生的？如何才能控制它，为什么它没有消灭善意，反而善恶共存呢？那时我觉得，他讲的虽然是爱，但他比维多利亚更懂得恶。我在自己体内也感受到了一种恶意，我觉得它越来越强烈，我很想谈论它。但不可能，他只捕捉到了我话里的讽刺意味，继续焦急地向我解释。他提出控诉，肆意地自我贬低，渴望弥补自己的过失；他罗列自己的理由，也细数自己的痛苦。在我家楼下，我轻轻在他嘴角亲了一下就跑开了，他身上有一股我讨厌的酸味。

“聚会怎么样啊？”母亲问我，但语气里没有任何好奇。

“很好。科斯坦扎让我给你带一块蛋糕。”

“你吃吧。”

“我不想吃。”

“明天当早饭吃也不想吗？”

“不想。”

“那就扔掉吧。”

- 10 -

过了一些日子，库拉多又出现了。有一天我正要进学校，就听见有人喊我，但在我听见他的声音之前，我转身在拥挤的学生中看见他之前，我就知道那天我会遇见他。我很高兴，这似乎就是预感应验了的感觉。但我不得不承认，我很长时间都在想着他，尤其是在那些无聊的下午，母亲出门了，我一个人在家学习，我希望他能像上次一样突然出现。我从来都不觉得这种想念与爱情有关，我脑子里想的是别的。我很担忧，因为如果库拉多不再出现，那就意味着我姑姑会亲自出面索要手镯，我事先准备好的那封信也就没什么用了，我不得不直接面对她，这是让我感到害怕的事。

但我还有别的想法，我体内滋生了一种对堕落的渴望，这是一种英勇无畏的堕落，我渴望自己变成一个下流的女人。我感觉，库拉多已经猜测到了我的这种渴求，不用多说，他已经准备好满足我了。因此我在等他，我希望他能露面，他终于出现了。他让我不要去学校了，仍然是那种半开玩笑半严肃的语气，我马上同意了。我赶忙拉他离开我高中学校的大门口，我怕老师会看见他。我主动提议去浮罗里迪阿娜公园，我开心地拽着他往里面走。

他开玩笑想逗我笑，但我打断了他，掏出那封信。

“把它给维多利亚。”

“手镯呢？”

“手镯是我的，我不会给她的。”

“你看吧，她一定会很生气，她一直在逼我找你要，你不知道她多在乎那只手镯！”

“你不知道我多在乎这只手镯。”

“你刚才的眼神真坏，太美了，我太喜欢你了！”

“不仅仅是眼神，我整个人都很坏，天生的。”

“整个人？”

我们离开小路，完全隐藏在枝繁叶茂的树木和篱笆之间。这一次他吻了我，但我不喜欢他的舌头，他的舌头肥大粗糙，好像要把我的舌头顶到喉咙深处去。他亲吻我，摸我的乳房，但抓得太用力，动作很粗鲁。他先是隔着毛衣摸我，然后把一只手塞进我一边的文胸里，但他没什么真正的兴趣，很快就厌烦了。他不再摸我的胸，继续亲我，把我的裙子撩上去，用手掌拍了几下我内裤的裆部，摩擦了几秒。我笑着小声说："别这样。"我不用怎么坚持，他就停下了，似乎很满意我解除了他的义务。他环顾四周，拉开裤子拉链，拉过我的手放进他的裤子里。我斟酌了一下当时的情况，他碰我的话，会弄疼我，会让我觉得恶心，产生回家的念头，让我想回去睡觉。我决定还是我采取行动，对我来说，这是避免他动手的一种方式。我小心翼翼地把它掏出来，在他耳边说："我可以帮你 ××。"我当时只知道这种表达，但我不知道这意味着什么。我用方言说了出来，一点也不自然。我猜想，那应该像饥饿时吸附在一个巨大的乳头上，用力吮吸，或者舔？我希望他能告诉我该怎么做，再说了，做什么事都比接触他那粗糙的舌头要好。我觉得很迷茫，为什么我会在这里？为什么我要做这件事？我没什么欲望，我也不觉得这是有趣的游戏，我也完全没有好奇心，他那硕大紧绷、硬邦邦的玩意儿散发的气味也很恶心。焦急中，我希望有人从那里经过，比如一个带孩子来散步的母亲，从小路那边看到我们，大声斥责我们。没有人来，他也没有说话，我觉得他惊呆了，我决定只轻轻亲一下，只用嘴唇稍微碰一下，还不错，这样就够了。他立刻把那玩意儿塞回了内裤里，轻轻地喘息了一声。事后，我们在浮罗里迪阿娜公园散步，但我觉得很无聊。库拉多失去了逗我笑的兴致，他说话时用的是一种很严肃、不自然的语气，他吃力地用意大利语和我说话，虽然我更喜欢用方言。我们分别之前，他问我：

"你记得罗萨里奥吗？我的那个朋友。"

"那个龅牙？"

"是的，他有点丑，但很招人喜欢。"

"他不丑，就长相一般吧。"

“反正我比他帅。”

“不一定呢！”

“他有车。你想和我们一起兜兜风吗？”

“再看吧。”

“再看什么？”

“看你们能不能逗我开心。”

“我们会让你开心的。”

“再说吧。”我说。

- 11 -

几天后，库拉多打来电话，跟我谈了姑姑的反应。维多利亚姑姑吩咐他把她的话原封不动地告诉我。她说，如果我胆敢再像写那封信那样趾高气扬，她就会来我家，当着我母亲那个混账的面，给我几耳光。他嘱咐我说，所以你赶紧把手镯给她吧，拜托了，她下个星期天之前必须拿到手镯，不能再拖了，她要用手镯，要在教区的某个场合炫耀一下。

他不仅给我带来了这个消息，他还告诉我，要怎么还手镯。他和他朋友会开车来接我，会把我带到帕斯科内区，我先去还手镯，“你记好啦，我们把车停在小广场。不要告诉维多利亚是我和朋友开车来接的你，记住啊，她知道了会生气的，你要说你是坐公交车去的，然后我们就可以开开心心去玩了。你开不开心？”

那几天我很不安，我不舒服，一直在咳嗽。我觉得自己很讨厌，我想变得更可怕。去学校之前，我在镜子前收拾了好一会儿，好让自己的衣着和发型看起来像个疯子。我希望大家躲开我，正如我千方百计想让他们明白，我也不愿意和他们待在一起。我厌恶他们所有人：邻居、行人、同学和老师。我尤其厌恶我母亲。她不停地抽烟，上床之前要喝杜松子酒，抱怨所有事，我对她说，我需要一个笔记本或一本书，她就露出担忧而又厌烦的表情，也让我受不了。我最受不了的是，她越来越痴迷于我父亲做过的事、说过的话，好像父亲没和她的朋友出轨，没有和他好朋友的妻子一起，背叛了她十五年。总之，她让我很气恼。最近我不再一脸冷漠，而是专门用那不勒斯方言对她大喊大叫，我说她不应该再那样下去，应该忘记那些事情，去电影院吧，妈，你去跳舞吧！他已经不是你丈夫了，你就当他死了吧，他已经去科斯坦扎家生活了，你怎么还为他操心，只想着他？我想让她知道，我看不起她，我和她不一样，我也永远不会变成她那个样子。因此，一次我父亲打来电话，她一开始说“你不用担心，交给我吧”这种没有骨气的话，我就开始大声重复她那些低三下四的话，中间夹杂了一些方言的骂人话，这些话我也是才学会的，咬字不是很准确。她会马上挂掉电话，不想让前夫听到我粗鲁的声音，她盯着我看了几秒，便回了自己的书房，很明显是去哭了。我受够了这些，因此我马上接受了库拉多的建议。我宁可面对我姑姑，宁可给他们俩“××”，也比把自己关在圣贾科莫牧羊山路的房子里，过这种狗屎一样的生活强。

我对我母亲说，我要和同学一起去卡塞塔郊游。我画好妆，穿上自己最短的裙子，选了一件领口很低的紧身毛衣，我想到可能要把手镯还回去，便把它放进了小手提包里。早上九点钟，到了和库拉多约定好的时间，我准时从楼上跑下去。我当时很震惊，因为等我的是一辆黄色汽车，我不知道是什么牌子，我父亲对汽车没什么兴趣，所以我对这方面一点也不懂，但一见到这辆车，我就觉得它很豪华，我甚至为不再和安吉拉与伊达是好朋友了而感到遗憾，否则可以向她们炫耀一下。罗萨里奥坐在方向盘前，库拉多坐在后排座位，那是一辆敞篷车，他们俩都暴露在阳光和微风里。

库拉多一看到我从大门出来，格外兴奋地对我打招呼，我想坐在罗萨里奥身旁时，他却用坚定的目光看着我：

“不，美女，你应该坐到我旁边来。”

我听了这话很不高兴，我本想风光地坐到司机旁边。罗萨里奥身穿缀着金纽扣的深蓝色西装，一件天蓝色衬衣，打着红色领带，梳了一个大背头，加上他长着虎牙，这让他看起来像一个强横而危险的男性。我面带微笑说：

“我坐在这儿，谢谢。”

库拉多用格外粗鲁的声音说：

“贾妮，你聋了吗？我叫你马上过来！”

我不习惯这种语气，开始胆怯了，但我还是反驳说：

“我要陪着罗萨里奥，他又不是你的司机。”

“跟是不是司机有什么关系，你属于我，你应该坐在我旁边！”

“我谁也不属于，库拉，车是罗萨里奥的，他让我坐哪儿，我就坐哪儿。”

罗萨里奥什么也没说，只是转过身对着我，那张娃娃脸上总是挂着笑意，他盯着我的胸部看了很长时间，然后伸出右手，拍了拍他身旁的座位。我马上坐下了，关上车门。他开动汽车，轮胎发出故意制造出的嘶叫声。啊，我的梦想实现了，风和日丽的星期天，头发在风中飞扬，阳光洒在脸上，我可以放松一下了。罗萨里奥车开得真好，他娴熟自如地开上路，就像一名赛车冠军，我一点也不害怕。

“车是你的吗？”

“对。”

“你很有钱吗？”

“对。”

“一会儿我们去‘英雄纪念园’？”

“你想去哪里，我们就去哪里。”

库拉多立刻伸出一只手，用力抓着我肩膀说：

“你要按我说的做。”

罗萨里奥看了一眼后视镜：

“库拉，你冷静点，贾妮会做自己喜欢的事情。”

“还是你冷静一下吧，她是我带来的！”

“所以呢？”我拿开他的手，插入了一句。

“闭嘴，这是我和罗萨里奥之间的谈话。”

我说，我想说什么就说什么，后来一路上我都在和罗萨里奥说话。我知道他很得意自己的这辆汽车，于是我对他说，他比我父亲开得好多了。我促使他炫耀，让他跟我讲了很多关于发动机的事，我甚至问他，以后可不可以教我像他一样开车。我甚至利用他的手一直抓着变速杆，把我的手放在他手上说，这样我就可以帮你换挡了。我们哈哈大笑，我不停地笑，他也应和着和我一起笑。我觉察到，我碰到他的手，这让他很激动。真难以置信，我心里想，男人怎么这么蠢，真难以置信，这两个男人，我只是摸一下他们，或者让他们摸一下我，他们就变成了傻子，他们都感觉不到、看不到我其实很恶心，我让自己也觉得恶心。库拉多此时很难受，因为我没坐在他身边；罗萨里奥却心花怒放，因为我坐在他身旁，还把手放在他手上。我想，是不是只需花点心思，就能让他们百依百顺？是不是只需要露出大腿、露点胸就够了？是不是只需要摸一下他们就行了？我母亲在少女时代，就是用这种方法征服我父亲的吗？科斯坦扎也是用这种方法把父亲抢走的吗？维多利亚也是这样把恩佐从玛格丽塔身边抢走的吗？库拉多很不开心，他用手指滑过我的脖子，然后抚摸我的衣边，衣边下面就是隆起的乳峰，我任凭他摸。但同时，我用力抓住罗萨里奥的手，保持了几秒钟。我有些惊讶地想，我也不漂亮啊。在抚摸、欢笑、色情或暗示性的玩笑中，时间一点点过去，汽车飞驰，天空中有一条条白云，我们吹着风，来到了帕斯科内区最低处，眼前出现了上方拉着带刺的防盗绳的凝灰岩围墙、废弃的厂房和淡蓝色的小楼房。

我认出了这些楼房，这让我感觉到胃里一阵抽搐，我觉得自己的力量正在消失，现在我不得不面对姑姑了。库拉多仍然想证明，他可以指使我，他对我说：

“我们把你放到这里。”

“好的。”

“我们去小广场等你，不要让我们等太久。记住，你是乘交通工具来的。”

“什么交通工具？”

“公交车、缆车、地铁，总之千万不要说是我们接你过来的。”

“好的。”

“拜托你快点儿。”

我点点头，下了车。

- 12 -

我忐忑地走了一小段路，来到维多利亚家，我按了门铃，她为我打开了门。一开始我不明白她的态度。我准备了一套说辞，打算理直气壮地说出来，全都围绕着我对这只手镯的感情，基于这些理由，所以手镯绝对应该属于我，但我没机会说我想要说的。姑姑一见到我，就开始了一段长长的独白，她还是那么痛苦、激烈和悲怆，这让我迷惑不解，感到畏惧。她越说我就越意识到，让我归还手镯不过是一个借口。维多利亚很在乎我，她觉得我也很爱她，她让我来这里，主要是为了告诉我，我让她太失望了。

我本以为，你已经站在我这边了！她用方言大声说，虽然我最近努力学习方言，但我依然很难明白她的话。我以为，你只要看清你父母亲是什么样的人，就会明白我，明白因为我哥哥的错，我过着什么样的日子。可是你没有，我每个星期天都等着你，我都是白等。其实你只要给我打个电话就够了，可是你没有，你什么都没搞清楚，你反而觉得，你家的烂事儿抖出来是我的错。你最后做了什么？看看这里，你写了这封信，你给我写了这封信，你想让我意识到我没上过学，你会写信，而我不会写。啊！你的确像你父亲，不，你比你父亲还糟糕，你不尊重我，你不知道我是什么样的人，你不懂感情。所以你把手镯还给我吧，那是我过世的母亲留下的东西，你不配拥有它。我错了，你和我不一样，你是个外人。

总之，我似乎明白了，如果在那场无休止的家庭纠纷中，我选择了支持她，如果我把她当作唯一的依靠，我的人生导师，如果我接纳了教区的人、玛格丽塔和她的孩子，把他们当作星期天固定的避难所，那么还不还手镯就不那么重要了。当她大声说出这些话时，我看到她眼里露出痛苦而凶恶的神色，我看见她嘴里有一团白色的唾沫，时不时会沾到她的嘴唇上。维多利亚只想让我承认我爱她、感激她，因为她向我证明了我父亲是个小人，因此我要永远爱戴她，因为感激，我要做她晚年的依靠，诸如此类的事。在当时的情况下，我决定对她说一些感恩的话，说了几句之后，我甚至捏造谎言，说我父母不让我给她打电话。随后我又说，信里写的是事实，那只手镯就是我最珍贵的记忆，提醒我她是怎么帮助我、拯救我和指引我的。我用激动的声音对她说了这些，连我自己都惊讶，我竟然能用那么悲伤的语气和她说话，我惊讶自己竟然能找出这么有感染力的词语，最让我惊讶的是，我和她不一样，我比她更坏。

维多利亚渐渐冷静下来了，我觉得如释重负。我希望她已经忘了手镯的事情，现在我只需要找到一种合适的方式告别，然后去找那两个正在等我的男孩。

实际上，她已经不再提手镯的事了，但她坚持让我和她一起去教堂听罗伯特讲话，真的太麻烦了。她很希望我去，她夸赞了几句托尼诺的这位朋友，他和朱莉安娜成了男女朋友，也成了她的心头肉。你都无法想象，他是一个多好的孩子，她说，他既聪明又稳重，一会儿我们一起去玛格丽塔家吃饭，你也留下来吧。我很客气地回答说我不能，我得回家，我紧紧拥抱了她，就像我真的很爱她。谁知道呢，或许我真的很爱她，我已经搞不明白自己的感情了。我低声说：

“我要走了，妈妈还在等我，但我很快还会再来的。”

她只好妥协了：

“好吧，我送送你。”

“不不不，不用送了。”

“我送你到公交站。”

“不用了，我知道公交站在哪儿，谢谢。”

但没办法，她想陪我一起去。其实我根本不知道公交站在哪里，只希望它能离罗萨里奥和库拉多等我的地方远一点。可我们好像正是朝他们那个方向走的，一路上我一直焦急不安地对她说，好了，谢谢，我一个人走就可以了。但姑姑没有停下来。我越是想摆脱她，就越能从她的表情看出，她发现我心里有鬼。我们转过街角，我特别担心，因为公交站就在库拉多和罗萨里奥等我的那个小广场上，车篷敞开着，一眼就能看到他们坐在车里。

维多利亚一眼就看到了那辆汽车，因为黄色的车身在太阳下闪闪发光，非常耀眼。

“你是和库拉多还有那个混蛋一起来的？”

“不是。”

“你发誓！”

“我向你发誓，不是的。”

她在我的胸口上推了一把，甩开我，用方言大声叫骂着，朝汽车走去。罗萨里奥立刻发动汽车，一溜烟逃跑了，她在后面追了几米，一边破口大骂，最后她脱下一只鞋子，朝敞篷车的方向扔去。汽车不见了踪影，只剩她站在马路边上，怒不可遢，弯着腰喘气。

“你真是个骗子！”她捡起鞋子，气喘吁吁地向我走来说。

“我发誓不是的。”

“我现在就给你母亲打电话，我们看看是不是。”

“求你别打电话，我不是跟那俩人一起来的，可你也不要给我母亲打电话。”

我对她说，我母亲不想让我见她，但我很想见她，我告诉母亲，我要和同学一起去卡塞塔郊游。我的话很有说服力：为了和她见面，我不惜撒谎骗了我的母亲，这让她平静下来。

“是一整天吗？”

“下午我就得回去。”

她不安地打量我的眼睛。

“那你现在和我一起去听罗伯特讲话，然后你再走。”

“我担心会太晚。”

“你该担心的是我的耳刮子，要是我发现你在骗我，你想和那两个家伙一起走。”

我怏怏不乐地跟着她去了教堂，祈祷着：上帝，求求你，我不想去教堂，但愿库拉多和罗萨里奥还没走，让他们在某个地方等着我，让我摆脱姑姑吧，在教堂里我会闷死的。去教堂的路线我已经很熟悉了：空荡荡的街道、杂草、垃圾、满是涂鸦的围墙，还有摇摇欲坠的小楼房。一路上，维多利亚都把一条胳膊搭住我肩膀上，时不时还会用力搂紧我。她谈论的主要是朱莉安娜——库拉多总是让她很操心，但她很关心朱莉安娜和托尼诺——现在那姑娘变得很懂事。爱情是一束温暖你灵魂的阳光——她说的这句话不太符合她平时说话的风格，这让我很迷惑，甚至有些恼怒，我很失落。或许我以后应该仔细观察我姑姑，就像过去在她的催促下，监视我父母那样。我可能会发现她那曾经让我着迷的坚强背后，其实是一个软弱、容易受人摆布的小女人，虽然外表坚强，但内心柔软。如果维多利亚真的是这种人，我灰心丧气地想，那她就很丑，是平庸之丑。

每当有汽车的隆隆声传来，我都会斜着眼睛去看，我希望罗萨里奥和库拉多会再次出现，把我劫走，但我也害怕姑姑又会开始咆哮，又会生我的气。我们到了教堂，我很惊讶地发现，教堂里竟然挤满了人。姑姑还没要求我，我就径直走到圣水钵前，蘸湿手指，画了十字。教堂里有人群的呼吸和鲜花的味道，大家在礼貌地低声交谈，如果有孩子突然大声说话，会立刻被人小声制止。我站在中殿尽头的一张桌子后面，背对着祭坛，我看见了堂·贾科莫的身影，他正在提高嗓门说一些总结性的话。看到我们进来，他看起来很高兴，向我们打招呼，但也没有停止弥撒。我本来想坐在后排的空长凳上，但姑姑拽着我的一条胳膊，从右面侧殿领着我往前走。我们坐到前排的长凳上，坐在玛格丽塔旁边，她帮维多利亚占的位置。她见到我时，高兴得脸都红了。我挤在维多利亚和玛格丽塔中间：一个块头很大，身体柔软；另一个身体僵硬，骨瘦如柴。堂·贾科莫结束了发言，教堂里的低语声变大了，我刚好有机会看看四周。我看到了朱莉安娜，令人意外的是，她恭顺地坐在第一排，右边是托尼诺，托尼诺的肩膀很宽，上身笔直地坐着。随后神父说："过来，罗伯特，你怎么在那儿？坐到我身边来。"教堂里顿时鸦雀无声，仿佛在场的所有人忽然间都屏住了呼吸。

或许事情并不是这样，可能这只是我的感觉。那位个子很高、身体消瘦、佝偻着背的年轻人站起来的那一瞬间，是我消除了周围的声音。我觉得他好像背上吊着一根长长的金色锁链，只有我一个人能看到，他好像悬挂在穹顶上，鞋尖刚好可以触及地板，轻轻地摇晃着。他走到桌子旁，转过身，我一下子看到他天蓝色的眼睛，他深色的皮肤映衬着那双眼睛。那张脸很瘦，有些不和谐，镶嵌在一大堆凌乱的头发和浓密胡子之间，他的胡须黑得有些发蓝。

我快满十五岁了，到那时为止，从来没有男人真正吸引过我，最多也就是库拉多和罗萨里奥了。但一见到罗伯特，还没等他开口，还没等他流露出任何表情，还没等他说出一个字，我胸口就感到一阵剧痛。我知道，我的人生会发生改变，我想得到他，我必须得到他。尽管我不信上帝，但我还是会每日每夜祈祷，希望这件事能够成真。唯有这个愿望、这份希望，唯有这个祈祷可以阻止我在当时倒地身亡。

第五章

- 1 -

堂·贾科莫坐在教堂中殿尽头一张破桌子前，一只手托着腮，眼睛看着罗伯特，专心听他讲话。罗伯特是站着讲的，语气有些生硬，但很吸引人，他背后是祭坛和一个巨大的十字架，深色的十字架上是金色的耶稣像。他当时说了什么，我几乎都不记得了，可能他讲的事情对我来说很陌生，和我平时接触的东西不一样，也可能因为我太激动了，没在听他讲。我脑子里储存的很多话，确实是他说的，但我不记得是他什么时候说的，我把他当时和后来说的混在一起了。总之，我觉得，有些话很有可能是他在那个星期天说的，比如有时我很确信，他在教堂里提到了两种果树的比喻：凡好树都结好果子；唯独坏树结坏果子。好树不能结坏果子，坏树不能结好果子。凡不结好果子的树，就砍下来丢在火里。很多时候，我确信他说了，我们要准确估算我们的资源，投身于一项伟大的事业时，假设我们要建造一座钟楼，如果我们的钱不能支撑到完工，直到放上最后一块石头，那我们就不应该开始。有时我觉得，他当时呼吁所有人鼓起勇气，他提醒我们，唯一不浪费生命的方式就是牺牲自己，拯救他人。有时我还认为，他说必须做到真正的公正、慈悲和忠诚，不要假装恪守传统，但实际上很不公、冷血、不忠。总之时间过去了，我无法肯定他当时到底说了什么。对我来说，他的讲话从头到尾只是一串迷人的声音，从他好看的嘴里，从他喉咙里传来。我盯着他突出的喉结，我知道那也叫“亚当结”，仿佛那块突起的下面，回荡的真是这世界上第一个男人的呼吸，而不是芸芸众生中的一个。那双浅色的眼睛长在一张黝黑的脸上，那么迷人，简直惊心动魄。他手指修长，双唇润泽。只有一个词，我确信他那天说过，因为他频繁提到那个词，剖析那个词，就像在剥一朵雏菊的花瓣，那就是“懊悔”。我只知道，他用这个词的方式很不同寻常。他说要摒弃对“懊悔”的滥用，谈论这个词时，仿佛它就是一根穿着线的针，可以把我们碎布般的生活缝在一起。他重新定义了这个词，说它会让人对自己保持高度警惕，那就像一把刀，防止人昧着良心生活。

- 2 -

罗伯特一结束讲话，维多利亚就拉着我去找朱莉安娜。她变化太大了，这让我觉得很震惊，我觉得她的美很纯洁。我心想，她没有化妆，她身上没有女人的色彩，而我穿着短裙，涂着眼影和口红，穿着低胸毛衣，这让我很不自在。我想自己真不合时宜，这时朱莉安娜小声说：“见到你太高兴了，刚才的讲话你喜欢吗？”我语无伦次，低声说了几句恭维她的话，也对她男朋友的讲话表现出极大的热情。维多利亚说，我们带她认识一下罗伯特，于是朱莉安娜带我去找他。

“这是我侄女，”维多利亚带着一种让我窘迫的骄傲说，“一个特别聪明的女孩。”

“我不聪明。”我几乎是大喊着说的，我伸出手，希望他至少能握一下。

他用两只手握住了我的手，没有很用力。他用饱含温情的目光看着我，说很高兴认识我。姑姑嗔怪我说，她太谦虚了，和我哥完全不一样，我哥哥总是很自负。罗伯特问了我学校的情况，问我学什么，读什么书。还没一会儿，我就发现那些问题不过是没话找话，闲聊而已，我感觉浑身冰冷。我有些不好意思地说，课程很无聊，我现在读的一本书很难，几个月还没读完，讲的是追寻逝去的时间。朱莉安娜轻声对罗伯特说："他们在叫你。"但他仍然盯着我的眼睛，他很惊讶，我竟然在读这么优美而复杂的作品。他对女朋友说："你跟我说过她很厉害，可事实上，她是特别厉害。"姑姑非常自豪，又说了一遍我是她侄女，这时教区的两个人微笑着指向神父。我希望自己能说些什么，能打动罗伯特的内心深处，但我的大脑一片空白，什么也没有想到。而他也已经被热情的听众拉走了，他带着遗憾向我告别，挤进了一堆人里，堂·贾科莫也在那些人中间。

我不敢用目光追随他，我待在朱莉安娜旁边，觉得她容光焕发。我又想起那张挂在玛格丽塔家厨房里她父亲的照片，玻璃罩里有火苗造型的灯，灯光照亮了他的眼睛。让我疑惑的是，眼前的这个年轻女人和照片上的男人长得很像，她却可以那么美。我很嫉妒她，她身上穿着一件米色裙子，看起来很干净，她那张素净的脸散发着一种青春蓬勃的力量。我认识她时，她身上的能量是通过大声说话、还有过多的手势展示出来的，而现在朱莉安娜却很端庄，就好像爱与被爱激起的自豪，像无形的线把她束缚起来了，让她的行为举止不再夸张。她用很费力的意大利语说："我知道你们家发生了什么事，我为你感到难过，也理解你的处境。"她甚至像她男朋友一样，用两只手握住了我的一只手。但我不觉得烦，我真诚地和她讲起我母亲的痛苦，虽然这时我的心思全在罗伯特身上，我希望他会用目光寻找我。但他没有，我反而发现他无论对谁都很热情，流露出对我一样的好奇。他在别人面前不慌不忙，他的举手投足让挤在他身边的人都想和他说话，他的微笑、他那张奇异但俊美的脸很有感染力，让他们也尝试用那种方式和别人交流。我心里想：如果我过去，他一定也会让我说话，让我参与一些讨论。可到时候我就不得不仔细地表达我的想法，他会马上发现，我其实没什么内涵，我对他们真正关心的事情一无所知。我觉得很灰心，如果执意和他说话，只会让我丢脸，他会说这女孩真无知。朱莉安娜还在和我说话，我突然说，我得走了。她坚持让我留下来，去她家吃午饭，她说："罗伯特也去。"但我已经害怕了，我真的想走了，我匆忙离开了教堂。

走出教堂，我站在教堂门前的空地上，新鲜的空气让我一阵晕眩。我环顾四周，仿佛看完一部引人入胜的电影，刚从电影院出来。我不知道该怎么回家，我也不在乎回不回家，我想永远留在那里：睡在门廊下，不吃不喝，想念着罗伯特，慢慢死去。那一刻，任何其他情感和欲望对我一点也不重要。

我听到有人喊我，是维多利亚，她赶上了我。她想让我留下，语气非常坚决，但最后她放弃了，就告诉我怎么走，才能回到圣贾科莫牧羊山路："你坐地铁到阿梅德奥广场，在那里换乘缆车，等到了万维特利广场，你就知道怎么走了。"看到我一脸茫然，她问："怎么了，听懂了吗？"尽管她要赶着去玛格丽塔家吃饭，还是提出开她的菲亚特 500 送我回家。我很客气地拒绝了她，她开始用一种很温情的方言和我说话，用手梳理我的头发，挽着我的一条胳膊，用湿润的嘴唇在我一边脸颊上亲了两下。我更加坚信，她不是个一心想复仇的女人，而是个孤独可怜、渴望爱的女人，那一刻她特别爱我，因为我让她在罗伯特面前特别有面子。你刚才表现得很好，她说，我学这个，我读那个，很好，很好，很好。我感到一阵内疚，肯定和我父亲一样内疚，我想弥补一下，我从口袋里翻出手镯递给她。

“我不想把它给你，”我说，“我一直觉得它是我的，可它属于你，除了你，谁也不该拥有它。”

她没料到我会这么做，有些厌烦地看着手镯，好像那是一条小蛇或一件不祥之物。她说：

“不，这是我送给你的，对我来说，你爱我就够了。”

“你拿着吧！”

最后，她很不情愿地接受了，但没戴到手腕上。她把手镯放进包里，在公交站，她紧紧挨着我，一会儿大笑，一会儿又哼起曲子，直到公交车来了。我上了公交车，每一步好像都意味着旧生活的结束，我正意外进入了一个新故事，开启了一段新生活。

我坐在靠窗的座位上，公交车已经行驶了几分钟，这时我听到一阵阵按喇叭的声音。我看到罗萨里奥的跑车正在快车道上，和公交车并排行驶。库拉多挥着手，大声喊：“下车，贾妮，来吧！”不知道他们刚才躲在什么地方等我，充满耐心，他们一边等，一边肯定想着我会满足他们的所有欲望。他们在风中疾驰，我用愉快的眼神看着他们，对我来说，他们是那么没有意义。罗萨里奥缓慢地对我打手势，示意我下车，库拉多跟着大喊：“我们在下一站等你，咱们一定会玩得很开心！”同时他用眼神命令我，想让我听他的。我心不在焉地微笑着，没有回答，罗萨里奥也抬起双眼，想知道我的意图。我只对他摇了摇头，无声地说，我不能去了。

敞篷车加快速度，把公交车甩在了后面。

-3-

母亲很诧异，没想到卡塞塔的郊游这么快就结束了。“怎么回事？”她有些不悦地问，“你怎么回来了？遇到什么麻烦了吗？和人吵架了？”我本来不想说话，想和往常一样把自己关到房间里，大声放音乐，一直读那本关于“逝去的时间”的书，一直读，或读点其他东西，但我没这么做。我直接向她坦白，我没有去卡塞塔，而是去了维多利亚家。我看到她很失望，脸色变得蜡黄，我做了一个几年都没再做过的举动：我坐到她的大腿上，两条胳膊环着她的脖子，轻轻亲了亲她的双眼。她很抗拒，她说我长大了，很沉。她用两条干瘦的胳膊紧紧搂着我的腰，责备我对她撒谎，我穿得很不像样子，我化的妆也很粗俗。后来，她问起了维多利亚。

“她是不是做了什么事，吓到你了？”

“没有。”

“我感觉你很紧张。”

“我很好。”

“但你双手冰凉，一身冷汗，真的没发生什么事吗？”

“真的。”

她很惊讶，也很不安，同时也很高兴，或许是我自己内心的高兴、惊讶和不安混合在一起了，我以为这都是她的反应。我没提到罗伯特，因为我觉得我找不到合适的措辞，说得不好，我会痛恨自己。我对她说，我很喜欢在教堂里听到的讲话。

我告诉她：“每个星期天，神父都会邀请一些很优秀的朋友过去，在中殿尽头放一张桌子，大家就在那里讨论。”

“讨论什么？”

“现在我不知道该怎么给你描述。”

“看到了吗？你就是很紧张。”

我不紧张，而是处于一种幸福而激动的状态，尽管后来她有些不自在地告诉我，几天前，一次非常偶然的机会，她碰到了马里安诺，因为知道我要去卡塞塔郊游，她便邀请马里安诺下午到家里来喝杯咖啡。

即便是这个消息，也没有影响我的心情，我问她：

“你想和马里安诺交往？”

“怎么会！”

“你们这些大人，怎么一次真话都不肯说？”

“乔瓦娜，我发誓，我说的是真话：我和他之间什么也没有，从来都没有。但既然你父亲重新和他见面了，为什么我不可以？”

最后这个消息让我很难过。母亲不假思索地告诉我，这是最近的事，一次马里安诺去看望女儿，两个昔日的好友相遇了，出于对两个孩子的爱，他们开始和气地交谈。我忍不住问：

“如果我父亲可以和一个他背叛过的朋友握手言和，那他为什么不扪心自问，不能和他妹妹和好？”

“因为马里安诺是一个文明人，而维多利亚不是。”

“胡说！是因为马里安诺在大学教书，会让他有优越感，让他觉得自己很了不起，可维多利亚却让他清楚自己是谁。”

“不要再说了。”

“我只是说了我想的。”

我回到自己的房间，开始想罗伯特，是维多利亚带我认识他的，他属于我姑姑的世界，不属于我父母的世界。维多利亚经常和他来往，欣赏他，支持朱莉安娜和他交往，就算不支持，也是同意了。这使得姑姑在我眼里很睿智，她比我父母一直都在交往的那些人，尤其是马里安诺和科斯坦扎更有眼光。我把自己关在卫生间里，情绪激动，精心画好妆，换上一条牛仔裤和一件白衬衫。如果我告诉罗伯特我家里的事，我父母的所作所为，还有他们重建的龌龊友情，他会怎么说？这时候我听到一阵急促的门铃声，这让我心惊肉跳。过了几分钟，我听到了马里安诺和我母亲的声音，我希望她不要硬把我叫过去。她没叫我出去，我开始学习，可最终我还是没能逃过这一劫。不一会儿，我就听到她大喊："乔瓦娜，过来和马里安诺打个招呼！"我叹了口气，合上书，过去了。

我很震惊，安吉拉和伊达的父亲现在太瘦了，都快赶上我母亲了。见到他我很难过，但这种感觉没持续多久。他看我的目光让我很讨厌，他和库拉多、罗萨里奥一样，目光一下子就落在了我的胸脯上，就像中邪了一样，虽然现在我的胸部用衬衣遮住了。

"你长这么大了！"他激动地感叹了一句，想拥抱我，想亲我的脸颊。

"你吃巧克力吗？马里安诺带过来的。"

我拒绝了，说我还要学习。

"我知道你忙着补去年落下的课。"他说。

我点点头，嘀咕了一句："我去学习了。"离开之前，我又察觉到他的目光，我觉得很耻辱，我想到，罗伯特当时只看着我的眼睛。

- 4 -

我很快就明白到底发生了什么：我对罗伯特一见钟情。关于那种爱情，我在书里读过不少，但不知为什么，我在心里却从没有接受这种说法。我更喜欢想着罗伯特的样子：他的脸、他的声音和他握着我的双手。在那些焦虑不安的白天黑夜里，这对我是一种神奇的慰藉。当然，我还想再见到他，但经过第一次见面的冲击——见到他的那个难忘时刻，同时也激起了我对他强烈的渴望，现在我平静下来了，开始意识到我面对的现实。罗伯特是个成年男人，而我只是一个小女孩。罗伯特爱着另一个女人，她长得漂亮，心地善良。罗伯特难以接近，他生活在米兰，他关心的事情我一无所知。我们之间唯一的联系就是维多利亚姑姑，她这个人很难缠，更何况每次我和她见面，都会使我母亲很痛苦。因此我犹豫不决，不知道该怎么办才好，时间一天天过去。我开始想，我有权拥有自己的人生，我没必要再担心父母的态度，更何况他们一点都不考虑我的感受。一天下午，只有我一个人在家，我忍不住给姑姑打了电话。我很后悔那个星期天没接受邀请去吃午饭，我觉得自己浪费了一次重要的机会。我很谨慎，我想问清楚什么时候能再去找她，而且还有可能见到罗伯特。我确信，把手镯还给她后，她会很高兴接纳我，但她半句话都没让我说。我从她那里得知，我撒谎说去卡塞塔的第二天，我母亲就给她打了电话，用她那种有气无力的语气告诉姑姑，她应该放过我，不该再和我见面了。所以现在她怒不可遏，她大骂自己的嫂子，大喊大叫，说她会拿着刀子在我家楼下等着。维多利亚大喊："她竟然说我不择手段要把你从她身边抢走，明明是你们毁掉了我的生活，你父亲、你母亲，还有你，你以为只要把手镯还回来，就能解决一切问题！”她又对我说：“如果你站在你父母那边，就不该再给我打电话了，明白了吗？”她又说了许多脏话，咒骂自己的大哥大嫂，说完便挂断了电话。

我尝试再打回去，想告诉她，我是站在她那一边的，而且我母亲打了那通电话让我很生气，但她没有接。我觉得很抑郁，那时我需要她的关爱，我害怕如果没有她，我就再也没有机会见到罗伯特了。时间一天天过去，开始几天我闷闷不乐，后来我不断反思。我想念罗伯特，他就像一座远山的轮廓，一些清晰线条勾勒的淡蓝色天空。我想可能在帕斯科内城区，没人那么清楚地看到过他。他在那片城区出生，也在那里长大，他是托尼诺儿时的朋友。所有人都称赞他，仿佛他是那片黯淡背景中的一道亮色，朱莉安娜爱上的他，应该也不是他真正的样子，而是因为他们出身相似，还有他自带的光环。他们都在散发着恶臭的工业区长大，他却出类拔萃，能去米兰学习，并脱颖而出。可我很确信，正是所有人都喜欢罗伯特的那些特征，阻碍了他们真正看清他、识别他身上的非凡之处。罗伯特不应该被当成一个能干的普通人，他应该得到保护。比方说，假如我是朱莉安娜，我会全力阻止他来我家吃午饭，我会阻止维多利亚、玛格丽塔和库拉多毁掉他，破坏我在他心目中的形象。我会把他挡在那个世界之外，告诉他，我们私奔吧，我和你一起去米兰。但我觉得，朱莉安娜并没真正明白她有多幸运。至于我，假如我能成为他的朋友，哪怕只有一点交情，我也永远不会让他在我母亲身上浪费时间，虽然她比维多利亚和玛格丽塔要体面得多。尤其是，我绝对不会让他见到我父亲。罗伯特身上释放的能量，需要精心呵护才不会消逝，我觉得自己有能力呵护他。啊，对啊！变成他的朋友，只是朋友就行，向他展示在我内心的某个角落里有着他需要的品质。

-5-

那段时间，我开始想，如果我外表不漂亮，或许我可以让心灵变得美好。可是该怎么做呢？我发现自己脾气很差，言行举止也很让人讨厌。就算我有良好的品质，我也会刻意压制，以免觉得自己是一个好人家的可悲女孩，我感觉，我找到了自我救赎的路，但我不知道该如何走，可能是我不配拥有。

一天下午，我就在那种状态下，偶然遇到了帕斯科内城区的神父堂·贾科莫。我当时在万维特利广场，我现在已经不记得为什么去那里了，我走在路上，想着自己的事情，差点撞到他。贾妮！他喊了我一声。他忽然出现在我面前，有几秒钟，我甚至觉得周围广场和楼房都消失了，我好像又置身于教堂，坐在维多利亚身旁，罗伯特站在桌子后面讲话。我回过神来，很高兴神父能认出我，而且还记得我的名字。我太高兴了，拥抱了他，仿佛他是一个我从小就认识的人。然而很快我又变得很腼腆，开始结结巴巴，我用尊称和他说话，用“您”称呼他，而他希望我们亲密一些。他正准备去坐蒙特桑托的缆车，我提出陪他一起去，我马上兴致勃勃地和他聊起了那次在教堂的经历。

“罗伯特什么时候再来讲话啊？”我问。

"你喜欢上次的讲话吗？"

"喜欢。"

"看到了吧，他能从《福音书》里找出多么精彩的东西啊！"

我什么都不记得，我对《福音书》一无所知，深深烙在我脑子里的只有罗伯特的样子。但我还是点点头，嘀咕了一句说：

"学校里没有任何老师像罗伯特那么吸引人，我会再去听他讲话的。"

神父神情黯然，直到那一刻我才意识到，虽然眼前的人还是他，但他看起来有些异样：他脸色暗黄，双眼发红。

"罗伯特不会再来了，"他说，"教堂里再也不会举办那种活动了。"

我一下子变得情绪低落。

"大家不喜欢吗？"

"我的上级和教区的有些人不喜欢。"

这时我很失落，也很气愤，说：

"你的上级不是上帝吗？"

"是的，可是发号施令的却是他的仆人。"

"那你直接去找上帝论理。"

堂·贾科莫用手做了一个动作，好像要指出一段很远的距离，我发现他的手指、手背，一直到手腕上有大块大块的淤紫。

"上帝出远门了。"他微笑着说。

"那祷告呢？"

"我累了，很显然，祷告已经变成了我的职业。你呢？虽说你不相信上帝，你祷告过吗？"

"祷告过。"

"有用吗？"

“没用，到头来只是一种不切实际的想法。”

堂·贾科莫没有说话，我意识到自己说错了话，我对他表示抱歉。

“有时候我想到什么就说什么，”我小声嘀咕，“对不起。”

“对不起什么？你让我这一天都会很开心，幸好我遇到了你。”

他看看右手，好像它隐藏了一个秘密。

“你不舒服吗？”我问。

“我刚才去找了一位医生朋友，他就住在这边的科尔巴克尔街，这只是小毛病。”

“怎么会这样？”

“当你迫于无奈，做一些自己不想做的事、服从不想服从的命令时，你的脑子就会反抗，一切都会变糟。”

“服从会引发皮肤病吗？”

他有些不安地看了我一会儿，微笑着说：

“你说得对，就是这样，这是一种皮肤病。你很会关心人，希望你不要改变，你要一直说自己想说的话。你就是我的良药，我打赌，再和你说两句，我的病肯定就好转了。”

我激动地说：

“我也想好起来，我该怎么做？”

神父回答说：

“摒弃傲慢，它总是潜伏在我们内心。”

“然后呢？”

“善待他人，要有正义感。”

“然后呢？”

“然后就是对你这个年龄的人来说最重要的事：尊敬你的父

亲和母亲。你得尝试一下，贾妮，这很重要。”

“我已经不太理解我的父母了。”

“等你长大就明白了。”

所有人都说，等我长大就明白了。我回答说：

“那我不要长大了。”

我们在缆车那儿告别了，从那之后，我再也没有见过他。我不敢问罗伯特的事，我也没有问维多利亚是否跟他提到过我，是否把我家里的事告诉了他。我只是惭愧地说：

“我觉得自己很丑，脾气也差，但我也希望有人爱我。”

但我说得太晚了，声音太小了，他已经转过身去，只留给我一个背影。

- 6 -

那次相遇对我帮助很大，我首先试着改善我和父母的关系。我做不到尊敬他们，但也许我会想办法和他们重新拉近关系。

我母亲这边，我们的关系得到了缓和，虽然很难控制住自己暴戾的语气。我没跟她提过她打电话给维多利亚的事，但有时我会大声指责、命令、埋怨她，或者嚷嚷一些很没良心的话。她经常不回应，也会不动声色，仿佛她可以随心所欲变成聋子一样。我渐渐改变了态度，我在走廊里观察她，即使不需要出门或见客，她也会穿得很讲究，头发梳理得很精心。由于日子不舒心，还有长时间伏案工作，从背后看去，她形销骨立，让我很心疼。一天晚上，我偷偷观察她，忽然觉得她和我姑姑很像。当然了，她们是敌人，在教养和精致方面，也确实没有可比性。但是，恩佐虽然死了这么长时间，维多利亚不也是心里一直想着他吗？她的忠贞不渝，难道不是一种伟大的表现吗？我突然惊讶地想到，我母亲身上体现了一种更高贵的精神，有好几个小时，我一直在思考这个问题。

维多利亚的爱情得到了回应，她的爱人也一直爱着她。可我母亲却遭到了最可耻的背叛，但她依然能够坚守那份感情。她根本就不愿意去想失去丈夫这件事，她反而觉得，我父亲屈尊打电话给她，她才会有存在的意义。忽然间，我开始喜欢她听天由命的态度。我怎么能因为她对我父亲的依赖而抨击、辱骂她呢？我怎么可以把她的力量当成了软弱？的确，那是她以绝对的方式去爱的力量。

有一次，我用一种冷静的语气对她说：

“既然你喜欢马里安诺，就和他在一起吧。”

“我要跟你说多少遍，我讨厌马里安诺！”

“那爸爸呢？”

“爸爸是爸爸。”

“为什么你从来不说他坏话？”

“我说的是一回事，想的是另一回事。”

“你都是在心里发泄吗？”

“有时候会恨他，但最后我还是会想起我们在一起的幸福时光，我就忘记恨他了。”

我就忘记恨他了。我觉得这句话捕捉到了一些真实、活生生的东西，我也正是通过那种方式回忆我父亲。我已经很少见到他了，我也没再去波西利波的房子，我已经把安吉拉和伊达排除在我的生活之外了。我无论怎么想，也无法理解为什么他会抛弃我和母亲，去和科斯坦扎以及她的女儿一起生活。过去，我认为他比我母亲强得多，可如今我不再觉得他伟大。他即使是作恶，也没那么了不起。他很少来学校找我，每次我都很认真地听他抱怨，但在我心里，我很清楚他抱怨的不是真的。他想让我相信，他过得很不幸福，或者没有住在圣贾科莫牧羊山路幸福。我自然不信他，但我一边观察他一边想：我应该把现在的情绪放到一边，我应该回想小时候，我还爱他的那段时光，既然发生了这么多事，妈妈还很在意他，已经到了忘记恨他的地步，说明他很特别，不止是对我童年有影响。总之，我很费力，才能重新找到一些他值得欣赏的品质。但在情感方面却没办法，我觉得我对他已经没有任何感情了。我只能试图说服自己，无论如何，我母亲爱上的是个有内涵的人，因此见到他时，我会尽量表现得热情一些。我会对他讲学校的事，讲老师说的一些蠢话，我甚至还对他说了一些恭维话，有时是因为他给我讲解了某部拉丁语作品中一段很难的章节，有时是夸赞他新理的头发。

“还不错，这次他们没给你剪得太短，你换理发师了吗？”

“没有，这家理发店特别近，不值当换。再说了，头发对我已经不重要了，都已经白了，还是你的头发宝贵，那么青春、漂亮。”

他说了我的头发漂亮，这反倒让我觉得有些不合时宜，我说：

“你的头发没白啊，只是鬓角有点花白。”

“我老了。”

“我小的时候，你比现在老多了，你现在变年轻了。”

“痛苦不会让人变年轻。”

“看来你也没太痛苦。我知道，你又和马里安诺联系了。”

“谁告诉你的？”

“妈妈。”

“不是的，只是有时他来看望女儿，我们会遇到。”

“你们还会吵架吗？”

“不会。”

“那还有什么不顺心的事？”

没有什么不顺心的事，他只是想让我明白，他惦记着我，没有我的生活，他很痛苦。有时他演得那么逼真，我都忘记不能相信他了。他还是很英俊，没有像我母亲那样变得消瘦，也没有因为忧愁而生皮肤病。我很容易就会坠入他温情的声音里，重新回到童年，又一次信赖他。有一天，我们像往常一样在学校门口吃番茄奶酪盒子和炸面团，我忽然对他说，我想读《福音书》。

“为什么？”

“我不应该读吗？”

“这个想法太好了。”

“如果我变成基督徒呢？”

“我觉得没什么不好。”

“如果我接受洗礼呢？”

“重要的是你不是一时兴起，如果你有信仰的话，一切都不成问题。”

他没有提出任何反对，但我马上就后悔把自己的意图告诉他了。遇见罗伯特之后，我已经无法再把我父亲当作一个有权威、值得爱的人了。他和我的生活还有什么关系？无论如何，我不愿意赋予他任何威信和亲情。如果我读《福音书》，只会为那个在教堂里讲话的年轻人读。

- 7 -

我试图重新靠近我父亲，这种尝试一开始就失败了，却使我越来越想再见到罗伯特。我忍不住决定再给维多利亚打电话，在电话的那头，她的声音很悲伤，也很沙哑，因为她抽烟太多了。这一次她没有冲我吼叫，没有骂我，但也没有一丝热情。

“你打电话干吗？”

“我想知道你最近好吗？”

“我很好。”

“我能找个星期天去你那儿吗？”

“你来干吗？”

“去看望你。还有，我很高兴能认识朱莉安娜的男朋友，如果他回来了，我想和他打个招呼。”

“教堂里什么活动也不会举办了，他们想把神父赶走。”

我没有机会告诉她，我遇到过堂·贾科莫了，我知道这些事情。她换成了纯粹的方言，她生所有人的气：教区的人、大主教、红衣主教、教宗，也生堂·贾科莫的气，甚至生罗伯特的气。

“神父太夸张了，”她说，“他就像药似的，一开始治愈了我们，后来产生了副作用，现在我们感觉比原来更糟糕了。”

“罗伯特呢？”

“罗伯特就更省事了，他来了，把一切都搞乱后就走了，好几个月都见不着他的面儿。他要么在米兰，要么就在这儿定居，这样跑来跑去，对朱莉安娜来说不是什么好事。”

“但是他们有爱情啊，”我说，“爱情不会害人。”

“你懂什么？”

“爱情很美好，爱情可以超越长时间的分离，可以抵御一切。”

“你什么都不懂，贾妮，你虽然说意大利语，但你什么都不懂。爱情像公厕的玻璃窗一样模糊。”

这个意象让我很震惊，我马上想到，她说的这些和她讲的跟恩佐的故事相互矛盾。我恭维了她的这句话，我说我想和她再多聊聊。我问她：

“下次等你、玛格丽塔、朱莉安娜、库拉多、托尼诺和罗伯特一起吃饭时，我可以来吗？”

她很不高兴，语气变得很凶：

“你最好待在你家里，你妈妈觉得，这儿不是你该来的地方。”

“但我很高兴能见到你们。朱莉安娜在吗？我和她挺聊得来的。”

“朱莉安娜在她家。”

“托尼诺呢？”

“你觉得托尼诺吃喝拉撒都是在我这儿吗？”

她忽然结束了通话，像平时一样粗暴无礼。我本想得到一个邀请、一个确切的日期，一个我还会见到罗伯特的保证，哪怕是一年半载之后，可我什么也没得到。尽管这样，我仍然很知足，心里很激动。关于朱莉安娜和罗伯特的关系，她没有明说，但我知道他们俩遇到了障碍，但也不能完全听信我姑姑的判断，很可能她讨厌的事恰恰是那对恋人喜欢的。我想象着，只要我坚持不懈，保持耐心，真心为他们好，我就能成为姑姑和他们的中间人，一个会说所有人语言的人。于是我去找《福音书》来看。

- 8 -

我在家没找到《福音书》，但我忘记了一件事，在我父亲面前，即使随口提起一本书，他就会立刻帮我弄到。我们那次谈话之后没几天，他带着一本注解版《福音书》出现在我的学校楼下。

“只读还不够，”他说，“这样的文本是需要钻研的。”

说这句话时，他的眼睛一下子亮了起来。他真正的生活就是投身于书本、思想和一些高深的问题，这是他存在的意义。在那个阶段，他的这种倾向显而易见，只有当他大脑一片空白，无法回避他对我和母亲做过的事情时，他才会怏怏不乐。可如果沉浸在那些伟大的思想里，那些充满注解的著作不断强化的思想里，他就会特别幸福，什么缺憾也没有。他的生活转移到了科斯坦扎家，在那里他过得很舒适，他的新书房宽敞明亮，从窗户可以看到大海。他重新开始和之前那些人会面，那是我从童年时期就熟悉的人，当然马里安诺除外，但大家假装得很好，似乎一切都恢复了，似乎已经可以预见，马里安诺很快也会回来参加辩论。每天破坏我父亲生活的，只是一个个空虚的瞬间，在那些瞬间里，他不得不面对他犯下的错误。但他会轻而易举逃避这个问题，我的请求一定是个好机会，因为这使他以为一切都在恢复正常，他和我的关系也一样。

可是，他殷勤地送给我一本注解版的《福音书》，很古老，是希腊文和拉丁文对照版，他说读翻译版本也可以，但原文很重要。这时，他冷不丁地让我告诉母亲去办一些和证明有关的事儿，总之都是很麻烦的事。我拿着书，答应我父亲交代的事儿。我告诉母亲要做的事时，她叹了一口气，有些恼火，说了一些讽刺的话，可最后还是答应了。尽管她白天要去学校上课，批改作业和稿子，她还是挤出时间，在各种部门的窗口前排很长的队，和那些懒懒散散的办事人员斗争，办好了我父亲交代的那些事。

就是在那种情况下，我发现自己变了很多。我从自己房间听见母亲给父亲打电话，告诉他事情已经办妥了，我已经不再对她百依百顺、低三下四的态度感到气愤了。我听见她因为抽了太多烟、晚上喝烈酒而变得沙哑的声音时，我也不觉得恼火了。她语气很柔和，邀父亲来家里取她在户籍处办的证明，在国家图书馆复印的资料，或从大学里取回来的证书，就连这些我也可以接受。一天晚上，父亲忐忑地出现在我家，他们俩在客厅里聊天，我也没有很排斥。我听见母亲笑了一两声，后来她没再笑，她应该意识到了，那是属于过去的笑声。总之我没有这样想，如果她那么蠢，那是她自己的事儿。现在我似乎已经明白她的感受了，更难以捉摸的是我父亲的态度，我讨厌他的投机取巧。他叫我名字、和我打招呼时，我一下子怒火中烧。他漫不经心地问我：

“怎么样？你正在读《福音书》吗？”

“是的，”我说，“但我不喜欢这个故事。”

他露出一个讽刺的微笑：

“你不喜欢这个故事，这话倒挺有意思。”

他在我额头上吻了一下，站在门口对我说：

“我们以后可以讨论一下。”

要我和他讨论，这是不可能的事，永远也不可能。我能对他说什么呢？我是把《福音书》当童话来读的，它可以引领我像罗伯特一样去爱上帝。我觉得我需要读《福音书》，因为我绷得太紧了，有时我感觉自己的神经就像高压线，有强电流通过。然而《圣经》里的故事并不像童话那样，因为那些事情发生在真实的地方，里面还有真实存在的人物，他们从事真实的职业。在那些情感中，让人印象最深刻的是残忍，我看完一章，开始读另一章，故事似乎越来越可怕。是的，这是一个震撼人心的故事。我读的时候心烦气躁，所有人都在为一位上帝服务，他监视着我们，想看看我们选择的是善还是恶。真荒谬！大家怎么能忍受这种任人奴役的处境呢？天国里住着一位圣父，而上帝的子女住在人间，生活在泥淖和血泊中，我痛恨这种观念。上帝算什么父亲，他创造的万物建立的是什么家庭，这让我既害怕又愤怒。我痛恨那个圣父创造了这么脆弱的生物，他们不停遭受痛苦，轻易就会堕落。我痛恨他在一旁看着我们苦苦挣扎，为摆脱饥饿、焦渴、疾病、恐惧、残忍、傲慢做努力，甚至为了摆脱那些美好的情感，因为这些感情里常常带着恶意，掩盖着背叛的行为。我痛恨他让一个处女生下自己的儿子，把他置于最恶劣的环境里，让他成为最可怜的造物。我痛恨那个儿子，虽然他有创造奇迹的能力，却把它用在一些无关紧要的把戏上，完全没有真正改善人类的处境。我痛恨那个儿子，他不断斥责他母亲，却没有勇气迁怒于他父亲。我痛恨上帝任凭自己的儿子在可怕的痛苦中死去，也痛恨他没有回应儿子的求助。没错，这个故事让我觉得很压抑。最后耶稣会复活？一具被折磨得惨不忍睹的躯体会活过来？这让我毛骨悚然，死而复生的人让我晚上难以入眠。如果之后他会获得永生，为什么还让他经历死亡？在一群死而复生的人之中，他拥有永生有什么意义呢？那到底是一种报偿，还是一种很恐怖的惩罚？不，不，居住在天国里的圣父就是《马太福音》和《路加福音》里无情的父亲，他在儿子饥肠辘辘、索要面包时给了他石头、毒蛇和蝎子。如果我和我父亲一起讨论圣父，我很有可能会脱口而出说，爸爸，这个圣父比你还坏。因此我觉得，我应该为所有造物开脱，包括那些罪大恶极的人。他们处境艰难，当他们能把身处泥淖里真实而强烈的情感表达出来时，我是站在他们一边的。例如，我就站在我母亲这边，而不是她前夫那边。他在利用我母亲，再故作姿态感谢她，他利用她的能力，来体验高高在上的感觉。

一天晚上，母亲对我说：

“你父亲比你还像小孩，你长大了，他却还是一个孩子。他永远都是孩子，一个聪慧过人的孩子，痴迷于他的游戏，如果没人监督他，他就会做错事。我少女时就该明白这一点，但那时我觉得他很成熟。”

她错了，可她仍旧坚守自己的爱情，毫不动摇，我感动地看着她。我也想这样爱一场，但不会爱一个不值得爱的男人。她问我：

“你在读什么？”

“《福音书》。”

“为什么？”

“因为一个我喜欢的男孩对《福音书》很有研究。”

“你恋爱了？”

“没有，你乱说，他已经有女朋友了，我只想做他的朋友。”

“不要告诉你爸爸，否则他会找你讨论，影响你阅读。”

但我没遇到这个问题，父亲没有打搅我，我很顺利地读到了最后一行。假如他盘问我，我也只会对他说些笼统的话。我希望有一天，我可以和罗伯特深入探讨《福音书》，提出一些犀利的看法。那次在教堂里，我觉得没有他，我就活不下去，但时间一天天流逝，我依然活着。那种“必不可少”的感觉正在改变，我觉得，必不可少的并不是那个活生生的人——我想象他在遥远的米兰，生活幸福，忙着做许多美好而有意义的事，大家都认可他。我给自己设定了一个目标：成为一个能够赢得他尊重的人。我感觉，他已经成了一个毋庸置疑的权威，但也很难揣测他的想法。我总是想：如果我这样做，他会赞同还是会反对呢？那段时间，我晚上入睡前不再自慰了，之前那对于我来说就像一种奖赏，让我可以面对难以忍受的生活。我觉得，注定走向死亡的悲伤生命，他们所拥有的唯一幸福就是两腿之间的器官可以带来的一丝享受，帮他们缓解焦虑，暂时忘却痛苦。但我确信，如果罗伯特知道了这件事，一定会后悔容忍一个有自娱自乐习惯的人待在身旁，哪怕只是几分钟。

- 9 -

那段时间，我没有特意下决心，反而像重拾了之前的习惯，我又开始学习，虽然对我来说，学校比以前更像一个充斥着低俗言论的场所。我很快就取得了不错的成绩，与此同时，我也强迫自己对同学和善一些，虽然我避免和他们建立太亲密的关系，但还是开始每个星期六晚上和他们一起出去玩。当然，我一直没法彻底摆脱那种带着怨恨的语气、爱攻击人的脾气和怀有敌意的缄默。可我觉得，我可以变得更好。有时我会盯着汤盘、玻璃杯、勺子或路边的一颗小石子、一片枯叶，我惊叹于它们的形状，无论是人工的还是天然的，都让我觉得很神奇。上城那些街道我从小就认识，但现在，我用另一种眼光看着它们，仿佛是第一次见到：商店、行人、九层高的楼房，还有那些像白色飘带一样挂在赭石色、绿色或天蓝色墙上的阳台。圣贾科莫牧羊山路，这条路我走过无数次，我陶醉于路上的黑色熔岩石、灰粉色或铁锈色的老建筑和花园。我也用这种眼光看身边的人，比如老师、邻居、商店老板和住在沃美罗区的人，他们的一个动作、眼神或者面部表情都会让我感到惊讶。那段时间，似乎一切都蒙着一张隐秘的布景，等着我去掀开。但这种情况没有维持多久，虽然我尽量克制自己，但还是会时不时对一切感到厌烦，想肆无忌惮说出自己的想法，急切地想和人争吵。我不想这样，尤其是半梦半醒中，我会想改变自己。但我意识到，我就是那么爱讽刺人，爱说人坏话，我的确是那样的人，如果我不能展示出来，我会变得更坏。我心里带着一丝快意想：如果我不可爱，好吧，那别人也不要爱我了！没人知道我一天到晚在想什么，我满脑子想的都是罗伯特。

但同时，让我惊讶的是，我越来越高兴地发现，虽然我言行放肆，同校的女生和男生还是会来找我，邀请我参加聚会，他们似乎很享受我的欺凌。我觉得，可能是因为这种新氛围，我才能躲开库拉多和罗萨里奥。库拉多先露面了，他出现在我学校楼下，对我说：

“我们去浮罗里迪阿娜公园转转吧。”

我本想拒绝，但有几个女同学正在打量我，为了勾起她们的好奇心，我点头答应了。当他用一条胳膊搂住我的肩膀时，我躲开了。一开始，他努力想逗我笑，出于礼貌，我也笑了，但他试图拽着我离开篱笆间的小路时，我拒绝了，一开始态度很好，后来语气变得坚决。

“我们不是男女朋友吗？”他惊讶地问我。

“不是。”

“为什么不是？那我们做的那些事算什么？”

“什么事？”

他有些尴尬。

“你知道的。”

“我不记得了。”

“你说那让你很开心。”

“我那是在撒谎。”

让我惊讶的是，他忽然很害怕，不过他仍然坚持不懈，试图吻我。最后他放弃了，变得垂头丧气，低声抱怨说，我搞不懂你，你让我很难过。我们坐到一级白色的台阶上，眼前是那不勒斯城美丽的风景，城市仿佛罩在一个透明的穹顶下，外面是蔚蓝的天空，里面是雾气，好像城里所有的房子都在呼吸。

“你正在犯一个错误。”他说。

“什么错误？”

“你觉得自己比我强，你还不知道我是谁。”

“你是谁？”

“你等着瞧吧。”

“我会等着的。”

“贾妮，罗萨里奥不会等的。”

“这和罗萨里奥有什么关系？”

“他爱上你了。”

“怎么会！”

“是真的。你勾搭了他，他现在很确信你喜欢他，他不停地谈论你的胸。”

“他搞错了，你告诉他，我喜欢的是别人。”

“是谁？”

“我不能告诉你。”

他一直追问，我试图转移话题，他再次把胳膊搭在我的肩膀上。

“那个别人是我吗？”

“不是。”

“那些好事儿，你全都对我做了，你却不喜欢我，这不可能。”

“我向你保证，事实就是这样。”

“那你就是个婊子。”

“如果我愿意，那就是。”

我想向他打听罗伯特，但我知道他很讨厌罗伯特，他一定会用几句冒犯人的话结束话题，我克制自己，尝试通过谈论朱莉安娜达到目的。

“她很漂亮。”我夸赞他妹妹。

“什么啊，她越来越瘦了，跟个干巴巴的死人似的，你没见过她早上刚起床的样子。”

他漫不经心地说了许多难听话，说现在朱莉安娜为了留住她的大学生男朋友，已经做圣女了，可她哪里圣洁啊。库拉多最后说，如果一个男人有个妹妹，他就会对女性失去欲望，因为他会发现，女人真是比男人还要糟糕。

“所以，把你的手从我身上拿开，别再想着吻我了。”

“这不相干吧，我爱上你了。”

“难道你爱上我，就看不到我了吗？”

“我看得到你，但我会忘记你和我妹妹是一样的。”

“罗伯特也是这样，他看到的朱莉安娜和你看到的不一样，就像你看到的我一样。”

他很烦，这个话题把他惹恼了。

“罗伯特能看到什么？他就是个瞎子，他一点也不懂女人。”

“可能吧，但他说话时，所有人都愿意听。”

“你也是吗？”

“我没有。”

“只有笨蛋才喜欢听他说话。”

“你妹妹是笨蛋吗？”

“是的。”

“只有你一个人聪明，是吗？”

“我、你，还有罗萨里奥。他想见你。”

我考虑了一会儿，对他说：

“我作业太多了。”

“他会生气的，他可是萨尔真特律师的儿子。”

“那是一个很重要的人物吗？”

“很重要而且很危险。”

“我没时间，库拉，你们俩不上学，可我还要上学。”

“你只想和上学的人一起玩儿吗？”

“不是，但你和他们，比如罗伯特，你们之间有一个很大的不同。你想一下，他有时间可以浪费吗？他只会把时间花在读书上。”

“所以你爱上他了？”

“才没有。”

“如果罗萨里奥认定你爱上了罗伯特，他要么会亲手杀了他，要么就会让别人杀了他。”

我说我真的该走了，我没有再提起罗伯特。

- 10 -

没过多久，罗萨里奥也出现在学校下面。我一眼就看见他了，他靠在他的敞篷车上，又高又瘦，脸上堆着一个微笑，穿戴完全是在炫富，我的同学一定会觉得他很粗俗。他没做任何手势让我看见他，就好像他有自信，就算我没有看到他，我也不可能注意不到他那辆黄色的汽车。他想得没错，所有人都用艳羡的目光看着那辆车。他们自然也注意到了我，这时我虽然不情愿，但又像被远程控制一样走到他身旁。罗萨里奥很酷地坐到驾驶座上，我也慢条斯理地坐到他身旁。

“你得马上送我回家。”我说。

“你是主子，我是仆人，一切都听你的。”他回答说。

他开动汽车，有些不耐烦地出发了，他不停按喇叭，想让挤在那里的学生让出一条道。

“你记得我住在哪里吗？”我马上很警觉地问他，因为他正驶入通往圣马蒂诺修道院的路。

“山上的圣贾科莫牧羊山路。”

“但我们现在不是去那里。”

“我们待一会儿会去的。”

他在圣埃尔默城堡下的一条小路上停下，转过身看着我，还是那副笑脸。

“贾妮，”他严肃地说，“我第一次见到你就喜欢上你了。我想在一个安静的地方，当面告诉你。”

“我很丑，你找个漂亮的女孩吧。”

“你不丑，你是一种类型的女孩。”

“一种类型意思就是我很丑。”

“你说什么，你的胸那么美，连雕塑都比不上。”

他转过脸想吻我的嘴，我向后闪躲，把脸扭到一边。

“我们不能接吻，”我说，“你的牙齿太突兀，嘴唇又太薄了。”

“那为什么其他女孩还吻我？”

“很明显，她们没有牙齿，让她们吻你吧。”

“你别开玩笑气我了，贾妮，这样做可不对！”

“我没开玩笑，是你，你不停地笑，所以我就想开玩笑。”

“你知道这只是外表，我内心非常认真。”

“我也是。你说我很丑，我说你有龅牙，我们现在扯平了。现在送我回家，不然我母亲会担心的。”

但他没有放弃，仍然和我保持只有几公分的距离，又说了一遍我是一种类型的女孩，是他喜欢的类型，接着低声说我不知道他对我有多认真。随后他突然提高了嗓门，激动地说：

“库拉多是个骗子，说你和他做了一些事，但我不信！”

我想打开车门，气愤地说：

“我得走了！”

“等一下，如果你可以和他做那些事，为什么不可以和我做？”

我开始不耐烦了：

“你太讨厌了，罗萨，我没有和任何人做任何事！”

“你爱上了别人？”

“我没有爱上任何人。”

“库拉多说，自从你见了罗伯特·马特塞，你就傻掉了。”

“我连罗伯特·马特塞是谁都不知道。”

“我来告诉你，他就是一个喜欢装腔作势的人。”

“那他和我认识的罗伯特不是同一个人。”

“相信我吧，就是他。如果你不相信，我把他带到你面前，我们一起瞧瞧。”

“把他带到我面前？你？”

“只要你一声令下。”

“他就来了？”

“不，他不是主动来，我会强行让他到你这里来。”

“你太可笑了。我认识的那个罗伯特，没人可以强迫他做任何事。”

“这就看怎么强迫了。只要用对了力量，每个人都会做他不得不做的事。”

我不安地看着他，他在微笑，但他的眼神很严肃。

“我一点也不在乎什么罗伯特，也不在乎库拉多和你。”我说。

他饶有兴趣地看了看我的胸，好像我把什么东西藏在了文胸里，随后他嘀咕了一句：

“吻我一下，我送你回家。”

那一刻我很确信，他要做伤害我的事，可我还是产生了一个不合时宜的念头：虽然他很丑，但也比库拉多更讨我喜欢。有那么一刹那，我觉得他像一个恶魔，浑身发光，他会用两只手紧紧抓着我的头，开始强吻我，然后不断把我的头往车门的玻璃窗上撞，直到杀死我。

“我什么也不会给你的，”我说，“要么你送我回家，要么我就下车走了。”

他盯着我的双眼看了许久，然后发动了汽车。

“一切都听主人的。”

- 11 -

我发现，我们班的男生也兴致勃勃地谈论我丰满的胸部。这是我的同桌米雷拉告诉我的，她还说，她的一个高二的朋友——叫希尔维斯特，我记得他，他有一定名气，因为他经常开着一辆摩托车来上学，大家都很羡慕——他在院子里大声说：“她的屁股也不错，只要用枕头捂住脸，就可以好好干一场！”

我觉得很屈辱，也很气愤，晚上我哭得无法入睡。我想把这件事告诉父亲，这是我童年残留的一个习惯，这种想法让我很讨厌，在我的心目中，无论什么困难，他都能应对，都能解决。但又立刻想到我母亲，她一点胸也没有，而科斯坦扎的胸部却圆润而丰满，我心里想，我父亲一定比希尔维斯特、库拉多和罗萨里奥更喜欢女人的胸。他和所有男性都一样，如果我不是他女儿，他就会像希尔维斯特谈论我一样，用那种轻蔑的语气，当着我的面对维多利亚品头论足，他一定会说，她虽然很丑，但她有硕大的乳房和紧实的屁股，恩佐当时一定用枕头捂住了她的脸。可怜的维多利亚，竟然有我父亲这样的哥哥。男人是那么粗俗，他们用在爱情上的每一个字都那么粗暴，羞辱我们让他们很享受，他们会把我们扯到他们肮脏的路子上。我觉得很沮丧，在我头脑的风暴中——在那种痛苦的时刻，我觉得脑子里全是暴风雨和闪电——我在想，罗伯特是否也是这样呢？他是否也会说出那种话呢？我觉得不可能，但实际上，想到的这个问题让我更痛苦了。我想，他对朱丽安娜说话肯定很温柔，当然，他想要朱丽安娜，这是绝对的，但他的方式很温柔。最后我平静下来了，我想象着他们俩相敬如宾，我心里暗暗发誓，我会找到办法去爱他们俩，一辈子做他们可以信任的人。什么胸脯、屁股、枕头都随它去吧！希尔维斯特算什么人？他对我有什么了解？他又不是从小和我一起长大的哥哥，熟悉我平日里的身体，还好我没有哥哥，他怎么能当着所有人的面，说出那些话？

我冷静下来，但我花了好几天时间才淡忘米雷拉告诉我的事。一天上午，我在教室里，心情还算不错，我正削铅笔时，下课铃响了，我走出教室，走到希尔维斯特面前。他是一个块头很大的男孩，比我高十公分，皮肤很白，脸上长着雀斑。天气很热，他穿着一件黄色的短袖衬衫。我想都没想，用尽全身力气把铅笔笔尖扎进他的胳膊里。他大叫一声，声音拖得很长，像海鸥的鸣叫，他捂着胳膊说："铅笔头断在我肉里了！"他的泪水滚落下来。我大喊："有人推了我一下，对不起，我不是故意的！”这时我检查了铅笔，低声说：“笔头真的断了，让我看看。”

我很震惊。如果当时我手上拿的是一把刀，我会做出什么事？我会把刀狠狠刺进他的胳膊里，还是其他地方？希尔维斯特在他同学的支持下，拽着我去见校长，在她面前，我也继续为自己争辩，发誓说课间休息时，人群里有人用力推了我一把。我觉得把胸和枕头的事说出口很丢脸，我无法忍受自己被人当作一个长得很丑、又不愿意接受现实的人。我确定米雷拉不会介入此事，把我刺伤希尔维斯特的真实原因说出来，我觉得如释重负。那只是一场意外，我重复得都厌烦了。校长慢慢安抚希尔维斯特，并且让我父母来学校一趟。

- 12 -

我母亲认为这件事很恶劣。她知道我又开始学习了，她一心指望我能像决定的那样，弥补落下的课，最后通过考试。那个愚蠢的做法，对她来说就像是又一次背叛。或许这又一次证明了：我父亲离开后，无论是她还是我，都不知道该如何体面地生活了。她小声说，我们应该捍卫自己，我们应该知道自己是谁。在我面前，她从来没发过那么大的火，但不是针对我，她把我遇到的所有问题都归咎于维多利亚。母亲说，我这次的做法特别像我姑姑，我姑姑就是想让我像她一样说话、做事，一切都变得和她一样。母亲的小眼睛凹陷得更深了，脸上的骨头都快撑破皮肤了。她缓缓地说：“她想利用你，好证明你父亲和我都徒有其表，如果我们的社会地位上升一点点，到你这里却陡转直下，一切就平衡了。”于是她走到电话前，把发生的一切都告诉了她前夫。她和我说话时语气无法平静，可是和我父亲说话时，她又冷静下来了。她说话声音很小，仿佛他们之间有什么协议，我的行为越是离谱，我越是被排除在外。我伤心地想：一切都支离破碎，我努力想把碎片拼到一起，可是我办不到，我遇到了问题，所有人都有问题，除了罗伯特和朱莉安娜。同时我母亲对着电话说：“拜托了，你去吧！”她重复了很多次：“好吧，你说得对，我知道你很忙，但求你了，你去吧！”他们通完电话后，我带着怨恨说：

“我不想让爸爸去见校长。”

她回答说：

“闭嘴，你要听我们的。”

大家都知道，如果家长安静听校长讲的话，并责备几句自己的孩子，校长就会对他们很和气；但如果他们维护自己的孩子，她就会变得格外严厉。我母亲是我可以放心的人，因为她总能成功地应付校长。然而我父亲在许多场合都明确表示，有几次甚至轻松愉快地说，任何和学校有关的事都会让他很烦——同事让他心情很差，他鄙视论资排辈，还有校务委员会的事务——因此每一次他都特别当心，避免以家长的身份踏进学校，因为他知道，他一定会给我惹麻烦。然而那一次，我上完课，他准时到了学校，我看到他站在走廊里，很不情愿地走了过去。我焦急地向他辩解，故意带着那不勒斯腔：“爸爸，我真不是故意的，但在校长面前，你最好就当是我的错，否则事情就会变得很麻烦。”他让我别担心，后来见到校长，他态度十分友好。女校长仔细向我父亲说了管理一所高中有多难，他听得格外认真，还对校长讲了一件趣事，嘲讽在任的省教育厅长有多无知，但他又突然改变了话题，称赞她戴的耳环很漂亮。校长满意地眯着眼睛，一只手在空中轻轻挥了一下，就像在赶他走，她笑起来，又用那只手遮住了嘴巴。他们似乎海阔天空地聊起来了，我父亲才忽然提到了我的恶行。他说，我一定是故意扎希尔维斯特的，他很了解我，如果我这样做了，一定有充分的理由，他不知道那个理由是什么，他也不想知道。但他很早就学会了一件事，就是一旦女人和男人动起手来，错的永远都是男人，女人永远都是对的。即使在某些情况下，事实并不是那样，男人也应该接受教育，去承担自己的责任，哪怕表面上看，责任不在他们身上。听着这席话，我吓得连大气都不敢喘。当然这只是大致概括，我父亲说了很久，他的话引人入胜，也很犀利，任谁听了都会目瞪口呆，惊讶于这些话很优雅、清楚，同时极具权威、不容争辩。

我焦急地等待校长的回应。她用一种崇拜的语气，称他为“老师”，她被我父亲深深地吸引了，以至于我为自己身为女性感到羞愧，因为一个女人，尽管上过学，尽管身居要职，也注定会被男人以那种方式对待。可是我没有愤怒地大声叫嚷，反而觉得很高兴。校长不想让我父亲走，她问了我父亲很多问题，很显然只是为了再听听他的声音，或许还希望听到其他恭维话，或者希望和他开始一段友谊，他这么绅士，这么文雅，对她说了那么多好话。

她仍然在那里说话，不打算放我们离开，我就已经确定，一到走廊里，父亲就会模仿她的语调、她整理头发的动作，还有她回应我父亲的恭维的反应，他会用这些事情来逗我笑。这种事确实发生了。

“你看到她睫毛眨得有多频繁吗？还有她整理头发时手上的动作，还有她声音，啊，是的，嗯嗯，老师，不是的……”

我像小时候一样开怀大笑，心里又重新燃起童年时对这个男人的钦佩之情。我笑得很用力，可我觉得很尴尬。我不知道自己应该听之任之，还是该提醒自己，他配不上那份崇拜。我想大声告诉他：你对她说男人永远都是错的，他们应该承担自己的责任，但你从未承担起对妈妈的责任，也没有承担起对我的责任。爸爸，你是个骗子，一个让我害怕的骗子，因为你总是能激起别人的好感。

- 13 -

父亲圆满完成了他的任务，心情特别激动，这种心情一直持续到我们坐进车里。他坐到驾驶座时，还在一句接一句地说着那些浮夸的话。

“今天的事就当是一课，学会了这点，你可以让任何人洗耳恭听。你现在放心吧，高中接下来的几年，那女人都会一直站在你这边。”

我没有忍住，回答说：

“不是站在我这边，而是站在你那边。”

他察觉到我的怨恨，似乎在为自己的自恋感到羞愧。他没有发动汽车，而是用两只手抹了抹脸，从额头到下巴，仿佛想要抹去那一刻之前的样子。

“难道你更愿意一个人面对一切？”

“没错。

“你不喜欢我刚才的做法吗？”

“你做得很好。就算你当时向她求爱，她也会答应。”

“你觉得我该怎么做？”

“什么也不要做，你做好自己的事就可以了。你离开了，有了新妻子和女儿，不要再管我和妈妈了。”

“你母亲和我很相爱，你是我唯一的女儿，也是我最爱的女儿。”

“你撒谎。”

父亲的眼睛里燃烧着一丝怒火，看起来很生气。看吧，我心里想，我扎希尔维斯特的那股劲儿是从哪里来的！但那股气只在他脑袋里冲撞了一小会儿，他低声说：

“我送你回家。”

“我家还是你家？”

“你想去哪里？”

“我哪儿也不想去。永远都是你想做什么，别人就要做什么，爸爸，你知道怎么钻进别人的脑子里。”

“你在说什么呢？”

他气又上来了，我在他的瞳孔里看到了，如果我想的话，我真能让他失去理智。但他永远都不会气到打我耳光，我心里想，他不需要打我。因为他会用语言击垮我，他特别擅长这一点，因为他从少年时期就开始训练了，他就是这样毁掉了恩佐和维多利亚的爱情。当然，他也训练过我，想让我变得和他一样，可是我让他的希望落空了。但他这次也没用语言抨击我，因为他觉得他很爱我，他害怕伤害我。于是，我改变了语气。

“对不起，”我喃喃地说，“我不想让你为我担心，不想你因为我的错，浪费时间去做你不想做的事。”

“那你就好好表现，你为什么会去袭击那个男生呢？你不该那样做，这样不对。我妹妹也经常这样，所以她只读到了小学五年级。”

“我决定补上落下的一年。”

“这是一个好消息。”

“我也决定不再和维多利亚见面了。”

“如果这是你的选择，那我很高兴。”

“但我还会继续和玛格丽塔的孩子来往。”

他困惑不解地看着我：

“玛格丽塔是谁？”

有几秒钟，我以为他是装的，但我后来改变了想法。他妹妹一直知道他的一切，包括他那些最隐秘的选择，而他在他们关系破裂之后，却再也不想知道她的任何事。他和维多利亚斗了十几年，却对她的生活一无所知，这种高傲的漠视，是他表示厌恶的一种方式。我对他解释说：

“玛格丽塔是维多利亚的一个朋友。”

他做了一个厌烦的手势。

“是吗？我不记得这个名字。”

“她有三个孩子：托尼诺、朱莉安娜和库拉多。朱莉安娜是他们当中最有出息的。我很喜欢她，她比我大五岁，非常聪明，她男朋友在米兰读书，已经大学毕业了。我认识他，他很优秀。”

“他叫什么名字？”

“罗伯特·马特塞。”

他不确信地看着我：

“罗伯特·马特塞？”

当我父亲用那种语气说话时，我就可以确定，他想到了某个人，他对那个人怀着纯粹的欣赏，还有一种不易察觉的嫉妒。事实上，他很好奇，他想知道我在什么场合结识他的。他很快就确定，我口中的罗伯特和他想起的那个学识广博的年轻人是同一个人，他在米兰圣心大学的一份重要期刊上发表了一些很著名的文章。因为自豪，我的脸火辣辣的，觉得自己扳回一局。我心里想：虽然你读书、学习、写文章，但他比你优秀多了，这点你也知道，此刻你也承认了。他惊讶地问：

“你们是在帕斯科内区认识的？”

“是，在教堂里，他是在那儿出生的，但他后来搬去了米兰，是维多利亚姑姑把他介绍给我的。”

他看起来很困惑，仿佛听了几句话之后，他搞不清楚那些地理位置，很难把米兰、沃美罗、帕斯科内，还有他出生的地方联系在一起。他很快恢复了平时他常用的语气，那是介于慈父和良师之间的语气：

“很好，我很高兴。任何你感兴趣的人，你都可以深入了解，也应该去了解，人就是这样成长起来的。只是很遗憾，你已经很少与安吉拉、伊达联系了，你们有许多共同语言，你们应该像以前一样相亲相爱。你知道安吉拉在帕斯科内也有朋友吗？”

提到那个地名，他一般都是带着厌烦、苦涩和蔑视说出来的，不单是当着我的面，可能也会当着安吉拉的面那样说，好让他继女觉得这友谊也不值一提，但这次好像那种语气没有那么明显。或许是我太夸张了，虽然这样揣摩他让我很受伤，我还是忍不住这么想。他正转动钥匙，准备启动汽车，我盯着他那只纤细的手，我下决心对他说：

“好吧，我去你家待一会吧。”

“你不会拉着脸吧？”

“不会。”

他高兴起来了，我们出发了。

“那不仅是我家，也是你家。”

“我知道。”我说。

在开往波西利波的路上，经过一段漫长的沉默之后，我问他：

“你经常和安吉拉和伊达聊天吗，你们关系很好吗？”

“还不错。”

“比她们和马里安诺的关系还要好？”

“可能是吧。”

“你爱她们比爱我还要多吗？”

“你说什么呢？我当然是更爱你，简直没法比。”

- 14 -

那天下午很美好。伊达为我读了两首她写的诗，我觉得很美。当我充满热情地谈论她的诗时，她紧紧拥抱了我。她抱怨学校很无聊，很折磨人，是她自由展现自己文学天分的最大障碍。她想写一篇以我们仨为原型的长篇小说，她答应我说，只要她有时间写完，一定会让我看。安吉拉一直在那里抚摸、拥抱我，仿佛已经很不习惯我在身边，想确认我真的在那里。她突然开始谈论我们亲密的童年往事，一会儿大笑，一会儿眼睛里饱含着泪水。她回忆的那些事情，我一点也不记得了，或者说几乎不记得了，但我没告诉她。我总是点头、大笑，有时我看到她那么快乐，我真的开始怀念过去的时光，一段我认为已经永远逝去的时光，安吉拉却用她过于丰富的想象，重新挖掘了出来。

伊达很不情愿地回房间去学习了。你现在真会说话，安吉拉对我说，我发现我也想对她说同样的话。我进入了维多利亚的世界，更不用说库拉多和罗萨里奥的世界，我故意满口方言，或说着带着那不勒斯腔调的意大利语。其实我们已经开始说我们之间用的俚语，很大一部分都出自儿童读物，只是我们已经不再看那些书了。你丢下我一个人！她抱怨说，但没有责备的意思，她笑着坦白说她一直觉得很不自在，有我在身边，才是她的正常状态。总之让人欣慰的是，我们最终和好了，她看起来很高兴。我问到托尼诺，她说：

“我不想和他见面了。”

“为什么？”

“我不喜欢他了。”

“他很帅呀。”

“如果你喜欢，我把他送给你好了。”

“不用了，谢谢。”

“看吧，你也不喜欢他。我之前喜欢他，是因为我以为你喜欢他。”

“不会吧。”

“千真万确。一直都是，如果你喜欢一样东西，我就会立刻让自己也喜欢。”

我说了几句维护托尼诺和他弟弟妹妹的话，我称赞他，因为他是一个善良的小伙子，有着远大的志向。但安吉拉反驳说，他总是那么严肃，那么一本正经，说话很短，简直和占卜似的。安吉拉说，他是少年老成，他和神父来往太密切了。他们见面次数很少，每次他总是在抱怨，堂·贾科莫因为组织了那些辩论，被调离了教区，派去了哥伦比亚。这是他唯一感兴趣的话题，他对电影、电视、书和歌手一窍不通。他谈论最多的是房子，他说人类是失去外壳的蜗牛，但如果没有头上的屋顶，就活不长久。他妹妹不像他，朱莉安娜更有性格，尤其是她现在虽然有些太瘦了，却很美。

“她二十岁了，”安吉拉说，“但她看起来很小，她会认真聆听我说的每一句话，好像我是一个大人物。你知道，她怎么说你的吗？她说你特别了不起。”

“我？”

“是的。”

“不可能。”

“是真的。她对我说，她男朋友也这样说。”

安吉拉的话使我很激动，但我没表露出来。我该相信吗？朱莉安娜觉得我很了不起，罗伯特也这样认为？还是说，这只是安吉拉想拉近我们的关系，说的客套话？我对安吉拉说，我觉得自己像块顽石，下面藏着一个很初级的生命，根本谈不上优秀，而且如果她和托尼诺、朱莉安娜一起出去玩儿，或者还有罗伯特，我也想和他们一起散步。

她表现得很积极，星期六就打来了电话。朱莉安娜不来，当然她男朋友也不来。安吉拉和托尼诺有约会，她觉得一个人和托尼诺出去会很无聊，就让我陪她一起去。我欣然接受邀请，我们一起沿着海边散步，从梅尔杰利纳海港一直走到那不勒斯王宫，托尼诺走在中间，我在一边，安吉拉在另一边。

我和那个男孩见过几次呢？一次还是两次？我记得他很拘谨，但很招人喜欢，个子很高，很瘦但肌肉强健，头发乌黑，轮廓匀称。他很腼腆，话很少，也很少做手势。我很快就明白了为什么安吉拉无法忍受他了。托尼诺总是会斟词酌句，掂量每句话的后果，让人恨不得帮他把话说完，或者去掉多余的话，对他大喊：我听明白了，往下说！我耐心听着，安吉拉心不在焉，她看着大海和楼房。我问了托尼诺很多问题，发现他说的话都很有意思。他先告诉我，他在偷偷学习，想成为建筑师，接着他又以一种让人精疲力竭的方式，详细地讲述了他是如何参加一场很难的考试，充满细枝末节，最后他以优异的成绩通过了考试。然后他告诉我，自从堂·贾科莫不得不离开教区，维多利亚就变得比以前更让人无法忍受，她让所有人的生活都更加艰难。最后，在我小心翼翼的提问下，他怀着无限敬意，讲了很多关于罗伯特的事，以至于安吉拉说，你真该跟他订婚，而不是让你妹妹跟他订婚。我倒是很欣赏托尼诺那种不掺杂丝毫嫉妒和恶意的感情，他说的事情让我很感动，罗伯特注定要在大学里成就一番伟业。罗伯特最近在一本威望很高的国际杂志上发表了一篇论文；罗伯特善良、谦逊，拥有一种激励人心的力量，哪怕是那些失去信心的人，也会受到鼓舞；罗伯特总是散发着正能量。我一直在仔细听他说，没有打断他，我真想他对罗伯特的赞美一直持续下去。但安吉拉越来越不耐烦了，后来没说几句，那天晚上的约会便结束了。

“他和你妹妹以后会在米兰生活吗？”我问。

“是的。”

“是结婚之后吗？”

“朱莉安娜本来想马上就去米兰。”

“那她为什么没去呢？”

“你知道维多利亚这个人，她让我们的母亲不要同意。现在，她们俩都想让他们先结婚，再去米兰。”

“如果罗伯特来那不勒斯，我很想和他聊聊。”

“没问题。”

“还有朱莉安娜。”

“把你的电话号码给我，到时候我给你打电话。”

我们分别时，他感激地对我说：

“今晚我过得很开心，谢谢你，希望我们很快能再见。”

“我们的功课很重。”安吉拉打断他说。

“是的，”我说，“但总能挤出时间的。”

“你不会再来帕斯科内了吗？”

“你知道我姑姑是什么样的人，一会儿很热情，一会儿又恨不得杀了我。”

他遗憾地摇摇头。

“她人不坏，但如果她继续这样下去，最后就只会剩下她一个人了，连朱莉安娜也受不了她了。”

他本来想讲一下我姑姑，她简直是让他们兄妹从小就苦不堪言的“十字架”，但安吉拉粗暴地制止了他。他试图和安吉拉吻别，但她躲开了。真是够了！我们和他分开之后，我朋友几乎是喊出来的，你看到他有多气人了吧？他总是用同样的话说同样的事情，一句玩笑也没有，太没劲儿！

我随她发泄，甚至好几次都说她说得有道理。“真是有些讨厌啊！”我说。但我又说：“不过他这样的男人很少见，男人都很丑陋，很霸道，而且还臭烘烘的。他只是有点太克制自己了，尽管有些烦人，你也不要离开他，这么克制的家伙，你上哪儿找去。”

我们不停地大笑，为我们刚才说的那些话发笑，我们还用到了马里安诺常说的话：烦到蛋疼。我们笑，因为托尼诺说话时，从不看安吉拉或其他人的眼睛，好像他心里有鬼似的。最后我们笑，是因为安吉拉告诉我，托尼诺一抱住她，裤子就鼓了起来，她恶心得立刻闪开了。托尼诺一点也不主动，从来没把手伸进她的内衣里。

- 15 -

第二天电话响了，我接了电话，是朱莉安娜。她的声音听起来很热情，但同时也很严肃，好像要说一件重要的事情，容不得开玩笑或轻率的语气。她说，她从托尼诺那里得知我想给她打电话，她很开心，就先给我打了。她想见我，罗伯特也想和我见面。下个星期他要来那不勒斯开会，他们俩都很开心能和我见面。

“和我见面？”

“是啊。”

“不要，和你见面可以，但和他见面就算了吧，我会觉得尴尬。”

“为什么？罗伯特是个很随和的人。”

当然我同意了，这种机会，我等了很久了。为了避免过于激动，或许是为了让我们俩的关系更融洽一点，为那场会面做好准备，我提议和她一起去散步。她很高兴，说今天就可以。她在佛利亚街一家口腔诊所室做秘书，我们下午在加富尔地铁站见面，我一直很喜欢那个地方，因为它让我想起住在博物馆的外公外婆，还有那些小时候认识的可爱亲戚。

但只是远远看见朱莉安娜，我就觉得沮丧。她身材高挑、姿态优美，向我走来时，浑身散发着自信和骄傲。之前在教堂里，我就发现她很端庄，现在这种气质似乎浸透在她的衣服里、鞋子里、步伐里，现在看来，那似乎是她与生俱来的东西。我们见面之后，她开心地说个不停，想让我自在一些，我们漫无目的地散步。我们穿过博物馆，最后向上走到了圣特蕾莎教堂，她清瘦的身材、淡淡的妆容，赋予她一种令人肃然起敬的美，我受到一种强烈的震撼，一时间找不到话说。

看看，我心里想，这就是罗伯特效应：他让一个郊区女孩变成了一位诗歌里描述的少女。我后来忍不住惊叹说：

“你变化真大啊！比我在教堂里见到你时还要漂亮！”

“谢谢。”

“这就是爱情的力量吧！”我鼓起勇气说，我以前经常从科斯坦扎和我母亲口中听到这句话。

她笑起来，否认说：

“如果你说的爱情指的是罗伯特，那不是，这和罗伯特没有关系。”

是她自己觉得需要做出改变，为此她付出了很多，现在依然在努力。她一开始笼统地向我解释说，我们要取悦于自己尊敬的人、爱的人。但渐渐地，她说到抽象的事情，就越来越混乱。她对我说，无论她怎么样，无论保持从小就有的样子，还是改变自己，罗伯特都觉得很好。罗伯特没有强迫她做任何事情，头发要这样，裙子要那样，这种话他从没说过。

“你呀！”她说，“我觉得你太担心了，你以为他是那种一心扑在书本上，喜欢发号施令、让人畏惧的人。不是这样的，我记得，他小时候不是特别爱学习，甚至从来没像爱学习的人那样努力过。我总是看到他在路边踢球，他是那种在学习上漫不经心的人，他总是同时做许多事情。他就像一只分不清好坏的动物，对他来说，一切都是好的，因为他无论碰到什么，就能改变它，像发生奇迹一样，让你目瞪口呆，这我见过。”

“可能他对人也是这样。”

她笑起来，是有些焦虑的笑。

“是的，你很厉害，他对人也是这样。不得不说，待在他身边，无论是过去还是现在，我一直都觉得，我必须改变自己。当然，第一个发现我在改变的人是维多利亚，她无法容忍我不再事事都依靠她，她很生气，说我变得越来越蠢，说我不好好吃饭，都快瘦成竹竿了。可我母亲很高兴，她想让我继续改变，想让托尼诺和库拉多也发生改变。一天晚上，母亲背着维多利亚，悄悄地对我说：‘你去米兰时，也带着你两个哥哥，你们不要留在这里，待在这里没一点好处。’但没有人能躲开维多利亚。贾妮，就算是悄悄话，有时甚至没有说出口的话，她也能听见。就这样，维多利亚没生我母亲的气，而是在罗伯特最近一次来帕斯科内时，找到他，对他说：‘你是在这些房子里出生的，你是在这些街道里长大的，米兰是你后来才去的，这里才是你该回来的地方。’罗伯特像往常一样听她说话，以他的性格，就是风吹树叶的声音，他都会听得很仔细。听完后，他的回答也很礼貌，他说他的确欠这个地方的，但他也欠米兰很多。

他就是这种人——他会听你说，但还是会走自己的路，换句话说，他会走所有让他好奇的路，包括你建议他走的路。”

“所以说，你们会结婚，会在米兰生活？”

“是的。”

“也就是说，罗伯特会和维多利亚吵架？”

“不会，因为和维多利亚决裂的会是我、托尼诺和库拉多，但不会是罗伯特，他只会做自己该做的事，不会和任何人决裂。”

她很欣赏罗伯特，她最喜欢的就是未婚夫身上那种充满善意的坚决。我能感觉到，她完全信任罗伯特，把他当成拯救自己的人，会帮她摆脱她的出生地、低学历、她母亲的脆弱和我姑姑的霸道。我问她是否经常去米兰找罗伯特，她的神情暗淡下来，说事情太麻烦了，维多利亚不愿意让她去。她只去过三四次，也是因为有托尼诺陪着她，虽然那只是几次短暂的停留，却让她爱上那座城市了。罗伯特有许多朋友，有些朋友很重要。他把朱莉安娜介绍给所有朋友，他很在乎这一点，总是把她带在身边，一会儿在这个人家里，一会儿又去赴另一个人的约。一切都很美好，可她心里却很焦虑。经历了那些事之后，她得了心悸的毛病。无论在什么情况下，她都会想，在米兰，优秀的富家小姐比比皆是，为什么罗伯特偏偏选择了她这样愚蠢无知、不懂得穿戴的女人？在那不勒斯也一样，她说，比如你就是他该找的那种女孩。安吉拉也不用说，她能说会道，长得漂亮，举止优雅。而我呢？我算什么？我和他有什么关系？

我很高兴她承认我的优势，但我还是对她说，她不应该说那些话。安吉拉和我都是父母怎么教，我们就怎么说，我们的衣服是母亲帮我们选的，或者也是我们按照她们的品位选的，我们只是觉得那是自己的。可实际情况却是，罗伯特想要的是她，也只想要她，因为他爱上的就是她本来的样子，因此他不会想着去找其他女孩。你这么漂亮，这么活泼！我感叹说，其他事情是可以学的，你现在就在学习啊。如果你愿意，我可以帮你，安吉拉也会，我们会一起帮你。

我们往回走，我陪她来到加富尔广场上的地铁站。

“你不要觉得和罗伯特见面会尴尬，”她又强调说，“听我的，他很随和，到时候你就知道了。”

我们拥抱了一下，我很高兴我们正在开始这样一段友谊。但我发现，我是站在维多利亚那边的，我希望罗伯特离开米兰，希望他在那不勒斯定居。我希望我姑姑能够获胜，迫使这对未来的夫妻在这里，比如在帕斯科内城区生活，这样的话，我就能把自己的生活和他们的生活连接起来，我什么时候想见他们就能见到，就算每天见面也可以。

- 16 -

我犯了一个错误，我把和朱莉安娜见过面的事告诉了安吉拉，我还告诉她，很快我还能见到罗伯特，这件事让她很不开心。之前她说了很多托尼诺的坏话，也说了许多朱莉安娜的好话，此时却突然改变了态度。她说托尼诺是个好男孩，说他妹妹是个恶毒的女人，一直在折磨他。很快我就明白，她是在嫉妒，她无法忍受朱莉安娜直接找的我，没有找她做中间人。

“她最好不要再出现了，”一天晚上，我们出去散步时，她对我说，“她是大人，她只是把我们当小孩子。”

“不是的。”

“就是这样。一开始她假装我是老师，她是学生，她死死缠着我，说：‘多好啊，如果你和托尼诺结婚了，我们就是一家人了。’但她是个虚伪的人，她喜欢钻空子，表现得像你的朋友，却只想着自己的事情。现在她盯上你了，我对她来说已经不够用了，她利用完我，就把我甩开了。”

“别这么夸张，她是一个好女孩，她可以成为我们俩共同的好朋友。”

我不得不费力安抚安吉拉，但并没有完全做到。我们激烈地讨论之后，我才明白，她想同时拥有许多东西，这使她一直都不开心。她想和托尼诺结束恋情，但又不想和朱莉安娜断开，她很喜欢朱莉安娜。她希望朱莉安娜不要越过她，直接和我联系；她希望罗伯特不要阴魂不散，妨碍我们仨的亲密关系；她希望，即使我成了三人组，我也要永远把她放在第一位，而不是把朱莉安娜放在第一位。一时间她没有得到我的支持，就不再说朱莉安娜的坏话，她换了口径，把朱莉安娜描述成她未婚夫的牺牲品。

“朱莉安娜所做的一切都是为了他。”安吉拉说。

“这样不是很美好吗？”

“你觉得做奴隶美好吗？”

“我觉得爱情很美好。”

“即使他不爱朱莉安娜？”

“你怎么知道他不爱朱莉安娜？”

“这是朱莉安娜说的，她说罗伯特不可能喜欢她。”

“爱的那一方都会担心对方不爱自己。”

“如果一个人让你活在痛苦里，像朱莉安娜那样，爱还有什么乐趣？”

“你怎么知道她活在痛苦里？”

“有一次，我和托尼诺看见他们在一起的样子。”

“然后呢？”

“朱莉安娜无法承受罗伯特不喜欢她。”

“对罗伯特来说也一样。”

最后这句对白使我特别不安，我一点也不希望罗伯特会有其他女人。我希望他能全心全意对待朱莉安娜，至死不渝。我问安吉拉：

“朱莉安娜害怕罗伯特背叛她？”

“她没对我说过，但我觉得是这样。”

“我上次见罗伯特时，觉得他不像是会背叛别人的人。”

“你觉得你父亲像是那种人吗？他还不是和我母亲一起背叛了你母亲。”

我大声驳斥了她：

“我父亲和你母亲都是虚伪的人！”

她露出困惑不解的神情：

“你不想提这件事吗？”

“不是，这种比较没有意义。”

“可能吧，但我想考验一下这个罗伯特。”

“怎么考验？”

她的眼睛里燃起光芒，嘴唇微张，挺了挺胸部。“就这样。”她说。她想用那种挑逗的姿势对着他说话，甚至会穿一件低胸上衣和一条迷你裙，会用肩膀碰罗伯特，会把胸靠在他的胳膊上，把手放在他的大腿上，走路时会挽着他。她厌恶地说：

“啊！男人真的都太混账了，你只要在他们面前有一两种这样的举动，无论多大年纪的男人都会疯狂，哪怕你瘦得皮包骨头，或胖得出奇，哪怕你一身脓包和虱子。”

她一口气说完了这些话，我听了很生气。她一开始用的是我们小时候常用的语气，可突然她的口气像一个阅历很深的女人。我克制住自己威胁的语气，说：

“你敢对罗伯特做那种事！”

“为什么？”她很诧异，“这是为了朱莉安娜。如果他是个好男孩，那正好；如果他不是，我们就是救了朱莉安娜。”

“如果我是她，我不愿意别人拯救我。”

她看着我，好像无法理解我的话，她说：

“我是开玩笑的。你能答应我一件事吗？”

“什么事？”

“如果朱莉安娜找你，你要立刻打电话给我，和罗伯特的这个聚会，我也想去。”

“可以。但如果她说，我们这样会让罗伯特不自在，我就没办法了。”

她一言不发，垂下目光，几秒钟后又抬起头，眼里流露出一种痛苦的神情，她分明在请求。

“我们之间什么都没有了，你已经不爱我了。”

“才不是，我爱你，到死我都会爱你。”

“那你亲我一下。”

我亲了她一边的脸颊。她想亲我的嘴唇，我躲开了。

“我们已经不是小孩子了。”我说。

她怏怏地向梅尔杰利纳海港走去。

- 17 -

一天下午，朱莉安娜打来电话，约我星期天在阿梅德奥广场见面，罗伯特也会去。我感觉我朝思暮想的那个时刻真的来了，但我感到一阵恐惧，冲散了我的惊喜。我支支吾吾，说学校布置了许多作业。她笑着说："贾妮，别担心，罗伯特不会吃了你的，我想让他看看，我也有还在上学的女伴，而且她们能说会道，你就赏个脸吧。"

我开始打退堂鼓，我很慌乱，想找点借口把事情搞砸，让聚会取消，于是我提到了安吉拉。我之前几乎是不假思索地做出决定：如果朱莉安娜真打算让我见她的未婚夫，我不会告诉安吉拉，我不想再惹来更多麻烦，把自己搞得很紧张。但有些想法会散发出一股潜在的力量，会让一些画面浮现出来，在一刹那间浮现在你眼前，这是你无法控制的事。我当时确实在想，一提到安吉拉，朱莉安娜可能就会退缩，她就会无奈地说，好吧，我们下次再找机会。但我脑海里还浮现了其他画面：我想象我的朋友安吉拉眨巴着大眼睛，性感的嘴唇微微张着，袒胸露肩，俯下肩膀；我突然觉得，让她出现在罗伯特身旁，任凭她随意破坏、拆散那对情侣，她可能会掀起一场海啸，正好解决问题。我说：

"但有个问题，我告诉安吉拉，我们见过面了，我告诉她，我们可能还会和罗伯特见面。"

"然后呢？"

"她也想来。"

朱莉安娜沉默了很久，然后说：

“贾妮，我喜欢安吉拉，但她不是个很容易相处的人，她什么事都想掺和进来。”

“我知道。”

“所以关于这次约会，你什么都不要对她说，好吗？”

“这不可能，她总有办法知道我见了你未婚夫，到时候她就再也不理我了。这次还是算了吧。”

她又沉默了几秒，最后同意了：

“好吧，让她也来吧。”

从那一刻起，我就一直在焦虑。我担心自己在罗伯特面前显得很无知，也不够聪慧，我夜不能寐，差一点就给我父亲打电话，问他一些关于生死、上帝、基督教文化、共产主义的问题，这样的话，如果和罗伯特谈到这种问题，我就能借用我父亲那些引经据典的话。可是我克制自己，我不想玷污朱莉安娜的未婚夫，我一直记得他宛若天人的样子，我不愿用我父亲低俗的文化来污染他。后来，我又开始为自己的外表烦心。我该穿什么衣服呢？我有办法改善一下自己的形象吗？

我和安吉拉不同，她从小就很注重穿着，而我从那段漫长的危机开始，我就把穿衣打扮的爱好抛到了一边。我很丑——我得出这样的结论，如果一个长得丑的人想变美，就会显得很可笑，大家都会说，丑人多作怪。就这样，我唯一的渴望就是保持清洁，我不停洗澡。除此之外，我还穿黑色的衣服，把自己的身材隐藏起来，但我会化很浓的妆，选择鲜艳的颜色，故意让自己显得粗俗。这时，我却开始一次次尝试，想看看能否找到一个折中的方式，让自己看起来能说得过去。可我一直不满意，最后我只能要求颜色搭配和谐就可以了。我对母亲大喊，说我要和安吉拉出去玩，就走出家门，沿着圣贾科莫牧羊山路往下走。

我一定会紧张得要死，我这样想着，此时缆车像往常一样，发出吱扭吱扭的声音，慢悠悠地下到阿梅德奥广场，我想我会绊倒在地上，磕到头死掉。啊，我会发火，会和某个人吵架。我迟到了，全身都是汗，我一个劲儿用手指整理了头发，害怕头发贴在头皮上，维多利亚的头发有时就会这样。我一到广场，就看见安吉拉在向我挥手，她坐在一个酒吧外面的桌子前，已经在喝东西了。我走到她身旁坐了下来，阳光很温和。那对情侣来了，她小声对我说。我明白他们就在我背后，但我强迫自己不要转身，也没像安吉拉刚才那样站起来，而是坐着没有动。我感觉到朱莉安娜的一只手轻轻放在了我的肩膀上，说："嗨，贾妮！"我用余光看着她精心保养的手、棕色的大衣袖子，还有一只刚好露出来的手镯。安吉拉已经说了几句热情的话，这时，我也想说点什么回应她，但那只在大衣袖子下隐隐约约的手镯，就是我还给姑姑的那只，我惊讶得连"你好"都说不出口。维多利亚，维多利亚！我不知道该怎么说她，她的确是我父母说的那种人。她从我手里把手镯要了回去，我是她的亲侄女，那只手镯看起来像她的命根子，但她还是把它送给了她的继女。那件首饰戴在朱莉安娜的手腕上那么光彩夺目，那么相得益彰。

- 18 -

第二次与罗伯特见面，让我认定，我不怎么记得我们第一次见面的情形。最后我站了起来，他跟在朱莉安娜身后，离她有几步远。我觉得他很高，有一米九以上，但他坐下时，好像能把四肢压缩在一起，紧贴着椅子上，以免占太多空间。在我的记忆里，他是一个中等身材的男人，可我眼前的他，强大的同时也很弱小，一个可以按照自己的意愿缩放自如的人。他很英俊，比我记忆里英俊多了：头发乌黑，额头很宽，眼睛炯炯有神，颧骨很高，鼻子很精致，还有嘴巴，多迷人的嘴巴啊，一口整齐而洁白的牙齿，仿佛是深色皮肤上的一道亮光。他的行为却让我迷惑不解。上次在教堂里他展现了非凡的口才，让我印象很深刻，但这次，我们坐在桌旁的大部分时间里，他一点都不擅长表达。他说话句子很短，做的手势也不是很明确。只有眼睛和他在祭台上讲话时一样，他留意每一个细节，眼神似乎带着讽刺。另外他还让我觉得，他就像那些腼腆的老师，他们身上散发着善解人意的气息，他们不会让你不安，他们不仅以清晰准确的方式，客气地问你一些简单的问题，而且你回答时，他们从来不打断你，听完后也不评论，最后露出慈祥的微笑说，你可以走了。

跟罗伯特不同，朱莉安娜很激动，话很多。她把我们介绍给她的未婚夫，说了我和安吉拉的许多优点。朱莉安娜坐在一个昏暗的角落，但她说话时，我觉得她光彩照人。我强迫自己不去注意那只手镯，尽管有时我没办法无视它的存在，手镯在她纤细的手腕上闪闪发亮，我也没办法不去想，也许她身上散发的光芒，正是因为这只神奇的手镯。她光彩照人不是因为她说的话，那些话反而平淡无奇。为什么她话这么多？我心想，她担忧的事肯定不是我们的容貌。安吉拉和往常一样漂亮，但我始料未及的是，她没有穿得很夸张：她穿的是短裙，但没有特别短，她穿了一件紧身毛衣，但不暴露。虽然她总是冲人微笑，表现得从容大方，却没有任何过火的举动。至于我，我就像一袋土豆——我觉得我就是一袋土豆，我想成为一袋土豆——黯淡、保守，胸部被外套裹得严严实实，我真的做到了像一袋土豆。因此一定不是我们的外表让她担忧，我们俩和她没法比。我反而觉得，她可能担心我们表现得不够好。她的意图不言而喻，她想向男朋友展示她在和好人家的女孩来往，她希望罗伯特喜欢我们，因为我们是沃美罗富人区的女孩，我们是高中生，是正经人。总而言之，她把我们叫到那里，是为了证明她正与帕斯科内划清界限，正准备和罗伯特一起在米兰过上体面的生活。我觉得，使我越来越紧张的正是这件事，而不是手镯。我不喜欢被展示给别人看，我不想让自己觉得还活在过去，在父母的逼迫下，向他们的朋友证明我会做这个、擅长说那个。我一想到要被迫展示出自己最好的一面，我就会变得迟钝，我沉默不语，大脑一片空白，甚至很刻意地看了两次表。结果，罗伯特说了几句客套话之后，把注意力放在了安吉拉身上，用老师特有的语气跟她说话。他问安吉拉，你的学校怎么样呀？学校里的情况怎么样啊？你们有健身房吗？你们的老师都多大年纪了？你们上的课怎么样啊？你空闲时间会做什么？安吉拉说啊说，像从容不迫的学生，她微笑着，用悦耳的声音说话，讲了一些和老师同学有关的趣事时，笑了起来。

朱莉安娜不仅面带笑容听安吉拉讲，还经常插话。她把椅子搬到她未婚夫旁边，有时她会因为安吉拉讲的笑话，把头靠在他肩膀上哈哈大笑，罗伯特只是轻轻地笑。我的心情似乎平静多了，安吉拉表现得很好，罗伯特看起来没有觉得无聊。后来他问：

"你是怎么挤出时间看书的呢？"

“我没时间，”安吉拉回答说，“我小时候看书，现在不看了，学校把我生吞了。我妹妹读的书很多，还有她，她也爱看书。”

她指着我，姿态优雅，眼里充满了热情。

“贾妮。”罗伯特说。

我皱着眉头纠正他：

“乔瓦娜。”

“乔瓦娜，”罗伯特说，“我可记得你。”

我忍不住说：

“这很容易，我跟维多利亚姑姑长得一样。”

“不，不是因为这个。”

“那是为什么？”

“现在我不知道，等我想起来了再告诉你。”

“没必要。”

然而有必要，我不想是因为自己邋遢、丑陋、易怒、自大、沉默寡言才被人记住。我和他四目相对，他的眼神里传递着好感，这让我信心倍增，那不是一种单调的好感，而是带着温柔和讽刺。我强迫自己用眼睛盯着他看，想看看那种好感是否会变成厌恶。我盯着他时，身上激发出一种前所未有的毅力，连眨一下眼，我都会觉得是一种屈服。

他继续使用好老师特有的那种和善语气问我，为什么学校会让我有时间看书，而安吉拉却找不到时间读书，是不是老师布置的作业很少。我板着脸回答说，我的老师都是训练有素的野兽，他们照本宣科，又机械地给我们布置很多作业，假如那些作业是学生布置给他们的，他们肯定没法完成。但我从来不担心作业，我想看书时就看书，如果有本书让我很感兴趣，我就夜以继日地看，我才不在乎学校的事。你都看什么书？他问我。我回答得很泛泛，我家什么书都有，以前是我父亲建议我看什么，后来他走了，我就自己找，时不时从那些书里抽出一本，可能是评论、小说，我喜欢哪本就看哪本。他继续追问，想让我告诉他那些书的名字，我最近看的是哪本书。我回答他说《福音书》。我撒谎了，想给他留下深刻的印象，这是我几个月前看的，现在我看的是其他书。但我无比期待这一刻到来，为了这一刻来临，我已经做好了准备，把所有感想都写在了笔记本上，想列举给他听。现在这一刻来临了，忽然间我毫不迟疑，直视他的脸，故作镇定，一直说了下去。实际上，我心里很愤怒，无缘无故地愤怒，糟糕的是，好像使我愤怒的恰恰是《马可福音》《马太福音》《路加福音》和《约翰福音》，我的愤怒抹去了周围的一切：广场、报贩、地铁隧道、郁郁葱葱的公园、安吉拉和朱莉安娜，只有罗伯特除外。我说完时，终于垂下了目光，我开始头疼，我尽量控制呼吸，不让他发现我的呼吸很急促。

我们沉默了很久。这时我才发现安吉拉看着我，眼里充满了自豪，她用眼神告诉我，我是她从小到大的朋友，她为我感到骄傲，我从她眼里汲取了力量。而朱莉安娜紧紧挨着她未婚夫，她疑惑不解地看着我，好像我有什么不得体的地方，她想用眼神提醒我。罗伯特问我：

“所以，你觉得《福音书》里的故事很糟糕吗？”

“是的。”

“为什么？”

“那故事讲不通。耶稣是上帝的儿子，但创造的都是没用的奇迹，他遭人背叛，最后被钉在十字架上。不仅这样，他请求父亲把他从十字架上解脱下来，可他父亲连根手指都不动一下，也没有为他减轻一丝痛苦。为什么上帝不亲自来受苦？为什么他要把自己创造的糟糕机制施加在他儿子身上？什么叫行使天父的意愿？就是尝遍人世间的痛苦吗？”

罗伯特轻轻地摇摇头，脸上的讥讽消失了。

他回答了我，但这里我只能复述，当时我很激动，我只记得一点，也可能记不太准确了。

“上帝并没那么简单。”

“如果他希望我们能明白点什么，他就应该尽量简单些。”

“上帝要是简单的话就不是上帝了，他和我们不一样。没人能够与上帝交流，他高高在上，没人能质问他，只能恳求他。即使他显灵，也会无声无息，为了凡人卑微、宝贵、无声的祈祷，行使他的意愿，就是低下头强迫自己相信他。”

“我已经承担了太多义务。”

他的眼里又流露出那种讽刺，他对我的粗鲁感兴趣，这让我感到一阵喜悦。

“承担对上帝的义务是值得的。你喜欢诗歌吗？”

“喜欢。”

“你读诗吗？”

“有时候会读。”

“诗歌是由词语组成的，就像我们现在聊天的内容，这也是词语构成的。如果诗人提取我们平常说的话语，摒弃闲谈中庸俗的成分，它们就能释放出意想不到的能量。上帝也是以同样的方式显灵。”

“诗人不是上帝，诗人和我们一样，只不过他会写诗而已。”

“但他们可以打开你的视野，让你惊叹不已。”

“如果诗人很优秀，确实是这样。”

“会让你惊讶，给你一种震撼。”

“有时候会。”

“上帝是这样的：他是一种震撼人心的力量。就像在一个昏暗的房间里，再也找不到地板、墙、天花板，你所感受到的冲击，没什么好解释的，也没什么好争论的。这是信仰问题，信则灵，不信则不灵。”

“我为什么要相信这种冲击？”

“因为宗教精神。”

“我不知道那是什么。”

“你想象一次调查，就像侦探小说里讲的，只是谜底最后没被发现，依然是一个谜。宗教精神就是你一直往前走，想揭开被掩盖的东西。”

“我不明白你说的。”

“这个谜没有人能明白。”

“无解的谜让我感到害怕，那三个女人去耶稣的坟墓，但找不到耶稣的尸体，她们就逃跑了，我和她们一样。”

“生活很艰辛时，它会让你逃跑。”

“当生活痛苦时，它会让我逃跑。”

“你是说，你对现在的状态不满吗？”

“我是说，没人该被钉在十字架上，尤其是不该因为父亲的意愿而被钉在十字架上，然而现实并不是这样。”

“如果你不喜欢某些事，就要改变它们。”

“连造物我也可以改变吗？”

“当然，我们就是为了做件事而生的。”

“那上帝呢？”

“必要的时候，也可以改变上帝。”

“你小心点，这是在亵渎上帝。”

有一瞬间，我觉得罗伯特那时已经发现，我在竭尽全力和他抗衡，以至于眼神都变得很激动。他说：

“如果亵渎上帝能让我往前迈一小步，那我就会去做。”

“你是认真的吗？”

“是的。我爱上帝，只要能接近他，我愿意做任何事情，哪怕会冒犯他。所以我建议你不要急着否定一切，你再等等，《福音书》里讲的东西可比你现在看到的要多。”

“我还有很多其他书要读呢。我看《福音书》，不过是因为你上次在教堂讲过，我有点好奇罢了。”

“你再读读，《福音书》讲的是耶稣受难和十字架的故事，也就是痛苦，那是最容易让你陷入混乱的东西。”

“让我混乱的是沉默。”

“你也沉默了足足半个小时啊！但你看，后来你也说话了。”

安吉拉高兴地大喊：

“也许她就是上帝。”

罗伯特没有笑，我及时忍住了自己不安的笑声。他说：

“现在，我知道我为什么记得你了。”

“我做什么了？”

“你说话很用力。”

“你说话更用力。”

“我不是故意的。”

“我是故意的。我很自大、没有教养，经常不讲道理。”

这次他大笑起来，我们仨没有笑。朱莉安娜小声提醒他，他们和别人有约，他们不能迟到。朱莉安娜带着遗憾的语气说，他们要走了，似乎很不舍得和我们告别，随后她站起身，拥抱了安吉拉，对我只是客气地挥挥手。罗伯特也向我们告别，他俯身亲吻我的脸颊时，我颤抖了一下。这对情侣一沿着克里斯皮街离开，安吉拉就挽住我的胳膊。

“你说得太好了。”她激动地大喊。

“他说我理解的方式是错的。”

“才不是。他不但听你讲话，还跟你讨论了。”

“我觉得，他跟谁都能讨论起来。倒是你，你只和他闲聊了，怎么没见你贴到他身上呢？”

“你说过，我不该那么做。反正我也不能那么做，那次我和托尼诺一起见他时，感觉他就是个笨蛋，现在看来，他好像挺有魅力的。”

“他和大家没什么两样。”

我总是用那种鄙夷的口气，尽管安吉拉不断用这样的话来刺激我：他是怎么对我的，又是怎么对你的，你比较一下，你们俩就像老师一样。她模仿我们的声音，取笑我们的某些对话。我做了鬼脸，傻笑了几声，但实际上心里在狂喜。安吉拉说得对，罗伯特跟我说了话。但那还不够，我还想和他说话，一次又一次，现在、那天下午、明天，一直到永远。但这是不可能的，我的快乐已经消失了，一种让我沮丧的苦涩又回来了。

- 19 -

我的情况急转直下，感觉越来越糟糕。我觉得和罗伯特见面让我明白了一件事情：我唯一在乎的人，也是唯一能在短暂的交谈中就让我内心感觉到一丝兴奋和快乐的人，他有自己的世界，一个完全不同于这里的世界，他只能给我那短短几分钟的时间。

回家之后，我觉得圣贾科莫牧羊山路的房子空荡荡的，只能听见这座城市的喧嚣，我母亲和她一个很无趣的朋友出门了。我觉得很孤独，最重要的是，我没有任何赎救的希望。我躺到床上，想平静下来，我努力让自己睡着，但猛然惊醒，想到了朱莉安娜手腕上的手镯。我很激动，可能我做了一个噩梦。我给维多利亚打了电话，她很快就接了，但她说“喂”的时候，她好像吵架吵得正凶，在接电话之前，她可能刚大声嚷嚷完一句话，而那声“喂”是紧接着喊出来的。

“是我，乔瓦娜。”我几乎在耳语。

维多利亚没有降低嗓门。

“很好。你他妈想干吗？”

“我想问一下我的手镯的事。”

她打断我的话，说：

“你的手镯？啊，已经成你的手镯了？你打电话是为了跟我说，手镯是你的？贾妮，我以前对你太好了，可现在一切都完了，你一边凉快去吧，明白了吗？谁爱我，手镯就是谁的，我说清楚了吧？”

没有，她没说清，至少我没听懂。我很害怕，我正想挂掉电话，我连自己为什么打电话都不记得了，但可以肯定，我打的不是时候。这时，我听见朱莉安娜大喊：

“是贾妮吗？让我跟她说。闭嘴，维多，不要说了，你什么也别说了。”

之后立即传来了玛格丽塔的声音，她们母女俩显然在我姑姑家。玛格丽塔说了一句类似这样的话：

“维多，拜托了，算了，这事跟那孩子没关系。”

但维多利亚尖叫起来：

“贾妮，你听见了吗？她们说你是孩子。可你是孩子吗？是吗？那你为什么掺和到朱莉安娜和她男朋友中间？你说啊，别拿手镯的事儿来烦人。难道你真的比我哥哥还坏？你告诉我，我听着呢，你是不是比你父亲还傲慢？”

朱莉安娜立刻又尖叫起来，她大吼：

“够了，你疯了吧！你要是不知道自己在说什么，就割掉自己的舌头！”

这时通话中断了，我手里还拿着听筒，不敢相信发生的一切。发生了什么事？为什么我姑姑会那样骂我？也许是“我的手镯”这句话说错了，也许是我打电话的时间不合适。可我似乎也没有错，手镯是她送给我的啊。但我打电话绝不是为了要回手镯，我只想让她告诉我，她为什么不自己留着。为什么她那么喜欢那只手镯，却总是想着摆脱它？

我放下话筒，又回到床上躺下。我好像确实做了一个噩梦，这与恩佐墓穴上的照片有关，我觉得焦虑不安。刚才电话里那些乱作一团的声音，又在我的脑袋里响起来，这时我才明白，维多利亚发火是因为早上见面的事情。很显然，朱莉安娜对她讲了我们见面时的情形，但姑姑从朱莉安娜的讲述里听到了什么？是什么让她这么愤怒？现在我多希望当时我也在场，能够一字不落地听到朱莉安娜说了什么。假如我听了朱莉安娜的叙述，也许我就会明白阿梅德奥广场上到底发生了什么。

电话又响了，我吓了一跳，不敢接电话。我想到可能是我母亲，我回到走廊，小心翼翼地拿起听筒。朱莉安娜小声说：

“喂。”她为维多利亚的话向我道歉，她抽搭了几下鼻子，可能哭了。我问：

“今天早上，我做错什么了吗？”

“贾妮，没有，你让罗伯特很振奋。”

“真的吗？”

“我向你保证。”

“我很开心，你告诉他，和他说话让我收获很大。”

“这不用我跟他说，你可以自己告诉他。如果你愿意，明天下午他想再见你一面，我们仨去喝杯咖啡。”

我头痛得更厉害了，好像被什么东西紧紧箍住了一样。我小声说：

“好。维多利亚还生气吗？”

“不生气了，你别担心。”

“可以让我跟她说话吗？”

“最好不要，她现在有点激动。”

“她为什么生我的气？”

“因为她是个疯子，一直都是疯子，她把我们所有人的生活都毁了。”

第六章

-1-

我青春期的时间过得很慢，是由一大段一大段灰暗的时光组成，中间也会突然冒出绿色、红色或紫色。这些时间段没有具体的年月日和时辰，季节也不是很确定，不知道是冷是热，也不知道是下雨还是阳光灿烂。那些意外出现的色彩也没有具体的时间，它们的颜色比时间重要。除此之外，那些色彩代表着一些持续时间很短的激情。写下这些文字的人心里很清楚，当你刚开始寻觅词句，当时那些缓慢的时间就变成了漩涡，色彩混合在一起，就像搅拌机里不同颜色的水果。现在，不仅“时间飞逝”变成了一句空洞的套话，“一天下午”“一天早上”“一天晚上”也成了很随意的说明。我唯一能说的是，我真的没费什么力气就补上了落下的那一年课。那时我意识到，我的记忆力很好，我从书里学到的比在学校学到的还多，我只是随意地看看书，就能记住所有东西。

我在学习上的小小成功改善了我和父母的关系，他们又开始以我为傲，尤其是我父亲。但我并没有从中得到一丝满足感，我觉得他们的影子就像一种困扰着我的疼痛，无法消除，像是我身上应该切掉、很别扭的一部分。我决定直接叫他们的名字——起初，我只想以这种调侃的方式疏远他们，后来是有意抗拒和他们的关系。奈拉越来越消瘦，也越来越爱抱怨，她像我父亲留下的寡妇，尽管我父亲活得好好的，他身体健康，过得很滋润，她守护着我父亲留下的所有东西，执意不让他带走。我父亲的“阴魂”有时闪现一下，从他们婚姻的坟墓中给她打电话，奈拉总是很乐意接纳他。我甚至认为，她经常跟马里安诺见面，只是为了打听她前夫在研究什么大问题。除此之外，她还努力克制自己，咬紧牙关，应对一系列繁忙的日常事务，其中也包括照顾我。她修改成堆的作业，修订那些爱情故事，她对待工作，比对我还投入，这反而让我如释重负。她越来越频繁地说，你长大了，自己的问题自己想办法吧。

我很高兴，我终于可以出入自由，不用受太多管束。她和父亲越少操心我，我就越开心。尤其是安德烈，真希望他再也不要对我指手画脚！我和他在波西利波的房子见面时，我去找安吉拉和伊达时，或者我和他一起在我学校下面吃奶酪盒子和炸面团时，他总是会对我谆谆教诲，告诉我怎么使用自己的时间和生命。我和罗伯特变成朋友的期望，正奇迹般变成现实，我觉得罗伯特在引导我，教育我，我父亲根本无法做到这一点，因为他自己的事儿太多了，他还要面对他犯下的错误。很久之前的某个夜晚，在圣贾科莫牧羊山路昏暗公寓里，安德烈说了一些不假思索的话，这让我失去了对他的信任。而朱莉安娜的未婚夫的鼓励让我找回了那份信任。总之，我跟罗伯特的关系让我很自豪，有时我跟父亲提到他，只是为看到父亲的态度顿时变得很严肃，这让我很高兴。父亲向我打听罗伯特，想知道他是什么样的人，我们都聊什么，他想知道我有没有对罗伯特提过他，还有他研究的问题。我不知道他是不是真的敬重罗伯特，很难说，很长一段时间，我都觉得他的话完全不可信。我记得有一次，他说罗伯特是个幸运的年轻人，他及时摆脱那不勒斯这座狗屎一样的城市，在米兰的大学开启了自己的事业。还有一次，他对我说，你就应该和比你优秀的人来往，你做得对，这是往上爬、不往下掉的唯一办法。有两次他甚至问我，能不能把罗伯特介绍给他认识，他从小就困在一个圈子里，所有人争吵不断，都很猥琐，他想从这个圈子里出来。我觉得，他就像一个脆弱的小男人。

- 2 -

就这样，我和罗伯特成了朋友。但我不想夸大事实，他不经常来那不勒斯，我们见面的机会很少。朱莉安娜也总是陪着他，一次次见面之后，虽然算不上真正的来往，但慢慢我们养成了一个小小的习惯，一有机会，我们就会想办法聊上几句，即使只能聊几分钟。

我必须承认，一开始我很焦虑。每次见面，我都觉得也许我太过分了，我不该那么较劲儿，不应该表现得那么自负。他可比我大十岁，我读高中，而他在大学里教书，我一定显得很可笑。我在脑海里一遍遍地回想他说的话，还有我的回答，很快，我说过的每个字都让我觉得羞愧。在面对复杂的问题时，我表现得过于轻率无知，这让我心里很不舒服，就像小时候我一冲动，做了肯定会让父母不高兴的事情时。于是，我怀疑我根本没有引起罗伯特的好感。在我的记忆里，他讽刺的语气越来越强烈，几乎变成了一种明显的嘲笑。我想起我用的轻蔑语气，聊天时我说的一些哗众取宠的话，我感到一阵冰冷和恶心，我想把自己从身上驱赶出去，就好像要把自己吐出来一样。

然而，事情并非如此。实际上每次和罗伯特见面，我都能变得更好，因为听到他的话，我会马上觉得自己需要读书，查资料。我争分夺秒，为下一次见面做准备，要谈论那些复杂的问题。我开始在我父亲留在家里的书中翻找，想找到那些适合我、能让我了解更多信息的书。但我要了解什么呢？了解谁呢？《福音书》，圣父、圣子、圣灵，先验与沉默，信仰混乱与信仰缺失，基督的激进，不平等带来的恐怖，总是施加在弱者身上的暴力，资本主义无限扩张的野蛮世界，机器人的出现，实现共产主义的迫切需要？罗伯特的视野多么广阔啊，他可以应对很多话题。天文地理，他无所不知，他把小小的实例、故事、引经据典和理论结合在一起，我拼命想跟上他，同时又不是很自信，有时候我觉得自己只是个不懂装懂的小女孩，有时候我又希望自己能尽快找到新机会，更好地表现自己。

- 3 -

那段时间，为了让自己冷静下来，我经常去找朱莉安娜和安吉拉。很显然，我觉得朱莉安娜更亲近，更能安慰人，罗伯特成了我们在一起的理由，他不在那不勒斯的漫长日子，我们就在沃美罗闲逛，聊一些他的事情。我偷偷观察朱莉安娜，她身上散发的干净纯洁的气质让人着迷，她手腕上总是戴着我姑姑的手镯，男人会盯着她看，他们转弯时也会看她最后一眼，好像不愿让她的身影消失在眼前。在她身边，我好像不存在，虽然只需要一种学究的语气、一个讲究的词语，就能让她一下子失去了力气。有一次，她问我：

“你到底读了多少书？”

“相比于写作业，我更喜欢读书。”

“我一看书就累。”

“这是习惯问题。”

我承认我对阅读的热情不是天生的，而是源自我父亲。我小时候，他就让我明白：读书很重要，脑力劳动有巨大价值。

“一旦这个想法在你的脑子扎根，”我说，“你就永远摆脱不了了。”

“不错，知识分子都是好人。”

“我父亲不是。”

“但罗伯特是好人，你也是。”

“我不是知识分子。”

“你就是呀。你学习，你能讨论各种问题，你跟每个人都处得来，甚至包括维多利亚。我就不行，我很快就没耐心了。”

我承认，她说的那些赞赏我的话让我很高兴。既然她认为知识分子是那样的，我就努力达到她的期望。这也因为，如果我只谈一些无关紧要的事，她会觉得不高兴，就好像和她未婚夫说话时，我会尽量表现自己，而和她说话时，我只会说些无关痛痒的话。实际上，她会促使我探讨一些复杂的问题，她问我之前喜欢什么书，现在喜欢什么书。她会说，你跟我讲讲吧。她也急切地想知道我喜欢的电影和音乐。在这之前，即使是安吉拉和伊达，都没让我聊过这么多我喜欢的东西，我从没觉得那是一种义务，反而觉得是一种消遣。另外，学校里从没有人发现我从阅读中获得的庞杂乐趣，比如说吧，我的女同学没人想让我给她讲讲《汤姆·琼斯》的情节。所以，那段时间我和朱莉安娜很要好。我们经常见面，我在蒙特桑托的缆车出口等她，她爬上沃美罗区，仿佛那是一个异国小镇，一个可以欢度假期的地方。我们从万维特利广场走到艺术家广场，再掉头回去，我们不会在意路上的行人、商店和车流，因为我会和她聊到很多作家、标题和故事。我会聊得津津有味，她也听得很入迷，仿佛周围的世界不存在，她只看得到我读书、看电影或听音乐时看到的东西。

罗伯特不在，他的未婚妻陪着我，我扮演了一个知识渊博的人。朱莉安娜认真听我说话，好像只是为了承认我比她强，虽然她比我年龄大，她也比我漂亮。可有时候我觉得她有点不对劲，她拼命想驱散某种情绪。我警觉起来，我回想起维多利亚在电话里大声嚷嚷的话：你为什么掺和到朱莉安娜和她男朋友中间？难道你比我哥还坏？你告诉我，你说，你是不是比你父亲还自以为是？我只是想成为他们的朋友，我害怕因为维多利亚的坏心思，朱莉安娜会相信那些歪曲事实的话，会远离我。

- 4 -

我们见面时也经常和安吉拉一起，如果我们不带上她，她会生气。但她们俩合不来，朱莉安娜的不安会更加明显。安吉拉话很多，她总想开我玩笑，也会开朱莉安娜的玩笑，挑衅似的说托尼诺的坏话，每次我们想认真聊天，她都说一些挖苦的话破坏气氛。我不生她的气，但朱莉安娜会拉下脸，捍卫她哥哥，总会用带刺的方言回应安吉拉的俏皮话。

总之，朱丽安娜在我面前隐藏的情绪，会在安吉拉面前表现出来。她和我断交的危险一直存在，总是隐藏在某个角落。有时我和安吉拉单独在一起时，她会表现得很了解朱莉安娜和罗伯特的事儿，尽管在阿梅德奥广场见过面后，她就放弃了对他们的好奇。她的那种态度让我松了一口气，同时又让我有些生气。有次她来我家，我问她：

“你不喜欢罗伯特吗？”

“没有啊。”

“那是什么不对劲了？”

“没什么。只是你和他说话时，别人就插不上嘴了。”

“还有朱莉安娜啊。”

“可怜的朱莉安娜。”

“你什么意思？”

“夹在两个学究中间，不知道她有多无聊。”

“她一点儿也不无聊。”

“她很无聊，不过她在努力假装，她想保住自己的位置。”

“什么位置？”

“女朋友的位置。朱莉安娜是牙医诊所的秘书，像她这样的人，听你们俩谈理性、谈信仰，真的不会无聊吗？”

我突然忍不住说：

“你觉得只有聊项链、手镯、内裤和文胸才有意思吗？”

她生气了：

“我又不是只聊这些。”

“以前不是，但最近一段时间是。”

“才不是。”

我向她道歉，她回答说：“好吧，但你的做法很无耻。”自然，她又带着深深的恶意说：

“还好，她有时会去米兰找罗伯特。”

“你什么意思？”

“我想说，他们终于可以上床了，做他们该做的事。”

“朱莉安娜每次都是和托尼诺一起去米兰的。”

“你觉得托尼诺白天晚上都在监视她吗？”

我叹了口气：

“你觉得如果两个人相爱，就必须睡在一起吗？”

“对。”

“那你问问托尼诺，我们看看他们是不是睡在一起了。”

“我问过了，但关于这些事，托尼诺什么也没说。”

“这意味着他没什么可说的？”

“这意味着，他也觉得没有性也可以相爱。”

“还有谁是这样想的？”

她微笑着回答我，但让我意外的是，她语气里夹杂着悲伤：

“你。”

- 5 -

安吉拉认为，在那个话题上，我讲不出什么有趣的东西。好吧，我确实是三言两语就结束了男女的话题，但那只是因为，我觉得夸大那些微不足道的经历会显得很幼稚，而且我也没什么可讲的素材了。自从我和朱莉安娜、罗伯特的关系巩固了以后，我就疏远了我的同学希尔维斯特，那次“铅笔事件”之后，他就一直缠着我，跟我提了很多次，他想和我暗地里交往。我对库拉多尤其粗暴，他对我提了很多要求；我对罗萨里奥的态度很谨慎，但也很坚决，他总是隔一段时间就会出现在我学校下面，让我去他在曼佐尼街上一套位于顶楼的房子。我觉得，这三个追求者都属于很低俗的人，不幸的是，我之前也是这种人。而安吉拉好像变了个人似的，她不断地背叛托尼诺，她和男同学上床，有一次甚至是和一个五十多岁的老师发生了关系。她把这些事情都告诉了我和伊达，讲得很详细，她说到那个五十多岁的老师时，自己都觉得很恶心。

那种厌恶很真实，让我也很震撼。我很了解这种厌恶感，我当时想说，从你脸上就能看出来，你真的很厌恶这事儿，你是怎么想的，我们聊聊吧。但我们从来没聊过，好像性事就应该让我们充满热情，而不是很厌烦。我自己也不愿对安吉拉和伊达承认，我宁愿当修女，也不想闻库拉多身上那股公厕的恶臭。而且，我不希望安吉拉把我对于性事的冷淡，看成我对罗伯特的忠诚。最后，我们就直说吧，真相很难说出口：那种厌恶也很暧昧，库拉多身上那些让我厌恶的东西，如果放在罗伯特身上，或许我就不反感了。于是，我只是指出了她矛盾的地方，我说：

“既然你和其他人做这种事，为什么还要跟托尼诺在一起？”

“因为托尼诺是个好男孩，其他人都是色鬼。”

“你跟色鬼上床？”

“对。”

“为什么？”

“因为我喜欢他们看我的眼光。”

“那你也可以让托尼诺那样看你啊。”

“他不会那样看我的。”

“可能他不是男人。”有一次伊达说。

“他是真正的男人。”

“所以呢？”

“他不是色鬼，这就是原因。”

“我不信，”伊达说，“没有哪个男人不色。”

“有的。”我说，我想到了罗伯特。

“有的。”安吉拉说，她一副沉浸在幻想里的表情，提到托尼诺一碰到她，就会勃起。

在那时候，在安吉拉说笑时，我觉得我需要找人认真探讨一下那个话题，但不是和安吉拉与伊达，而是和朱莉安娜与罗伯特。罗伯特会避而不谈吗？不会，我敢肯定他会回答我，即使是面对这个问题，他也会找到词语，把道理讲清楚。问题在于，可能在朱莉安娜看来，讨论那种事情不太合适。为什么要在她未婚夫面前谈那个话题？除了在阿梅德奥广场那次，我们总共见了六次面，基本每次时间都很短，所以客观来说，我们没那么熟悉。虽然当他谈论大问题时，总是会列举很多具体的例子，我还是不敢问：为什么任何事情深入挖掘一下，都能找到性？包括那些最高尚的事情；为什么定义“性”时，只用一个形容词远远不够？还需要许多形容词，比如窘迫、平淡、悲惨、快乐、快活和厌恶，永远不可能只有一个形容词，它们是一体的；有没有可能一场伟大的爱情里没有性；男女之间的性事会不会破坏俩人的感情？我想象着自己提了这些问题，还有其他问题，我会用很理性冷静的语气问出来，或许有点郑重，但主要是为了避免朱莉安娜和罗伯特认为，我想窥探他们的私生活。但我知道，我永远不会提这些问题。我继续跟伊达争执：

“为什么你觉得男人都很色？”

“不是我觉得，是我知道。”

“那马里安诺也很色吗？”

“当然，他跟你妈妈上床了。”

我很震惊，冷冰冰地说：

“他们有时会见面，但只是朋友。”

“我也觉得他们只是朋友。”安吉拉插话说。

伊达用力摇头，她又坚定地重复一遍，他们不只是朋友。她大喊：

“我是不会亲吻任何男人，太恶心了。”

“像托尼诺那样善良、英俊的男人你也不愿意亲吻？”安吉拉问。

“不亲，我只会亲女人。你们想听听我写的一个故事吗？”

“不想。”安吉拉说。

我默默地盯着伊达的鞋子，那双鞋子是绿色的。我想起来，她父亲曾经盯着我的胸口看。

- 6 -

我和安吉拉经常会聊起罗伯特和朱莉安娜的关系，安吉拉从托尼诺那里打听消息，只是想说给我听。有一天，她打电话给我，因为她得知朱莉安娜家里又吵起来了，这次是维多利亚和玛格丽塔吵得很凶。维多利亚认为，罗伯特应该马上和朱莉安娜结婚，回那不勒斯生活，玛格丽塔不赞同维多利亚的想法，于是俩人吵了起来。我姑姑通常会大喊大叫，而玛格丽塔会心平气和地提出反对，朱莉安娜一言不发，好像这件事与她无关。但后来朱莉安娜突然失控，开始摔盘子、汤碗和杯子，连力气很大的维多利亚都阻止不了她。她尖叫着说："我马上就离开这里，我去他那儿生活，我受不了你们了！"托尼诺和库拉多不得不介入，拉住她，让她安静下来。

安吉拉讲的这件事让我很迷惑，我说：

"都是维多利亚的错，她总是多管闲事。"

"大家都有错，朱莉安娜好像很爱吃醋。托尼诺说他可以保证，罗伯特是个正直、忠诚的人。但每次托尼诺陪朱莉安娜去米兰，回来她都会发作，会吵吵嚷嚷，因为她受不了罗伯特身边的那些女人，比如某个跟罗伯特太亲密的女孩，某个在他面前卖弄风骚的女同事，等等等等。"

"我不信。"

"你错了。朱莉安娜看起来很平静，但托尼诺告诉我，她经常发神经。"

"什么意思？"

"她不高兴的时候，就会不吃饭，又哭又叫。"

"她现在怎么样了？"

"她很好。今天晚上她要跟我和托尼诺去看电影，你也来吧？"

"我去的话，我要跟朱莉安娜待在一起，你别让我跟托尼诺在一块儿。"

安吉拉笑了。

"我叫你来，就是想让你帮我摆脱托尼诺，我真受不了他了。"

我去了，但那天很不愉快，下午还好，但晚上发生的事尤其让人不安。我们四个人在平民广场上的加布里努斯咖啡馆前会合，然后沿着托雷多街往现代电影院走。我没跟朱莉安娜说上一句话，我只注意到她手腕上戴着手镯，眼神很不安，眼睛里布满血丝。安吉拉立刻挽住她的胳膊，我和托尼诺跟在后面，离她们有几步远。我问托尼诺：

“一切都好吗？”

“都很好。”

“我知道，你经常陪你妹妹去找罗伯特。”

“不，也没经常去。”

“你知道吗？我们有时候会见面。”

“我知道，朱莉安娜跟我说过。”

“他们很般配。”

“是啊。”

“我听说，他们结婚以后，会在那不勒斯定居。”

“好像不会。”

从他嘴里我套不出别的东西了，他很客气，想陪我聊天，但他不想谈那个话题。因此我很耐心地听他谈到他在威尼斯的一个朋友，他打算去找这个朋友，看能不能去那里生活。

“那安吉拉呢？”

“她和我在一起并不高兴。”

“不是的。”

“就是这样。”

我们到了现代电影院，现在我不记得当时放的是什么电影，或许以后我会想起来。托尼诺掏钱给我们所有人买了票，他还买了糖果和冰激凌。我们吃着零食进了放映厅，里面灯还亮着。我们依次坐下，先是托尼诺，再是安吉拉，然后朱莉安娜和我。开始，我们没怎么注意坐在我们背后的三个男孩，他们顶多十六岁，看起来都像学生，就像我或安吉拉的同学。我们只听见他们有说有笑，但与此同时，我们三个女孩也把托尼诺晾在一边，聊得很起劲儿。

正是因为我们不理会他们，他们开始不安分了。我真正注意到那三个男孩，是因为他们中胆子最大的那个大声说：“你们过来，坐我们旁边，我们让你们看电影。”安吉拉笑了起来，可能是因为紧张，她扭过头，那三个男孩也笑了起来，那个胆大的男孩又说了些邀请我们的话。我也转过头，我马上意识到，他们不像我班里的同学，他们像罗萨里奥和库拉多，不过可能多念了几天书。我看向朱莉安娜，她比我们要大，期待她露出一个宽容的微笑。然而我看见她表情严肃，身体僵硬，她用眼睛瞥着托尼诺，托尼诺像聋了一样，面无表情地盯着白色的银幕。

广告开始了，那个胆大的男孩开始抚摸朱莉安娜的头发，小声说：“真漂亮啊！”他的一个同伴开始摇晃安吉拉的椅子。安吉拉拽了拽托尼诺一只胳膊，说：“他们好烦呀，你阻止他们一下吧。”朱莉安娜嘀咕了一句：“算了。”我不知道是对安吉拉说的，还是对她哥哥说的。当然，安吉拉没有理会朱莉安娜，她气冲冲地对托尼诺说：“够了，我再也不跟你出来了，真的烦透了！”那个胆大的男孩马上大喊：“好！我们跟你说了，你过来跟我们一起看，我们这儿有空位。”放映厅里有人发出“嘘”的声音，想让他们安静。托尼诺不紧不慢地说：“我们去前面坐吧，这里不舒服。”他站了起来，他妹妹也立刻跟着站起来，我也迅速站起身。安吉拉又坐了一会儿，最后才站起来，对托尼诺说：“你太可笑了。”

我们还是刚才的顺序，往前坐了几排。安吉拉开始在托尼诺耳边说话，我知道，她生气了，她想抓住这次机会甩掉托尼诺。漫长的广告时间终于结束了，灯又亮了起来。那三个男孩很开心，我听见了他们的笑声。我转过头去，我看见他们站了起来，一连翻越三排座椅，弄出很大的动静，一眨眼的工夫，他们又坐在我们背后了。领头的那个男孩说："你们那么听这个混蛋的话，我们生气了，这种待遇我们可忍不了，我们想和你们一起看电影。"

几秒钟之后情况开始失控。灯熄灭了，电影开始了，声音很大，音乐声淹没了那个男孩的声音，银幕上闪烁的光映在我们身上。安吉拉高声对托尼诺说："你听了吗？他们说你是混蛋！"那三个男孩在哈哈大笑，其他观众发出"嘘"的声音。托尼诺一跃而起，朱莉安娜大声说："不要，托尼！"可他还是狠狠地打了安吉拉一耳光，他力气太大了，安吉拉的头撞在了我的颧骨上，很疼。那三个男孩都闭嘴了，他们有些不知所措，托尼诺转过身，仿佛一阵风把一扇门全吹开了，他嘴里冒出很多不堪入耳的骂人话。这时安吉拉哭了起来，朱莉安娜抓住我的一只手说："我们得离开这里，我们要把他带走。"她强行把她哥哥带走，就好像身处危险之中的不是安吉拉、我或者她，而是托尼诺。与此同时，那三个男孩中领头的那个从惊恐中回过神来说："哇！好吓人啊，吓得我们打哆嗦，真搞笑，只知道拿女人撒气，你过来啊！"朱莉安娜好像不愿让那些话传到托尼诺的耳朵里，她大声喊："托尼，他们只是些小孩子。"但这时托尼诺已经一只手抓住那个男孩的头，可能抓住了一只耳朵，我不敢确定，托尼诺抓住他，往自己跟前拉，仿佛要把他的头拧下来，然而并没有，托尼诺的另一只手举了起来，一拳打在男孩的下巴上。男孩往后倒下，倒在了他的座位上，嘴巴流着血。另外两个男孩想帮他们的朋友，但他们看见托尼诺想翻过座椅，便慌乱地往出口跑去。朱莉安娜抓住她哥哥，想阻止他追上去，电影开头的音乐声很大，观众叫嚷着，安吉拉在大哭，受伤的那个男孩在哀号，放映厅里一片嘈杂。托尼诺推开妹妹，继续朝那个坐在座椅上流泪、呻吟、咒骂的男孩发泄自己的愤恨。托尼诺扇了他几耳光，又打了他几拳，同时用一种我听不懂的方言辱骂他，他说得很快，充满愤怒，一个个词爆发出来。电影院里所有人都叫喊起来，他们要求打开灯，让人报警，我、朱莉安娜还有安吉拉一起拉着托尼诺的胳膊，大喊："我们走吧，算了，我们快走！"最后我们拉着他出了电影院。"快走，托尼，快走，你快跑吧！"朱莉安娜大喊着，同时拍打着他的后背。他用方言说了两遍："难道在这个城市，我们就不能规规矩矩、安安静静看场电影吗？"他主要是对我说的，想看我是否同意他的话。我点了点头，想让他冷静下来，他向但丁广场跑去。虽然他眼睛气鼓鼓的，嘴唇乌青，但仍然很帅气。

- 7 -

谢天谢地，我们也迅速逃离了电影院，来到人群熙攘的皮尼亚塞卡市场，我们才放下心来，放慢脚步。这时候，我才感到一阵后怕，安吉拉也吓坏了，朱莉安娜也是，好像她亲自参与了那场斗殴，她头发凌乱，外套的领口撕烂了一半。我检查她手腕上是否还戴着手镯，手镯还在，但现在看起来暗淡无光。

"我得赶紧回家。"朱莉安娜对我说。

"你回去吧，记得给我打个电话，告诉我托尼诺怎么样了。"

“你吓到了吗？”

“嗯。”

“很抱歉，托尼诺平时很克制，但有时他也会昏了眼。”

安吉拉眼里噙满泪水，插了一句：

“我也吓到了。”

朱莉安娜气得脸色发白，几乎怒吼着说：

“闭嘴，你要是闭嘴就好了！”

我从没有见朱莉安娜这么愤怒过，她吻了我的脸便离开了。

我和安吉拉到了缆车站。我心里很乱，朱莉安娜那句气话不断在我脑子浮现：有时他会昏了眼。一路上，我都心不在焉地听安吉拉抱怨。她很伤心，她说：“我太傻了。”然后她摸摸又红又肿的脸颊，她脖子很疼，大喊：“他竟然敢打我耳光！就连我爸妈都没打过我，我永远永远都不想再见到他了！”她哭泣着，又开始为另一件事难过——朱莉安娜只跟我告别了，没有跟她告别。她小声抱怨说：“不应该把所有错都算在我头上，我怎么知道托尼诺是个畜生。”我们在她家楼下分别时，她承认：“好吧，我是有错，但朱莉安娜和托尼诺都那么没教养，我根本没想到他会扇我耳光，他当时可能会杀了我，打死那几个男孩。我错了，爱了这样一个畜生。”我忍不住说：“你错了，托尼诺和朱莉安娜都很有教养，但有时一个人真的会气昏了眼。”

我慢慢往山上走，回到了家。“昏了眼”这个说法在我脑海里一直挥之不去。一切看起来都井然有序：早上好，再见，您请坐，您要喝什么？您可以把声音调小点吗？谢谢，不客气。但有一道黑色的幕帘，随时都可能落下来，那是一种突如其来的盲目，你无法再和别人保持距离，人们会撞在一起。这种事情只会发生在一部分人身上，还是所有人都是这样？超过某个界限之后，人就会昏了眼，看不见眼前。一个人很清醒冷静地看着每件事时，他更真实，还是说那些最强烈、最沉重的情感——比如爱和恨使他变得盲目时，他更真实？恩佐再也看不见玛格丽塔，是因为维多利亚蒙住了他的眼睛吗？我父亲再也看不见我母亲，是因为科斯坦扎蒙住了他的眼睛吗？我昏了眼，是因为我同学希尔维斯特对我的冒犯蒙住了我的眼睛吗？罗伯特也会变成一个昏了眼的人吗？或者他在任何情况下，受到任何情绪的冲击，都能保持清醒冷静？

公寓很暗，非常安静。我母亲可能决定周六晚上去外面玩儿，电话响了，我连忙去接，我想一定是朱莉安娜打来的。但电话那一端是托尼诺，他说话很慢，我很喜欢他的慢条斯理，我觉得那是他特有的：

“我想向你道歉，再跟你告别。”

“你要去哪里？”

“威尼斯。”

“什么时候走？”

“今晚。”

“为什么做出这个决定？”

“因为不走的话，我就完蛋了。”

“朱莉安娜怎么说？”

“什么也没说，她不知道，没人知道。”

“罗伯特也不知道？”

“他不知道，如果他知道我今天晚上干了什么，他就不会再理我了。”

“朱莉安娜会告诉他的。”

“我不会。”

“你可以把地址给我吗？”

“等我安顿好了，就给你写信。”

“你为什么偏偏给我打电话？”

“因为你能明白。”

我挂了电话，我觉得很难过。我去厨房倒了一点水，又回到走廊里。但这一天还不算完。我父母以前住的那间卧室门开了，我母亲出现了。她没有穿平时的衣服，而是穿得像过节一样。她很自然地说：

“你不是要去看电影吗？”

“我们没去成。”

“我们现在要去看电影，外面天气怎么样，需要穿大衣吗？”

马里安诺从同一个房间里探出身，他也穿得很讲究。

- 8 -

这是我家漫长的危机最后的一段，同时也是我艰难地迈向成年人世界的重要时刻。也正是在这时，我知道一切都势不可挡，我决定表现得礼貌一些，我对母亲说，外面很暖和，接受马里安诺亲吻我的脸颊，就像接受他偷窥我的胸部一样。他们把门在背后关上，我去了浴室，洗了很长时间的澡，仿佛要把他们从身上洗掉。

在镜子前擦头发时，我很想笑。我完全受骗了，我的头发一点儿也不漂亮，它们紧紧贴在我的头皮上，我没办法让它们变得蓬松、有光泽。至于我的脸，是的，我脸上的线条一点也不和谐，就像维多利亚的一样，但这也不是什么悲剧。那些长相精致、脸蛋漂亮的人，只需要仔细看他们一下，就能发现那些面孔下其实也隐藏着地狱，这和那些长相粗糙、丑陋的脸呈现出来的东西没什么两样。一张光芒四射、温柔客气的脸，其实要比一张黯淡的脸暗含更多的痛苦。

比如安吉拉，自从发生了电影院里那件事，托尼诺从她的生活里消失了，她很伤心，整个人都变了。她经常给我打很长时间的电话，指责我没有站在她那边，允许一个男人打她耳光，而且我还觉得朱莉安娜有理。我试图否认她对我的控诉，但没有用。她跟我说，她把那件事告诉了科斯坦扎，甚至告诉了我父亲；科斯坦扎认为安吉拉有理，而安德烈的反应更强烈。他得知托尼诺是什么人，是谁的儿子，在哪里长大，他勃然大怒，但并不是针对安吉拉，而是针对我。安吉拉把我父亲的话一字不漏地告诉了我：乔瓦娜非常清楚那是什么人，她应该保护你。“但是你没有保护我！”她冲我大喊。我想象着她那张温柔、甜美、迷人的脸，她正在波西利波的家里，把白色的听筒拿在耳边，我觉得在那一刻，她的脸一定比我的脸还丑。我对她说：“拜托了，从今往后别再来烦我了，你继续跟安德烈和科斯坦扎诉苦吧，他们更理解你。”我挂了电话。

在这之后，我和朱莉安娜的关系更亲密了。安吉拉经常试图跟我和好，她对我说，我们一起出去玩吧。虽然不是真的，但我总是这样回答她，我有事情要忙，我要去见朱莉安娜。我让她自己揣摩，或者直接告诉她，你不能跟我一起去，她受不了你。

我和我母亲的交流也缩减到最少，总是一些干巴巴的句子，比如：今天我不在家，我要去帕斯科内。当她问我原因，我回答说，因为我想去。我这样做是为了摆脱原来的那些束缚，为了表明，我已经不在乎亲戚朋友的评价，还有他们的价值观，也不在乎自己符合不符合他们期待的样子。

- 9 -

我和朱莉安娜的关系越来越亲密，毫无疑问，这是为了增进我和罗伯特之间的友谊，这一点我不想否认。但我也觉得，朱莉安娜真的需要我，现在托尼诺一声不响地走了，留她一个人对抗蛮横的维多利亚。一天下午，她很焦急地打来电话，说她母亲想让她告诉罗伯特：要么马上结婚，两个人一起在那不勒斯生活，要么就分手。当然，这一定是我姑姑撺掇的。

“可是我不能这样，”她绝望地说，“他现在很辛苦，他正在做一项研究，这对他的事业很重要。如果我叫他马上跟我结婚，那一定是疯了。反正我想离开这座城市，永远离开这里。”

她对一切都感到厌倦。我建议，她把罗伯特的问题对玛格丽塔和维多利亚讲清楚，她犹豫了很久后，听取了我的建议，但那两个女人还是坚持自己的观点，她们提出各种猜测，让她坐立不宁。“她们什么都不懂，”她绝望地说，“她们想让我相信，如果罗伯特把教书放在第一位，把婚姻放在第二位，就说明他不够爱我，他只是在浪费我的时间。”

她们这样敲打朱莉安娜，并非没有效果。我很快就发现，有时朱莉安娜也会怀疑罗伯特。当然，一般她只是很生气，维多利亚给她母亲脑子里灌输了很多糟糕的想法，这让她愤愤不平，虽然她一再反驳，这些想法还是在她心里扎下了根，让她变得很低落。

一天下午，我去找她，我们在她家附近破败的街上散步。她对我说："你看见我生活的地方了吗？可是罗伯特在米兰，他总是很忙，会遇到很多聪明的人，有时候我打电话都找不到他。"

"那就是他的生活。"

"他的生活应该是我。"

"我不知道。"

她有些激动。

"不是吗？不然他的生活是什么？学习，跟女同事、女学生聊天吗？或许维多利亚说得对，要么他跟我结婚，要么就算了。"

罗伯特告诉朱莉安娜，他要去伦敦出十天差时，事情变得更复杂了，朱莉安娜变得比平时更焦虑了。事情慢慢变得明朗：问题不是罗伯特要出国——我知道，罗伯特已经出过几次差了，尽管只待了两三天——关键在于他不是一个人去的。这时，我也警觉起来了。

"跟谁去？"

"跟米凯拉和其他两个老师。"

"米凯拉是谁？"

"一个总是缠着罗伯特的女人。"

"你也去吧。"

"去哪儿？贾妮，我能去哪儿？你不要只从你的角度看问题，你父母是怎么培养你的，你要想想我是怎么成长起来的，你想想维多利亚、我母亲，想想这个狗屎一样的地方。对你来说一切都很简单，对我来说却不是。”

我觉得她说得不对，我其实努力去理解她遇到的问题，而她对我的问题却一无所知。但我假装什么事也没有，让她发泄，尽力安抚她。我主要说了她男朋友有难得的品德。罗伯特不是普通人，他有强大的精神力量，很博学，也很忠诚。就算那个米凯拉有什么心机，他也不会沦陷的。他爱你，我说，他一定会对你很忠诚。

她笑了出来，但又变得严肃起来，她的情绪变化太突然了，我不禁想起托尼诺和电影院里的事。她看着我，眼神很焦虑，突然不再用夹杂着方言的意大利语说话了。她用纯粹的方言问我：

“你怎么知道他爱我？”

“不仅我知道，所有人都知道。这个米凯拉肯定也知道。”

“男人，不管他们是好是坏，只要摸一摸他们，他们就想上你。”

“这是维多利亚告诉你的吧？这是胡说八道。”

“维多利亚是说话很难听，但不是胡说八道。”

“不管怎么说，你要相信罗伯特，不然的话你就会痛苦。”

“贾妮，我已经很痛苦了。”

这时我感觉到，朱莉安娜认为米凯拉不仅想跟罗伯特上床，还想抢走罗伯特，跟他结婚。我想到的是，罗伯特一直潜心学习，他可能根本没想到朱莉安娜会这么痛苦。我觉得要解决这个问题，也许只需告诉他，朱莉安娜害怕失去你，她很焦虑，你得让她放心。总之，我向她要罗伯特的电话号码时，给自己找的就是这个理由。

“如果你愿意的话，”我漫不经心地说，“我去跟他说，我会尽量弄清楚，他跟那个米凯拉到底是怎么回事。”

“你会打电话给他吗？”

“当然了。”

“但你不能让他觉得，是我让你给他打的电话。”

“放心吧。”

“最后你要把你说的话，还有他说的原话都告诉我。”

“那当然。”

- 10 -

我把号码记在了一个笔记本上，我又用红色彩笔在号码上画了一个方框。一天下午，我趁母亲不在家，给罗伯特打了电话，内心十分激动。我感觉罗伯特接到电话很惊讶，甚至很忧虑。他可能觉得朱莉安娜出事了，首先问到的就是她。我跟他说，朱莉安娜很好。我又支支吾吾说了几句，我突然省去了事先准备好的、让这通电话名正言顺的开场白，我用一种近乎威胁的语气说：

“如果你承诺过要跟朱莉安娜结婚，却又不娶她，那你就是个负心汉。”

他沉默了一会儿，随后我听见了他笑了起来。

“我一直都信守承诺，是你姑姑叫你给我打电话的？”

“不是，是我自己想打这通电话。”

我们就这样聊了一会儿，他很乐意和我聊他的私事，这让我很惊讶。他说，他很爱朱莉安娜，一定会娶她的，除非朱莉安娜不要他了。我向他保证，朱莉安娜最想要的就是他，但我又说，朱莉安娜没有安全感，害怕失去他，害怕他移情别恋。他说他知道，他会尽量让朱莉安娜安心。我相信你，我说，但现在你要出国，你可能会遇到别的女孩。如果你发现，朱莉安娜对你研究的东西一点也不了解，可那个女孩却很了解，你会怎么办？他的回答很长，他从那不勒斯、帕斯科内城区，还有他的童年说起。他说到这些地方时，好像那是很神奇的地方，总之和我看到的很不一样。他说他欠那个地方的，他必须偿还。他努力向我说明他对朱莉安娜的爱，那份爱诞生在那些街上，它就像一个备忘录，不断提醒他，他有债要还。我问他，这个债指的是什么。他解释说，他要好好补偿他的出生地，他一辈子也还不清那些债。于是我问他："你跟她结婚，就好像跟帕斯科内城区结婚一样？"我觉得他很尴尬，他说他很感激我，因为我迫使他去反思。他很艰难但很清晰地说："我想娶她，因为她就是那些债务的化身。"他从头到尾用的都是一种低沉的语调，尽管有时他会说出像"没人可以只是自己得救"这样庄严的话。有时，我又觉得我像在跟同学说话，他用的句子结构很简单，这让我觉得很自在，也让我有些难受。有时我怀疑，他在寻找适合我的表达方式，因为我只不过是个小姑娘。有那么一刹那，我在想，也许他跟那个米凯拉说话时，用的句式要丰富、复杂得多。可话说回来，我又在奢望什么呢？我感谢他跟我交谈，他也感谢我听他聊了朱莉安娜，感谢我对他们俩的友情。我不加思索地说：

"托尼诺走了，朱莉安娜很难过，也很孤单。"

"我知道，我尽量弥补她。我很高兴你给我打了电话。"

"我也是。"

- 11 -

我把我们的对话一字不落告诉了朱莉安娜，她的脸色好了一些，她确实需要听到这些。罗伯特去伦敦时，我似乎没发现她的情绪恶化。她告诉我，罗伯特给她打了电话，给她写了一封感人的信，她也没再提到米凯拉。罗伯特在一份重要的期刊上发表了一篇文章，朱莉安娜为他感到骄傲，她很自豪，好像那是她自己写的文章。但她笑着抱怨说，她只能在我面前炫耀，维多利亚、她母亲和库拉多都不懂这些，唯一懂的托尼诺，也在很远的地方，他在做服务员，不知道他还学习不学习。

“你可以让我读一下吗？”我问。

“我没有那份期刊。”

“你读过吗？”

我父亲会让我母亲读他写的所有东西，有时甚至强迫我读一些他很在意的文章。朱莉安娜明白，我确信罗伯特也会那样做。她的脸色沉了下来，我从她眼中看出，她想回答，是的，我读过，她甚至不自觉地点了头。但随后她垂下目光，又愤怒地抬了起来，说：

“没有，我没读过，我不想读。”

“为什么？”

“我怕我看不懂。”

“你怎么也得看一看，他肯定很在意。”

“如果他在意的话，他就会把那些文章给我。但他从来没给过我，所以我肯定看不懂。”

我记得，那天天气很热，我们沿着托雷多街散步。学校快放假了，很快就要公布考试成绩了。路上挤满了男女学生，不用写作业了，大家在外面玩，都很开心。朱莉安娜看着路上的人，她好像不明白为什么大家这么有活力。她把手放到额头上，我觉得她要沮丧起来了，急忙说：

“是因为你们没住在一起，等你们结了婚，你看吧，他会让你看他写的所有东西。”

“他写什么都让米凯拉看。”

这个消息也让我很难过，但我来不及反应。朱莉安娜话音刚落，就听见一个有力的男性声音在叫我们，我先听到了朱莉安娜的名字，随即听到我的名字。我们同时转过头去，看见马路对面，罗萨里奥在一家咖啡馆门口。朱莉安娜做了一个厌烦的动作，一只手在空气里挥舞一下，想当作没听到，径直走开。但我已经做了一个打招呼的手势，罗萨里奥正穿过马路，向我们走来。

“你认识萨尔真特律师的儿子吗？”朱莉安娜说。

“库拉多介绍我认识的。”

“库拉多是个白痴。”

这时罗萨里奥正在过马路，自然了，他面带笑容，似乎很高兴遇到我们。

“真是天意啊！”他说，“居然在离帕斯科内这么远的地方都能遇到你们，我请你们吃点东西。”

朱莉安娜冷冰冰地回答说：

“我们赶时间。”

他做出一副格外担忧的表情。

“怎么了？你今天不舒服吗？心情不好？”

“我很好。”

“你未婚夫吃醋啦？他说过，你不能跟我说话？”

“他都不知道你是谁。”

“但你知道，对吧？你不仅知道我，还一直想着我，可别告诉你未婚夫。可能你应该告诉他，把所有事都告诉他。男女朋友之间不能有秘密，否则两个人的关系会出问题，大家都很痛苦。我能看出来，你很痛苦，我一看见你，我就会想：太瘦了，真可惜！以前你多丰满、多柔软啊，现在瘦得像根竹竿。”

“就你长得好！”

“总比你男朋友好看。贾妮，来，你想吃奶油松饼吗？”

我回答说：

“太晚了，我们要走了。”

“我开车送你们。先送朱莉安娜到帕斯科内，然后再送你去上城。”

他把我们拉进咖啡馆，但一坐在吧台上，他就完全忽视了朱莉安娜，她坐在门边的一个角落，目不转睛地盯着马路和行人。我们吃奶油松饼时，他不停地跟我说话，靠我特别近，我不得不挪远一点。他在我耳边说着过火的话，夸赞我，大声赞美我的眼睛和头发。他甚至小声问我还是不是处女，我紧张地笑起来了，我说还是。

“我走了。”朱莉安娜抱怨，走出了咖啡馆。

罗萨里奥提到了他在曼佐尼街的房子、门牌号和楼层，他说在那里可以看见大海。最后他小声说：

“我会一直等你，你愿意来吗？”

“现在？”我假装高兴地问。

“你想什么时候都可以。”

“现在不行。”我认真地说，我感谢他请的奶油松饼，追上了走在路上的朱莉安娜。她愤怒地大喊：

“你不要跟那个混蛋太亲近！”

“我没有，是他自作多情。”

“如果你姑姑看见你们在一起，会杀了你们。”

“我知道。”

“他跟你说了曼佐尼街？”

“对，你怎么知道？”

朱莉安娜用力摇摇头，像想把脑海中浮现的画面赶走。

“我去过那里。”

“和罗萨里奥吗？”

“不然和谁？”

“最近吗？”

“你在说什么呢，我当时比你现在还小。”

“为什么？”

“因为我以前比现在还蠢。”

我本来想让她跟我讲一讲，可她说没什么好讲的。罗萨里奥算什么，不过是仗着他父亲有权有势，以为自己无所不能。贾妮，这就是那不勒斯的丑恶面，意大利的丑恶面，没人能改变，更别说罗伯特和他说的、写的那些漂亮话了。罗萨里奥太愚蠢了，他们偶然在一起过，他就以为自己有权在任何场合都提起这件事。朱莉安娜的眼里闪烁着泪花：

“我必须离开帕斯科内，贾妮，我必须离开那不勒斯。维多利亚想让我留在这里，她喜欢生活在争吵中，罗伯特内心深处跟她想法一样。他跟你说了他自己欠债的事情，可欠的是哪门子债？我想要结婚，我想在米兰生活，生活在一座属于自己的漂亮房子里，安安静静地生活。”

我疑惑不解地看着她：

“就算对他来说，回到这里很重要？”

她用力地摇头，哭了起来，我们停在但丁广场上，我说：

“你为什么要这样？”

她用指尖擦干眼泪，小声地说：

“你可以陪我去找罗伯特吗？”

我马上说：

“可以。”

- 12 -

星期天早上，玛格丽塔叫我过去，但我没直接去她家，而是先去了维多利亚那里。我敢肯定，让我陪着朱莉安娜去找罗伯特，这个决定背后一定有我姑姑的主意，我的直觉告诉我，如果我不表现得服服帖帖、很听话的样子，她们就不会把这个任务交给我。那段时间，我去找朱莉安娜时，我遇见过她几次，我姑姑的态度一直都忽冷忽热。我慢慢发现，如果她在我身上看见和她相似的地方，她就会对我很热情，但如果她在我身上发现了我父亲的某种特征，她就怀疑我会像她哥哥之前那样，做出伤害她和她在意的人的事。而我的态度跟她差不多，当我想象自己会成为一个勇于斗争的成年人，我会觉得她很了不起；当我在她身上看到一些我父亲的特征时，我会觉得她很讨厌。那天早上，我忽然想到一件让人无法忍受、同时又很有趣的事：我、维多利亚、我父亲都无法真正摆脱我们共同的根源，在很多情况下，我们爱的和恨的都是我们自己。

那天很幸运，维多利亚见到我特别开心。我任由她拥抱，亲吻我，像往常一样亲昵。我很爱你，她说。我们匆忙赶去玛格丽塔家，在路上，她对我说了那些我已经知道的事，但我假装是第一次听到。她说，朱莉安娜很少获准去米兰找罗伯特，之前一直是托尼诺陪着去的，可是现在托尼诺抛下家人，去了威尼斯。维多利亚的眼里充满了泪水，眼泪中掺杂着痛苦和鄙视，库拉多已经完全指望不上了，所以她想到了我。

“我愿意陪朱莉安娜去米兰。”我说。

“但你得看好她。”

我决定跟她耍嘴皮子，她心情好时，就喜欢别人跟她斗嘴。我问：

“怎么看啊？”

“贾妮，玛格丽塔不好意思说，但我可以明白地告诉你，你必须向我保证，你会一直和朱莉安娜待在一起，不管白天还是晚上。你明白什么意思吗？”

“明白。”

“很好。你要记住，男人只想要一样东西。但在结婚之前，朱莉安娜不能把那个东西给人，否则那个男人就不会娶她了。”

“我觉得罗伯特不是那种男人。”

“所有男人都是一个德行。”

“我不确定。”

“贾妮，我说是所有，那就是所有。”

“包括恩佐？”

“他比其他人更糟糕。”

“那你为什么给了他？”

维多利亚惊喜地看着我，笑了起来，她胳膊紧紧搂住我的肩膀，亲了亲我的脸颊。

“贾妮，你和我很像，比我还过分，所以我喜欢你。我给了他，因为他结婚了，还有三个孩子。如果我不给他，我就得放弃他。但我做不到，我太爱他了。”

我假装对那个回答很满意，尽管我很想告诉她，她强词夺理，男人想要的那样东西，女人给时，不能基于这些判断，那太功利了。朱莉安娜已经是成人了，她可以做自己想做的事。总之，她和玛格丽塔无权这样监控一个二十岁的女孩。但我没说，因为我唯一的愿望就是去米兰见罗伯特，亲眼看看他住的地方，看看他是怎么生活的。而且我知道，我不能跟维多利亚说太多，就算现在我让她笑了，但只要出一点差错，她就可能把我赶走。就这样，我选择了赞同她的话。我们到了玛格丽塔家。

在那里，我向朱莉安娜的母亲保证，我会时时刻刻看着朱莉安娜和罗伯特，我用一口纯正的意大利语说话，好让自己的话更有分量。我说话时，维多利亚时不时小声对她继女说：“你明白了吗？你和贾妮要一直待在一起，尤其是晚上，你们要一起睡。”朱莉安娜心不在焉地点头，唯一让我感到厌烦的是库拉多，他的目光里充满了揶揄，他跟我提了很多次，想陪我去等公交车。等我和维多利亚把一切都商定好了——星期天晚上，我们必须回来，火车票钱是罗伯特出——我就离开了玛格丽塔家，库拉多也跟着我一起出来了。在路上，在车站，在等公交车时，他只知道取笑我，开玩笑似的说一些冒犯我的话。他甚至直白地让我再为他做一次以前为他做过的事。

“给我 ××，”他用方言对我提要求，“就一次，以后我就不缠着你了，这附近有座废弃的老楼。”

“不，你让我很恶心。”

“要是我知道你跟罗萨里奥做了，我就告诉维多利亚。”

“我他妈才不在乎。”我用方言回答说，发音很差，让他笑个不停。

我听到自己说出的话也笑了，我根本不想跟库拉多吵架，想到要出发了，我太高兴了。在回家的路上，我一门心思地想，我要在我母亲跟前扯个什么谎，好让我的米兰之行名正言顺。但很快我就觉得，已经没必要费劲对她扯谎了。吃晚饭时，我用不可置辩的语气，告知了她这件事：朱莉安娜——维多利亚的继女，要去米兰看她男朋友，我要陪她一起去。

“这个周末？”

“对。”

“可星期六是你生日，我组织了一个聚会，你爸爸会来，安吉拉和伊达也会来。”

有几秒钟，我感觉心里空落落的。我从小就很在意我的生日，可这次我一直没想到这一点，我感觉，对我母亲感到内疚还是其次，首先我对自己有些内疚。我无法成为主角，我正变成背景里的小角色，我是朱莉安娜身边的影子，公主去找王子时带在身边的黯淡的小侍女。为了这个角色，我愿意放弃一个令人愉快的家庭传统吗？愿意放弃吹蜡烛，还有那些让人惊喜的礼物吗？我承认我愿意，我向奈拉提议：

“等我回来了，我们再庆祝。”

“你这样，会让我很不高兴。”

“妈妈，别小题大做。”

“你爸爸也会伤心的。”

“你看着吧，他会很高兴的，朱莉安娜的男朋友是个很优秀的人，爸爸很欣赏他。”

她一脸不高兴，好像她要对我的没心没肺负责一样。

“你能升学吗？”

“妈妈，这是我的事，你别管了。”

她忍不住说：

“对你来说，我们一点儿也不重要了。”

我回答说，根本不是那样，同时我心想，罗伯特更重要。

- 13 -

我青春期里做过的最没意义的一件事，是从那个星期五晚上开始的。

晚上去米兰的旅途中，一路上很无聊。我想跟朱莉安娜聊天，她却很尴尬，从我告诉她第二天是我十六岁生日，她就开始觉得窘迫，我们到那不勒斯车站时，她带了一件很大的红色行李箱，一个鼓鼓囊囊的提包，她发现我只拿了一个小行李箱，装了少量的必需品，她就更尴尬了。“我很抱歉，”她说，“我拉着你一起去米兰，毁了你的生日聚会。”简短交谈几句后，我们就没再说别的了，我们既找不到合适的语气，也找不到一丁点自在的感觉，好让我们敞开心扉。后来我说我饿了，我想在火车上转转，找点吃的东西。朱莉安娜无精打采地从包里拿出一些好吃的，是她母亲做的，她只吃了几口蛋炒通心粉，其余的我全吃了。车厢里人很多，我们躺在很不舒服的卧铺上。她似乎因为焦虑而变得有些迟钝，我听见她翻来覆去，但一次厕所也没去。

然而，到达米兰一个小时之前，她把自己关在厕所里很长时间，回来时已经梳好头发，化了淡妆，甚至还换了裙子。我们待在过道里，外面的天空已经泛起了白光。她问我她有没有夸张或不得体的地方。我告诉她一切都很完美，这时她才放松了一点，她用真诚的口吻跟我说话。

“我很羡慕你。”她直接对我说。

“为什么？”

“你不打扮，你觉得你本来的样子就很好。”

“不是的。”

“是的。你内心有一种东西，独一无二，只属于你，你很自在。”

“我什么都没有，拥有一切的人是你。”

她摇摇头，小声说：

“罗伯特总是说，你很聪明，非常犀利。”

我觉得脸上火辣辣的。

“他搞错了。”

“他说得很对。维多利亚不想让我来米兰，是罗伯特建议我，让你陪我来的。”

“我以为是我姑姑决定的。”

她露出微笑，的确是维多利亚决定的，如果她不同意，我们什么也做不了。朱莉安娜没说这是她未婚夫的主意，她只是告诉她母亲让我陪她去米兰的事儿，她母亲又去找维多利亚商量。是他希望在米兰看到我，一想到这一点，我的心情激动得难以平复。朱莉安娜现在想说话了，我用只言片语回答她，我没办法平静下来。再过一会儿，我就能再见到罗伯特了，一整天都会跟他在一起，在他家里吃午饭、吃晚饭、睡觉。我慢慢地平静下来，我说：

“你知道怎么去罗伯特家吗？”

“知道，但他会来接我们。”

朱莉安娜又检查了一下脸，然后从包里掏出一个小皮包，抖了抖，把我姑姑的手镯从里面倒了出来，放在了手掌上。

“我要戴吗？”

“为什么不呢？”

“我总是很担心。如果维多利亚看见我没戴在手上，她会生气。可她又害怕我会弄丢，所以老是提醒我，我很害怕。”

“那你就小心一点。你喜欢这镯子吗？”

“不喜欢。”

“为什么？”

她有些尴尬，沉默了许久。

“你不知道吗？”

“不知道。”

“托尼诺也没告诉你？”

“没有。”

“这镯子是我外婆的，我爸爸从我外婆那里偷走了，把它送给了维多利亚的妈妈，当时我外婆已经病重了。”

“偷的？你爸爸，恩佐？”

“对，他偷偷拿走的。”

“维多利亚知道吗？”

“她当然知道。”

“你妈妈呢？”

"就是她告诉我的。"

我想到了厨房里恩佐的照片，照片上他穿着警服。就算是死了，他也带着枪守护他的两个女人。他让妻子和情人一起怀念他，祭拜他。那是男人的力量，甚至最低贱的男人，也拥有那种力量，甚至可以驾驭像我姑姑这样勇敢、暴戾的女人。我忍不住挖苦说：

"你父亲从病入膏肓的岳母那里偷走手镯，把它送给了情人身体健康的妈妈。"

"对，就是这样。我家一直都没钱，他喜欢给那些不熟悉的人留下好印象，可他会毫不犹豫伤害那些爱他的人，他就是这样的男人。因为他，我妈妈吃尽了苦头。"

我不假思索地说：

"维多利亚也吃了苦头。"

但我很快就明白了所有真相，明白了我刚刚那句话的分量，我似乎明白了为什么维多利亚对手镯的态度那么暧昧。表面上，她想要那只手镯，实际上却想摆脱它。表面上，手镯是她母亲的，但实际上并不是。表面上，手镯是恩佐在某个节日送给他新岳母的礼物，但实际上是恩佐从他生命垂危的老岳母那里偷的。归根结底，这件首饰证明了我父亲没有完全错怪他妹妹的情人。而且它还证明了，我姑姑讲述的那场无与伦比的爱情根本就不美好。

朱莉安娜鄙夷地说：

"贾妮，维多利亚不会痛苦，她会让别人痛苦。对我来说，这只手镯代表着痛苦和糟糕的过去。它让我很焦虑，让我倒霉。"

“物件并没有错，我喜欢它。”

朱莉安娜脸上露出讽刺而沮丧的表情：

“我打赌，罗伯特也很喜欢。”

我帮她把镯子戴到手腕上，火车正在进站。

-14-

我比朱莉安娜还先看到罗伯特，他在站台上的人群里。我举起一只手，好让他在熙攘的乘客里看到我们，他马上也举起了一只手。朱莉安娜拖着行李箱大步往前走去，罗伯特朝她走来。他们紧紧相拥，仿佛要融为一体，但他们只轻轻吻了一下彼此的嘴唇。然后他用两只手握住我的一只手，感谢我陪朱莉安娜过来。他说：“如果没有你，不知道我和她什么时候才能再见。”随后，他从未婚妻的手里接过行李箱和提包，我拖着我的小行李箱，跟在他们身后，离他们有几步远。

他是个普通人，我想，或者在他的众多品质中，自知自己是个普通人也是他的美德。在阿梅德奥广场的咖啡馆里，还有其他地方和他见面，我都感觉自己是和一位特别有影响力的教授来往，我不知道他研究的专业是什么，但肯定是一门很高深的学科。现在我看见他跟朱莉安娜肩并肩，不时地低头吻她，他是一个正在恋爱的普通的二十五岁青年，就和大家在路上、电影院里和电视上看见的一样。

我们要走下一道浅黄色的大阶梯时，他也想帮我提行李箱，但我坚决拒绝了，于是他继续深情款款地关注着朱莉安娜。我对米兰一无所知，我们坐了至少二十分钟地铁，又走了十五分钟的路，才到了他家。我们沿着用深色大理石砌成的古老台阶，一直爬到了六楼。我提着自己的行李箱，一声不吭地跟在他们后面，我感觉很自豪。朱莉安娜空着手，一直在讲话，终于她的一举一动都流露出幸福的气息。

我们来到一道走廊上，那里有三扇门。罗伯特打开第一扇门，让我们进了一间公寓，尽管屋里有一股轻微的煤气味，但看了一眼，我就觉得很喜欢。我母亲把圣贾科莫牧羊山路那间公寓收拾得干净而整齐，而这里很不同，有一种凌乱而又干净的感觉。我们穿过一条走廊，两旁地板上堆着一摞摞的书，我们走进了一个很宽敞的房间，里面只有很少几件旧家具：一张放满文件夹的书桌、一张饭桌、一张褪色的红沙发、摆满书的靠墙书架、一台放在塑料方块上的电视机。

罗伯特向我们道歉，尤其是向我，他说虽然门房每天都来整理房间，但家里还是很乱。我打算说几句开玩笑的话，我想继续使用一种放肆的语气，因为我确信那是他喜欢的语气。但朱莉安娜根本不给我说话的机会："别找门房啦，我来收拾吧，你看着吧，我会让家里变得整齐。"她用胳臂搂住了罗伯特的脖子，像在车站见面时那样，紧紧贴着他，这一次吻了很久。我马上把目光转向别处，好像要找个放行李箱的位置。一分钟后，她已经以女主人的姿态，给了我一些明确的指示。

她熟悉公寓的一切。她把我拉进厨房，电灯的瓦数很低，灯光灰暗，使得本就少颜失色的厨房更黯淡。她检查厨房里有没有这个，有没有那个，责怪门房疏忽的地方，赶忙去整理和打扫。同时她不停地跟罗伯特说话，问他一些人的情况，她直接叫那些人的名字：吉吉、桑德罗、妮娜。提到他们每个人，她又会问到大学里的事，似乎她很了解情况。有一两次，罗伯特说，可能乔瓦娜会觉得很无聊。我大声说没有，朱莉安娜继续从容地跟罗伯特说话。

眼前这个朱莉安娜，和我之前认识的不一样。现在，她说话很坚定，有时甚至不容置辩，从她所说的一切，或她让人猜测到的事，可以明显感觉到，罗伯特不仅事无巨细地向她讲了自己的生活、工作和学习上的问题，还让她觉得自己有能力跟随他、支持他和引导他，仿佛她真的有这样的能力和智慧。总之，罗伯特信任朱莉安娜的能力，她从那种信任中——我似乎可以明白——汲取了很大的能量，大胆扮演了那个角色。但后来有一两次，罗伯特礼貌而温柔地反驳了什么，他说，不是，不是这样的。朱莉安娜便停下来，脸红了，语气变得有些强硬，她很快改变了自己的看法，想向罗伯特表明，他们的想法一样。在这些时刻，我看到了那个熟悉的她，我感受到她态度的转变传递出的痛苦。我想，如果罗伯特突然告诉她，她一直废话连篇，她的声音就像钉子刮在钢板上一样刺耳，她一定会马上倒地而死。

当然，不止是我察觉到了朱莉安娜的表演不堪一击。罗伯特发现那些细小的裂痕时，便把朱莉安娜拉到跟前，温柔地和她说话，亲吻她，我不得不再次把目光移到其他地方，避开他们。我觉得看到我很尴尬时，他才大声说："我敢肯定你们饿了，我们去下面的咖啡厅吧，那里的甜点特别好吃。"十分钟后，我吃了甜点，喝了咖啡，开始对这座陌生的城市感到好奇。我把这个想法说了出来，罗伯特想带我们去市中心转转。他对米兰很熟悉，他想办法带我们参观了那些最重要的古迹，不厌其烦地给我们讲解它们的历史。我们参观了教堂、庭院、广场和博物馆，简直一刻也不停，好像这座城市马上要毁灭了，这是我们最后一次机会。朱莉安娜虽然总说她在火车上没睡着觉，她很累，但她也兴致勃勃，我觉得那不是装出来的。她对学习有一种真正的狂热，再加上她还有一种责任感，仿佛年轻大学教师的未婚妻这个身份，赋予了她这种能力，让她时刻眼观六路耳听八方。而我却感觉有些分裂。那天我发现，认识一个未知的地方，把历史和那些街道、广场和建筑的名字联系起来，这很有意思。但同时我又有些厌烦，我想起在那不勒斯时，父亲一边带我散步，一边给我讲故事，父亲总是在炫耀他的知识和能力，而我是一个崇拜他的女儿。我想：难道罗伯特就是我父亲年轻时的样子？所以，他就是一个陷阱？我们吃着三明治，喝着啤酒，他开着玩笑，设计新路线，我看着他。他和朱莉安娜待在外面一个角落，在一棵树下讨论什么事情，朱莉安娜紧绷着脸，罗伯特很平静，她流下几滴泪水，而他耳朵很红，这时我也看着他。他知道当天是我生日，就张开双臂，高兴地向我走来，这时我也观察着他。我确定，他不可能是我父亲那种人，他们之间差别太大了。我倒是像一个在聆听的女儿，我不喜欢那种感觉，我想成为一个成年女人、一个被宠爱的女人。

我们继续参观这个城市，听着罗伯特说话。我开始想：为什么我会在这里，我跟在他和朱莉安娜屁股后面，我陪着他们干什么。有时，我故意停下来，观察一幅壁画的细节，我知道，罗伯特并没有特别在意那幅画。我这样做，几乎是为了故意打乱我们的脚步，朱莉安娜转过头来，压低声音喊我："贾妮，你干什么呢？快过来，不然你会走丢的！"某一刻我想：啊，真希望我能走丢，像一把伞一样被遗忘在某个地方，最后杳无音讯。

但只要罗伯特呼唤我，等着我，对我重复他对朱莉安娜说过的话，称赞我的新发现，比如他说“对啊，是真的，我都没想到”，我马上就会开心，就会变得很振奋。旅行真美好啊！认识一个无所不知的人真美好啊！他是一个非凡的人：聪明、帅气、善良，向你展示你自己永远不会发现的价值。

- 15 -

傍晚我们回到罗伯特家时，情况变得复杂了。罗伯特在电话留言里发现了一条信息，一个女人用热情的声音提醒他晚上有个活动。朱莉安娜很累，听到那个声音，我看见她一副厌烦的表情。罗伯特却懊恼自己忘了这个约定，这顿晚饭是很早就定下了，他称之为“他团队的人”，朱莉安娜都认识。她很快就记起了那些人，一改脸上不悦的表情，马上表现得很热情。但我多少还是了解她的，我分辨得出什么事会让她开心、什么事会让她不安。那顿晚饭正在毁掉她一整天的好心情。

“我要出去逛逛。”我说。

“为什么？”罗伯特说，“你应该跟我们一起去呀，他们都很好玩，你一定会喜欢的。”

我坚持要一个人出去逛逛，我真的不想和他们一起去。我知道，我跟他们去了，要么会板着脸，一句话不说，要么会变得咄咄逼人。意外的是，朱莉安娜却支持我。

“她说得对，”她说，“她谁也不认识，会很无聊。”

但他看着我，好像我脸上写着难解的字，他想要搞清楚。

他说：

“我觉得，你总认为自己会无聊，但你从来没有无聊过。”

那句话的语气让我很震惊，他并不是以一种平淡的方式说出来，而是以一种很庄重的调子，我只听见过一次他那样说话，那就是在教堂里。一种富有激情、令人信服的语调，好像比我还了解自己。这时，他打破了我勉强维持到那一刻的平衡，我愤怒地想，我真的觉得无聊，你不知道我一直有多无聊，你不知道我刚才有多无聊，这时又有多无聊。我为你来这儿就是个错误，我只是乱上添乱，尽管你很热情、很客气。就在那种愤怒在我内心沸腾时，一切又都变了，我希望他是对的。在脑子的某个角落，我产生了这样的想法：罗伯特能看清事情的真相，我希望从那一刻起，他——只能是他——指出我是什么、我不是什么。朱莉安娜几乎在耳语：

“她已经帮了很多忙了，我们不要强迫她做她不想做的事。”

但我打断了朱莉安娜。

“没有，没有，好吧，我去。”我说，但显得无精打采，我丝毫没有掩饰自己，我答应陪他们去，只是为了不让事情变得复杂。

事已至此，朱莉安娜露出困惑的表情，她去洗头发了。她把头发弄干，但对结果又很不满意；她化妆时，她在考虑是穿一条红连衣裙，还是用褐裙子搭配绿衬衣；她在考虑只戴项链和耳环，还是也戴上手镯。她会询问我的意见，还时不时说一句：“你不要勉强自己，你不想去就别去了，我是不得不去，但我很想跟你待在一起。他们都是大学老师，说个没完没了，你不知道他们多装腔作势。”她用那种方式讲述了那时她担忧的事情，她觉得我也会害怕。然而，我从小就整天面对那些高谈阔论的知识分子，马里安诺、我父亲和他们的朋友只会这个。现在我的确讨厌这种谈话，但让我担忧的并不是谈话本身。我对朱莉安娜说：“你别担心，我去是因为你，我会陪着你。”

我们最后去了一家餐厅，餐厅老板高高瘦瘦的，头发灰白，他热情、恭敬地接待了罗伯特。都准备好了，老板用一种亲密的语气说，同时给我们指了一个小包厢，里面有一张长桌，那些会跟我们一同用餐的人正在聊天。我心想：这么多人，我打扮得这么难看，一点魅力都没有，怎么跟陌生人拉近关系。况且一眼望过去，我觉得那些女孩年轻漂亮，她们精心打扮，谈吐优雅，都是像安吉拉那样的女孩，擅长用温柔的举止和甜美的嗓音引人注目。桌子上的男性很少，只有两三个，是罗伯特的同龄人，或者比他稍微大一点。他们的目光都聚焦在漂亮、亲切的朱莉安娜身上，甚至在罗伯特介绍我时，他们的目光也只在我身上停留了短短几秒，我穿得太臃肿了。

我们坐了下来，罗伯特和朱莉安娜坐在一起，我离他们很远。我很快就感觉到，这些年轻人没有一个是因为喜欢待在一起才来这儿的。在文质彬彬的外表背后，藏着紧张和敌视，如果可以的话，他们肯定愿意以另一种方式度过这个夜晚。但是等罗伯特一张嘴说完几句话，席间便产生了一种特殊的氛围，那和我在帕斯科内的教堂里，看见他在教区居民之间营造的气氛很像。罗伯特的身体，包括声音、动作和眼神，就像一种黏合剂，正在发挥作用。这些人都像我一样爱他，这些人相亲相爱，也只是出于对他的爱，我突然觉得，我身上也起了化学反应，我觉得自己是他的一部分。他的声音多好听啊，他的眼睛多迷人啊！此刻罗伯特在这么多人中间，我觉得他不是和朱莉安娜、和我一起在米兰逛街时的样子。他变成了他跟我说那句话（“我觉得，你总认为自己会无聊，但你从来没有无聊过”）时的样子，我必须承认，那不是我一个人享有的东西，他有这种天赋，他能向其他人展示他们看不到的东西。

所有人都吃东西、欢笑、交谈和争辩，他们关心的那些宏大的问题，我不是很懂。现在回忆起当时的情景，我只能说，他们一整晚都在讨论不公、饥饿和贫穷，以及面对不公正的人——他们为了一己之私，不顾他人而巧取豪夺时，人们应该做什么，应该采取怎样的态度。我差不多可以这样概括他们的讨论，从桌子这一头到另一头，他们讨论的方式既严肃又欢乐。求助于法律？那如果法律助长不公呢？如果法律本身就不公呢？如果法律维护暴力呢？他们的眼睛因为激动而发亮，他们说话总是很有涵养，真诚而激情洋溢。他们边吃边喝，也引经据典，激烈地讨论着，令我惊讶的是，那些女人比男人更激动。我熟悉从我父亲书房里传出的争吵声，我熟悉和安吉拉带着嘲讽语气的讨论，我熟悉有时在学校里，老师试图向我们传递一些他们根本没有的情感时，我为了讨老师的欢心而假装出的激情。而那些姑娘可能在大学里教书，或者可能以后会在大学里教书，她们都有真才实学、满怀正义、斗志昂扬。她们提到了我从没听说过的团体或协会，有个姑娘刚从遥远的国家回来，她讲述亲身经历过的恐怖故事。一个黑头发的年轻女孩，她叫米凯拉，很快就因激烈的言辞吸引了我的注意，她正好坐在罗伯特对面，那肯定就是让朱莉安娜内心备受折磨的米凯拉。米凯拉讲述了一宗暴力事件，那件事就发生在她眼皮底下，现在我记不得是在哪里发生的了，或者我不想去记。那件事实在太恐怖了，以至于她讲到一半就不得不停下来，以免失声痛哭。直到那一刻，朱莉安娜一直都保持安静，她无精打采地吃着东西，由于坐了一夜火车，白天又在外面逛，她看起来很疲惫。当米凯拉开始讲那个漫长的故事，朱莉安娜把叉子放在盘子上，一直看着她。

米凯拉脸上的皮肤很粗糙，她戴着一副镜片很大的眼镜，纤细的眼镜框后是炯炯有神的目光，她的嘴唇很红，线条分明。她一开始对着全桌子的人讲，但现在只对着罗伯特讲。这并不奇怪，大家都这样，他们不知不觉中赋予了罗伯特这个角色：他会倾听单个人的讲话，随后用他的声音来总结，那些话就变成了大家的共识。但其他人说话时，偶尔还记得这里还有别人，而米凯拉只想吸引罗伯特的注意力，她越讲，我看见朱莉安娜就变得越来越弱小。就好像她的脸正慢慢变瘦，皮肤变得透明，好像提前展示了衰老和疾病到来时，她会变成什么样子。那一刻，是什么在让她变得扭曲呢？也许是醋意。也可能不是，米凯拉没有做什么能让朱莉安娜吃醋的事，安吉拉以前跟我列举过的一些行为，向我展示勾引男人的方法，米凯拉并没做出那些举动。也许只是因为米凯拉的声音、一针见血的言语，以及她提出问题，举例和总结的能力让朱莉安娜很痛苦，让她变形。当她脸上似乎一片苍白时，她用沙哑、专横、方言味道很浓的声音说：

“你捅他一刀，一切不就解决了！”

我马上意识到，那些话在那个场合很不合时宜，我肯定朱莉安娜也知道。但我同样清楚，她说出那些话，是因为她只想到了那些话来彻底打断米凯拉。大家都安静了，朱莉安娜意识到自己说错了话，她的眼睛变得像玻璃一样，仿佛就要昏倒了。她紧张地笑了起来，试图与刚才的自己拉开距离，撇清关系。这时她转过头，用一种克制的意大利语对罗伯特说：

“或者至少在我们出生的地方，大家是这样做的，不是吗？”

罗伯特用胳膊挽住她的肩膀，把她拥入怀中，亲了她的额头，他开始讲话，慢慢抹去了未婚妻的话产生的惊悚效果。他说，不仅在我们出生的地方人们会这样做，在任何地方，人们都倾向于这样做，因为这是最简单的解决办法。但他自然不赞同最简单的解决办法，那张桌子上的任何一个年轻人都不赞同。朱莉安娜也急忙说，几乎又用了方言，她反对以暴制暴的解决办法，但她语无伦次——我为她感到难过——很快就沉默了，大家都在听罗伯特说话。他说应对不公，需要做出一个冷静、坚定的答复。如果你对旁边的人不公，我会告诉你，不能这样，如果你继续要做，我就继续反对，如果你用你的力量打压我，我会重新站起来反对你，如果我无法再次站起来，其他人也会站起来，接着会有更多人站起来。他说话时，一直盯着桌子，随后他忽然抬起头，用迷人的眼神看向他们一个个。

最后，大家都对他深信不疑。这才是合理的反应，朱莉安娜相信，我也相信。但我很惊讶地发现，在座的人中，只有米凯拉流露出很不耐烦的表情，她大声说，不能用软弱应对不公的力量。大家都没说话，虽然米凯拉只是表现出些许不耐烦，但还是有些出人意料。我看着朱莉安娜，她正愤怒地盯着米凯拉，我担心她会再次提出反驳，尽管她的假想敌说的话和她的捅刀子观点很相近。但罗伯特已经开始回答了：“正义的人只能是软弱的，他们拥有勇气，却毫无力量。”我忽然想到了最近读到的几句话，我把这几句话加上自己的话说了出来。我小声咕哝着，几乎不情愿地开口：“他们像有罪的人一样软弱，那些人不再向上帝供奉肉和油脂，因为他们太饱了，便给了众人、寡妇、孤儿和异乡人。”我只说了那一句话，语气平和，甚至有点儿开玩笑的意味。罗伯特立刻接上我的话，他赞同我，利用并进一步阐释了关于罪人的隐喻，所以我的话得到了大家的认可，也许除了米凯拉。她向我投来了一道好奇的目光，正在这时，朱莉安娜无缘无故地笑了起来，放声大笑。

“有什么好笑的？”米凯拉冷冰冰地问。

“我不能笑吗？”

“可以啊，我们一起笑吧。”罗伯特说，他说的是“我们”，尽管他自己也没有笑，“因为今天要庆祝庆祝，乔瓦娜满十六岁了。”

这时房间里的灯熄灭了，服务员端着一个大蛋糕出现了，十六支蜡烛的火光在雪白的糖霜上闪烁。

- 16 -

那个生日过得特别开心，我感觉有一种热情、欢快的气氛包围着我。但后来朱莉安娜说她很累，我们就回家了。让我惊讶的是，回到公寓后，朱莉安娜没有像早上那样，摆出一副女主人的样子，而是愣在那里，透过客厅的窗户出神地望着窗外的黑夜。她让罗伯特为晚上就寝做准备，他很勤快，给我们拿了干净的毛巾，他打趣说沙发很不舒服，很难打开。他说只有门房能轻松打开，他自己也很吃力，他试了又试，最后在房间中央铺开一张双人床，上面铺着洁白的床单。我摸了摸床单说："天气有点儿凉，你没有被子吗？"他点点头，去了卧室。

我问朱莉安娜：

"你睡哪边？"

朱莉安娜的目光从窗外的黑暗里移开，她说：

"我跟罗伯特睡，这样你可以睡得舒服点。"

我知道事情最后会这样，但我还是强调说：

"维多利亚让我发誓，我们会睡在一起。"

"她也让托尼诺发誓，但他从来没有遵守过誓言，你要遵守吗？"

"不想。"

"爱你。"她一边说，一边亲了我的脸颊，但没有丝毫热情。这时罗伯特拿着一床被子和一个枕头回来了。朱莉安娜进了卧室，罗伯特告诉我咖啡、饼干和杯子在什么地方，如果我醒得早，想吃早餐，可以先吃。

热水器散发出一股浓烈的煤气味，我对他说：

"好像漏气，我们不会死吧？"

"不会，我觉得不会，门窗都是坏的，关不严。"

"我不想刚十六岁就死掉。"

"我在这儿住了七年，也还没死。"

"谁能保证呢？"

他笑了笑，说：

"没人能保证。我很高兴你能在这儿，晚安。"

这是我们俩面对面说的仅有的几句话。他去卧室找朱莉安娜，关上了门。

我打开小行李箱找睡衣，我听见朱莉安娜在哭，罗伯特小声说了什么，她也小声地说话。后来他们又笑了起来，先是朱莉安娜，后来是罗伯特。我走到浴室，希望他们立刻睡着，我换了睡衣，开始刷牙。我听见开门声，关门声，接着听见一串脚步声。朱莉安娜敲门问："我可以进来吗？"我让她进来了，她胳膊上搭着一件蓝色睡衣，上面有白色花边，她问我喜不喜欢，我赞美了那件睡衣一番。她往坐浴盆里放水，开始脱衣服。我急忙出去（我太傻了，我为什么要让自己陷入这种处境），钻进被窝时，沙发床咯吱作响。朱莉安娜再次穿过客厅，那件睡衣紧贴在她匀称的身体上。她下半身什么也没穿，她的胸很小，但挺拔而优美。晚安，她说，我也回答说晚安。我关掉灯，把头埋在枕头下面，用枕头紧紧捂住耳朵。关于性，我知道多少呢？我无所不知，又一无所知。我在书上看过的，自慰的快感，安吉拉的嘴巴和身体，库拉多的性器。我第一次为我的处女之身感到羞耻。我最不希望发生的事情就是躺在那里，想象朱莉安娜享受的愉悦，想象自己在她的位置上。我不是她，我在客厅，不在卧室，我是他们俩的朋友。我一心希望他像维多利亚说的那样，像恩佐一样亲吻我、抚摸我、进入我。我在被子里捂了一身汗，头发都湿了，我没法呼吸，我把枕头拿开了。人的肉体是那么柔软，那么黏糊糊，我努力想象自己只剩下一副骨架的样子，我仔细分辨屋子里的每种声音：木头吱吱作响的声音，冰箱振动的声音，也许是热水器发出的噼啪声，蛀虫啃噬书桌的声音。卧室里没有传出任何声息，没有弹簧的吱扭声，连微弱的咯吱、喘息声也没有。或许他们都太累了，现在已经睡着了。或许他们做手势，决定不用床，以免发出声音，或许他们是站着的。或许他们很谨慎，既不喘息，也不呻吟。我想象他们的身体纠缠在一起，我只在图片上见过那些姿势，但我一想到这一点，就把那些画面赶出了脑海。或许他们真的没有欲望，他们把一整天都花在游览和聊天上了，他们其实没有任何激情。我怀疑没人能在做爱时可以保持绝对的安静。如果是我，我会笑，会说一些热烈的话。卧室门小心翼翼地打开了，我看见朱莉安娜的身影，她踮着脚尖穿过客厅，我听见她又关上了浴室门，接着传来水流声。我哭了一会儿，便睡着了。

- 17 -

救护车的警报声把我吵醒了。那是早上四点钟，我费了很大劲儿才想起自己在哪儿，我意识到自己所处的地方，我立刻就想到，我一辈子都不会快乐了。我睁着眼睛躺在床上，一直躺到天亮，周密地策划着如何面对这不幸的生活。我要谨慎地留在罗伯特身边，我要让他喜欢我。我要学更多东西，就是他所热衷的那些东西。我要争取一份工作，和他的工作差不多，我也要在大学教书。如果朱莉安娜赢了，我就在米兰教书；如果我姑姑赢了，我就在那不勒斯教书。我要想办法让那对情侣一直在一起，我要修补他们之间可能出现的裂痕，帮他们抚养孩子。总之，最后我决定我要生活在他们周围，满足于那些细小的关注。最后，我又不知不觉睡着了。

早上九点，我忽然醒来，屋子里还很安静。我进了浴室，避免看见镜子里的自己，我洗漱完，穿上了前一天穿的宽大衬衣。我似乎听见卧室里传来一些沉闷的响声，我去了厨房里，准备三个人的餐具和摩卡咖啡。但房间的声音也没变大，门也没打开，两个人都没露面。后来，我似乎听见朱莉安娜压抑住了一声欢笑或呻吟。这让我很痛苦，于是我决定去敲门——也许不算是一个决定，只是我不耐烦了，我毫不犹豫地用指关节敲了敲门。

房间里寂静无声，没人回应。我又敲了一下，敲得很急。

“怎么啦？”罗伯特问。

我用热情的语气问：

“我把咖啡给你们端过来吗？已经好了。”

“我们马上就来。”罗伯特说，但与此同时，朱莉安娜大喊：

“太好了，好，谢谢！”

我听见他们因同时说了相反的话而笑了起来，我更热情地说：

“等我五分钟。”

我找到了一个托盘，把盘子、杯子、餐具、面包、黄油、饼干、香喷喷的摩卡和草莓酱放在托盘上，草莓酱上有一些白色霉点，我小心地去掉了。在准备这些东西时，我感到一种突如其来的快乐，仿佛我唯一存留的希望在那一刻显现出来了。我腾出一只手，拉开门把手时，托盘忽然倾斜了，我担心咖啡和其他东西都会倒在地上，但幸运的是，这种事并没有发生。然而摇摇欲坠的托盘感染了我，快乐消失了，我往前走时，仿佛可能会摔在地上的不是托盘，而是我。

卧室里不像我想的那么昏暗。房间里有光，窗帘拉了起来，窗户半开着。他们俩还在床上，盖着一张白色的薄被子。罗伯特的头靠在床头上，表情有些窘迫，他跟普通男人一样，肩膀很宽，胸膛有些窄，而朱莉安娜裸露着肩膀，她的脸靠在罗伯特长着黑色胸毛的胸口上，一只手掠过他的脸庞，好像正在抚摸他，她很开心。看见他们的样子，我的全部计划都落空了。接近他们并没有改善我不幸的处境，反而让我成为他们幸福的见证人，那一刻我觉得，这就是朱莉安娜想要的。在我准备托盘的那几分钟里，他们本来可以穿好衣服的，但她应该阻止了罗伯特，她一丝不挂地跑去打开窗户通风，又重新躺回床上，在被子里紧紧贴着他，一条腿压在他两条腿上，展示自己是经历了一夜欢愉的年轻女人。不，不，我没有办法成为一个阿姨一样的人物，随时准备出来帮忙、救急，这难道不是一剂毒药？对于朱莉安娜来说，精彩的地方应该就是这一点：她可以像电影里那样展现自己，用一种可能毫无恶意的方式，塑造自己的幸福，在我闯进来时，趁机让我看见她，让我成为一个见证者，定格那个稍纵即逝的画面。我觉得那场表演很残忍，让我无法忍受。然而我还是留在了那里，坐到了床沿上，我很谨慎地坐在朱莉安娜那一边，和他们一起喝咖啡，并且再次感谢他们前一天为我庆祝生日。他们松开了缠绕在一起的手臂，朱莉安娜随意裹着被子，罗伯特终于穿了一件衬衣，那是朱莉安娜让我递给他的。

“贾妮，你太客气了，我永远不会忘记这个早晨！”她感慨说，她想拥抱我，不小心碰到了放在枕头上摇摇欲坠的托盘。而罗伯特喝了一口咖啡后，盯着我，仿佛我是一幅画，有人要求他谈一下对这幅画的看法，他一本正经地说：

“你真美。”

- 18 -

回去的路上，朱莉安娜和来时判若俩人。火车以一种让人疲惫的缓慢速度行驶着，她和我待在过道里，在车厢和漆黑的小窗户之间，她拉着我不停地说话。

罗伯特把我们送到车站，他们分别时很痛苦，他们吻了又吻，抱了又抱。我无法把目光从这对情侣身上移开，他们太漂亮了，看起来赏心悦目，毫无疑问，罗伯特爱朱莉安娜，她也离不开那份爱。但他说的那句“你真美”一直在我脑海里，挥之不去，猛烈地撞击着我的心。我当时回答他说：“你别开我玩笑了！”我的语气很粗鲁，有些走调，因为激动，都有些咬字不清了。朱莉安娜马上严肃地接着说：“是真的，贾妮，你很美。”我嘀咕了一句：“我和维多利亚长得一样。”他们俩反应都很激烈，罗伯特笑了起来，朱莉安娜的一只手在空气中挥舞了一下，他们大喊：“你和维多利亚像？你说什么，你疯了吗？”这时我就傻乎乎地哭了起来。那次哭泣很短暂，只持续了几秒钟，就像一声马上止住的咳嗽，但还是让他们觉得不安。特别是罗伯特，他小声问：“怎么了？别哭啊，我们做错什么了吗？”我很羞愧，马上就平静下来了，但那句赞美的话原封不动地留在我的脑海里。在车站，在站台上，当我把行李放进车厢里，他们俩在车窗口说话，一直到火车开动，那句话还回荡在我的脑海里。

火车出发了，我们站在过道里。我对她说：“他多爱你啊！能这样被爱，一定很美妙。”我这样说只是为了转移注意力，为了赶走罗伯特的声音——你真美——也为了安慰朱莉安娜。她忽然变得很失落，开始用夹杂着方言的意大利语向我倾诉，说个不停。旅程中，我们很亲密，肩膀靠在一起，她经常挽着我的一条胳膊，或者一只手，其实我们貌合神离。我继续想着罗伯特对我说的那句话——你很美。我很享受，我觉得那是让我复活的神秘咒语，而她想要一股脑说出让她痛苦的事。她发泄了很久，因为愤怒和痛苦而扭曲着身体，我认真听着，鼓励她继续说下去。她很痛苦，双眼大睁，手不停地摸头发，把一绺头发卷在食指和中指上，然后突然松开手指，仿佛卷在手上的是蛇。这时候我很高兴，有点忍不住想打断她，直接问她：你觉得，罗伯特说我很美，他是认真的吗？

朱莉安娜的独白很长。她简要地说，是的，他很爱我，但我更爱他，因为他改变了我的生活，他忽然把我从命中注定的地方拉了出来，让我待在他身边，现在我只想待在他身边，你明白吗？如果他变心了，离开了我，我就再也不是我了，我就不知道我是谁了；可是他永远知道自己是谁，他从小就知道，我记得很清楚，你想象不到，他只要一开口，就能发生什么事，你见过萨尔真特律师的儿子，罗萨里奥很坏，没人敢碰，罗伯特驯服罗萨里奥，就像驯服蛇一样，让他变得温顺。如果你没见过这种事，你就不知道罗伯特是什么人，我见过很多次了，不仅是面对罗萨里奥那个蠢货，你想想，昨天晚上，昨天晚上那些人都是大学老师，都是人中龙凤，但你也注意到了，他们去那里就是为了罗伯特，他们那么聪明，那么有教养，他们在一起不过是为了让他高兴，如果没有他，那些人一定会打起来的。你也应该注意到了，只要罗伯特一转身，他们的目光就不一样了，嫉妒、邪恶、猥亵和坏话全冒出来了。所以贾妮，我和他之间很不平等，如果我现在死在这辆火车上，哎，没错，罗伯特肯定会伤心，肯定会痛苦，但随后他会继续做他自己，而我，我不想假设他死了，这我连想都不敢想，但如果他要离开我，你也看见了那些女人看他的眼神，你也看见了她们多么聪明，多么漂亮，知道那么多事情，如果他被那些女人中的一个迷惑了，比如米凯拉，她在那里只跟罗伯特说话，她不在乎其他任何人，她是个厉害角色，谁知道她会变成什么样的人，就是因为这样，她想要罗伯特，她和罗伯特在一起，她没准可以成为共和国总统——如果米凯拉取代了我的位置，贾妮，我会自杀，我不得不自杀，因为就算我活下去，我也什么都不是了。

她差不多跟我说了几个小时这样的话，像着魔了似的，她眼睛睁得很大，嘴角抽搐。我在火车里空无一人的过道里，一直听着她说这些。我不得不承认，我为她感到难过，甚至对她产生了钦佩之情。我把她当作大人，而我只是个小女孩。我确实无法做到那么清醒，简直到了冷酷的地步，在最危急的时候，我会隐藏自己，甚至在自己面前也会说谎。她不会闭上眼睛，不会把耳朵堵住，而是很精确地描述了自己的情况。但我也没怎么安慰她，只是偶尔说一下我的想法，那是我想自己付诸实践的想法。我说："罗伯特在米兰生活了这么长时间，不知道认识了多少像米凯拉那样的女孩。你说得对，很明显，那些女孩都被他迷住了，但他想和你一起生活，因为和她们相比，你是独一无二的，所以你不需要改变，你只需要保持你本来的样子，只有这样，他才会永远爱你。"

就是这些，我只是带着佯装出的痛苦表情，说了这几句话。就在她那场漫长的独白的同时，在我内心也响起了一场默默的独白。我在想：我不是真的美，我永远都不可能美。罗伯特猜到，我认为自己很丑，我很迷惘，于是他想用那句好心的谎言安慰我，这可能就是他说出那句话的原因。但假如他真的在我身上看到了我自己都没看到的美呢？假如他真的喜欢我呢？确实，那句话他是当着朱莉安娜的面说的，所以他没有任何企图。朱莉安娜也同意他的说法，她没看出他有什么恶意。但假如他的恶意深深隐藏在话里，连他自己也没察觉到呢？假如现在，在这一刻，他的那些企图浮出水面，罗伯特会一边回想，一边问自己：为什么我要那样说？我有什么企图？对，他有什么企图？我必须弄清楚，这很重要。我有他的电话号码，我要给他打电话，我会问他：你真的觉得我很美吗？你要小心你说的话，因为我父亲的错，我的脸已经变成另一副样子了，我变丑了；你别像他一样，也要改变我的脸，把我的脸变美，我讨厌被别人的话操控。我想知道我到底是什么，我会变成什么样的人，你帮帮我吧！我想，他应该会喜欢听这样的话。但我对他说这些，目的是什么呢？此刻眼前的这个女孩正痛苦地向我倾诉，我又想从他那里得到什么？我想让他向我确认，我很美，比任何人都美？比他女朋友都美吗？这是我想要的吗？或者说，我想要更多更多？

朱莉安娜很感激我能耐心听她说话。她忽然拉起我的手，她很感动，她夸奖我说："你太棒了，你才说了半句话，就狠狠地打了米凯拉的脸，贾妮，谢谢你，你要帮我，你要一直帮我，如果我生了个女儿，我就给她取你这个名字，她会像你一样聪明。"她想让我保证，无论如何，我都会支持她。我向她发誓，但她觉得还不够，她向我提出一个真正的约定：至少在她结婚之前，在她去米兰生活之前，我要帮助她，支持她，以免她失去理智，去相信那些莫须有的事情。

我接受了，她似乎冷静些了，我们决定在卧铺上躺一会儿。

我很快就睡着了，但在离那不勒斯还有几公里的地方，那时天已经亮了，我感觉有人在晃我，我从半睡半醒中醒了过来，我看见她的眼里满是惊恐，她把手腕给我看：

“天呐，贾妮，我的手镯不见了。”

- 19 -

我从卧铺上爬起来说：

“怎么可能？”

“我不知道，我不知道放哪儿了。”

她在提包里和行李箱里翻找，但没找到。我试着安抚她：

“你肯定忘在罗伯特家里了。”

“没有，我放在这里的，在包包的夹层里。”

“你确定吗？”

“我什么都不确定。”

“你在披萨店时还有吗？”

“我记得，我当时想戴上它，但后来我可能没戴。”

“我觉得当时你戴着呢。”

我们就这样一直找，直到火车进站。她的紧张也感染了我，我也开始担心手镯的扣环坏了，自己掉了，或者在地铁上被人偷了，甚至是她睡觉时被车厢里的其他乘客拿走了。我们俩都了解维多利亚的暴脾气，我们可以肯定，如果我们回去时手镯不见了，她一定会让我们有好果子吃。

一下火车，朱莉安娜就马上找了个电话，她拨了罗伯特的号码。电话通了，她用手指捋捋头发，嘀咕了一句说：“他不接！”她盯着我，又重复了一次：“他不接。”几秒钟后，她像发疯了一样，该说的和不该说的话之间的界限被打破了，她用方言说：“他肯定正在干米凯拉，不想停下来！”最后罗伯特接了，她的声音马上变得很温情，她抑制住痛苦，但仍然用手指快速卷着头发。她跟罗伯特说了手镯的事，沉默了一会儿，又温柔地说：“好吧，五分钟后我打给你。”她挂了电话，生气地说：“他肯定回床上了！”我有些厌烦地大喊：“够了！你冷静点！”她羞愧地点点头，向我道歉，她说罗伯特一点也不知道手镯的事，现在他一定正在家里找。我待在行李旁边，她踱来踱去，一直很焦虑，对那些看她或对她说下流话的男人很凶。

“五分钟过了吗？”她几乎在叫喊。

“过了十分钟了。”

“你就不能告诉我一声吗？”

她跑过去往电话机里投币，罗伯特立刻就接了，她仔细听着，最后大声说：“幸好！”罗伯特的声音也传到了我耳朵里，但听不清他在说什么。当他说话时，朱莉安娜欣慰地对我说：“他找到了，我放在厨房了。”她转过身去，又在电话里说了些卿卿我我的话，我也在那里听着。她挂了电话，看起来很开心，但没持续多久，她小声咕哝说：“我怎么能确定，我前脚一走，米凯拉不会钻到他床上？”她站在通往地铁的楼梯旁边，我们会在那里分开，往相反的方向走，但她说：

“你再等一会儿，我不想回家，我不想听维多利亚质问我。”

“你不要理她。”

“她会折磨我的，因为不管怎么样，我都没戴那只该死的手镯。”

“你太焦虑了，你不能活成这样。”

“我不管什么事都很焦虑。你想知道我现在想到了什么吗？就是我正和你说话的时候。”

“想到了什么？”

“我在想米凯拉有没有去罗伯特家？她有没有看见手镯？她会不会把它拿走？”

“先不说罗伯特会不会让这种事发生，你知道，米凯拉那么有钱的人，会拥有多少只手镯吗？她又怎么会在意一个连你都不喜欢的手镯？”

她盯着我看，把一绺头发缠在手指上，小声说：

“但罗伯特喜欢，所有罗伯特喜欢的东西，她都喜欢。”

她松开头发，那个动作她做了几个小时了，但这次没有必要了，因为头发留在手指上了，她用惊恐的眼神看着头发。小声问：

“怎么回事？”

“你太激动了，把头发都扯掉了。”

她看着那一绺头发，脸变得通红。

“不是我扯掉的，是它们自己掉下来的。”

她另外又抓了一绺，说：

“你看。”

“别胡扯了。”

她扯了一下，手指间又留下了另一绺长头发，她脸上的血色消失了，变得非常苍白。

“我要死了，贾妮，我要死了。”

“人不会因为掉几根头发就死的。”

我尽量抚慰她，但仿佛从童年起，她遭受的所有痛苦都一起向她涌来：来自父亲、母亲、维多利亚的，以及她周围的成年人让人无法理解的吵嚷，现在是罗伯特——那种觉得配不上他、害怕失去他带来的痛苦。她想让我看看她的头皮，她说："你帮我把头发拨开，看看我怎么了。"我拨开了头发，上面有一小块白色的头皮，头顶空了很小一块，其实无关紧要。我陪她走到她的站台。

"手镯的事，你什么也不要对维多利亚说。"我叮嘱她。

"如果她问我呢？"

"你就拖延时间。"

"她要是想马上看到呢？"

"你就说借给我了。还有，你要好好休息。"

我劝说她上了去詹图尔科站的火车。

- 20 -

我到现在还很好奇，我们的脑子是如何谋划和实施自己的想法，却不暴露真实目的。如果说这是无意识的行为，那我觉得不够准确，甚至很虚伪。我很清楚，我想不惜一切代价立刻回到米兰，我心里很清楚，但我不敢承认。我从来都没有向自己坦白过我折回米兰的原因，我又重启了那场艰辛的旅程，我假装我必须回去，事情很紧急。回到那不勒斯一个小时后，我就返回了米兰，为此我编造了冠冕堂皇的理由：拿回手镯，缓解朱莉安娜的痛苦；把朱莉安娜没有对未婚夫说的话告诉他。也就是说，要趁着一切还来得及，他应该马上和朱莉安娜结婚，带她离开帕斯科内城区，不要再管什么道义上或社会的债务，还有其他蠢话；我要保护我这位大朋友，我要把姑姑的愤怒引到我身上，虽然我还是个小女孩。

就这样，我又买了一张票，我给我母亲打了电话，通知她我还要在米兰待一天，没有理会她的抱怨。火车快出发时，我才意识到，我还没有通知罗伯特。我给他打了电话，好像我们称之为命中注定的事发生了。他马上就接了电话，坦白讲，我现在不记得我们当时说了什么。但我很想说，事情是这样的：

“朱莉安娜着急拿回手镯，我快要出发了。”

“真不好意思，你会很累的。”

“没关系，我愿意回去。”

“你几点到？”

“晚上十点过八分。”

“我来接你。”

“我等你。”

但这段对话很虚假，它不过很粗略地说明了我和罗伯特之间形成的不言而喻的约定：你说我很美，所以虽然我刚下火车，感觉很累，但我以这只神奇的手镯为借口，上了另一趟车，你比我更清楚，这只手镯之所以神奇，只是因为它给我们提供了今晚睡在一起的机会，我们会睡在一张床上，就是在今天早上，我看见你和朱莉安娜一起躺过的那张床。我现在很怀疑，我当时没和他真的对话，我只是简单明了地通知了他，我会回去，这也符合我当时说话的风格。

“朱莉安娜急着用手镯。我马上坐火车出发了，今天夜里到米兰。”

也许他回答了什么，也许没有。

- 21 -

我太累了，睡了好几个小时，尽管车厢里人很多，很拥挤，聊天声、关门声、喇叭声、长长的汽笛声和火车的隆隆声此起彼伏。我醒来时，开始感到一阵阵焦虑，以为自己变成了秃子，马上摸摸头发，我应该做了个噩梦。但我已经想不起那个梦了，只模糊记得在梦里，我的头发一缕缕掉下来，比朱莉安娜的头发还掉得厉害，但那不是真正的头发，而是小时候我父亲赞美过的头发。

我继续闭着眼，处于半睡半醒之间。我觉得，之前我的身体离朱莉安娜太近了，她传染了我，她的绝望也变成了我的绝望，她应该是把她的焦虑传染给我了，我的器官正在衰竭，就像发生在她身上的一样。我很害怕，我努力彻底走出那个梦，正当我的火车慢慢驶向朱莉安娜的未婚夫时，朱莉安娜和她遭受的痛苦却出现在我脑海里，让我很厌烦。

我很生气，我开始受不了车上的乘客，我来到过道里。我尝试用一些关于爱情力量的话安慰自己，人们虽然很想摆脱，却无法摆脱这种力量。我想到的是一些诗句，以及小说里的句子，那是在我喜欢的书上读到的，我摘抄到了笔记本上。但朱莉安娜并没有消失，尤其是她把头发缠在手指上的那个动作，那些头发是她身体的一部分，但现在近乎温柔地离开了她。我忽然想：如果现在我还和维多利亚长得不像，那么不久后，那张脸就会彻底粘在我的骨头上，永远都不会消失。

这一刻很痛苦，也许是那糟糕的几年里最糟糕的时刻。我站在过道里，这个过道跟前一天晚上我待了大半个晚上的过道一样，当时我在听朱莉安娜讲话，她为了确保我专心听她讲，就拉住我的手，挽住我的胳膊，不断用她的身体触碰我。太阳正在落下，轰隆作响的火车撕裂了浅蓝色的田野。突然间，我清楚地告诉自己，我没有冠冕堂皇的理由，我的这趟旅行不是为了拿回手镯，我没有打算帮朱莉安娜。我正在背叛她，我正在去米兰，夺走她心爱的男人。我比米凯拉虚伪得多，我想把朱莉安娜从罗伯特身边赶走，毁掉她的生活。我觉得我有理由这样做，因为我觉得他是一个很了不起的年轻男人，比之前我心目中的父亲还要了不起。但我父亲不小心说，我变得越来越像维多利亚，他却对我说，你真美。但现在——火车就要进米兰了——我意识到，我为那份赞美感到骄傲，我正在做我脑子里盘算的事，因为任何人都无法制止我。我的脸只会变成维多利亚那样，我会辜负朱莉安娜的信任，就像我姑姑毁掉了玛格丽塔的生活，为什么不呢？我也像她哥哥，也就是我父亲那样，毁掉了我母亲的生活。我觉得很内疚。我还是处女，那天晚上，我想把我的第一次给他，只有罗伯特能凭借他强大的权威，赋予了我一种新的美。我觉得那是我的权利，我会这样进入成年。但当我下火车时，我很害怕，我不想以那样的方式长大。罗伯特在我身上看到的美，是那些会伤害人的美。

- 22 -

在电话里，我好像听说他会来火车站，就像接朱莉安娜一样来站台接我，但是我没找到他。我等了一会儿，给他打了电话。他很懊恼，他以为我会直接到他家，他正在修改一篇文章，第二天就得交稿。我很沮丧，但什么也没说，我按照他的指示，坐地铁到了他家。他热情地接待了我，我希望他亲吻我的嘴唇，但他只是亲吻了我的脸。门房很周到，已经做好了晚餐，他摆好餐具，我们吃了晚饭。他没有提到手镯，没有提到朱莉安娜，我也没有。他跟我交谈，仿佛他需要澄清他写的那篇文章的主题思想，而我是特意坐火车回来听他讲这些的。那是一篇关于"懊悔"的论文。他好几次称之为"用针去刺穿良心的训练"：用针和线穿过良心，就像做衣服时用针线把布料缝起来。我认真听他讲，他用的是那种迷人的声音。我又一次被诱惑了——我在他家，周围是他的书，那是他的书桌，我们一起吃饭，他跟我聊他的工作——我感觉自己成了他离不开的人，正是我想成为的人。

吃过晚饭，他把手镯给我了，但他给我手镯时，就好像那是一管牙膏或一条毛巾，他还是没提到朱莉安娜，仿佛把这个女人从他生活中抹去了。我想彻底采用他的行为方式，但我做不到，维多利亚的继女——朱莉安娜的思绪已经彻底将我吞没了。关于朱莉安娜的身心状况，我比他清楚得多，她离这座美丽的城市很远，离这座公寓很远，她在那不勒斯的边缘，在下城那个昏暗的家里，客厅里挂着恩佐身穿制服的照片。几个小时前，我和她一起待在这个房间，我看见她在浴室里擦头发，她对着镜子，掩藏自己的痛苦；我看见在餐厅里，她坐在罗伯特身旁，在床上紧紧抱住他。怎么可能现在她就像死了，我在米兰，她却已经不在这里了？我心想，我们这么容易从别人的生活里消失吗？尤其是从那些我们离不开的人的生活中？我想着这些心事，这时他用既柔和又讽刺的方式，讲着我不知道的事，我没听他说话，只抓住了几个词语：睡觉、沙发床、黑暗的挤压和彻夜不眠。有时，我觉得罗伯特的声音很像我父亲，像我父亲最动听的声音。可他在说这些话时，我心里思绪万千，我沮丧地说：

“我很累，很害怕。”

他回答说：

“你可以跟我一起睡。”

我的话和他的话无法连接在一起，听起来，这是两句有因果关系的话，但其实不是。在我的话里包含着那场让人疲惫的疯狂旅行、朱莉安娜的绝望，还有对犯下不可饶恕的错误的害怕。在他的话里，他只是说，打开沙发床很麻烦。我一意识到这点，就马上回答说：

“不，不用打开也可以睡。”

为了证明给他看，我蜷缩着躺在沙发上。

“你确定吗？”

“确定。”

他说：

“那你为什么回来？”

“我已经不知道了。”

过了几秒钟，他站了起来，用一种喜爱的目光俯视着我，我躺在沙发上，从低处仰望着他。他没有俯下身，没有抚摸我，只道了声晚安，便回了自己的房间。

我在沙发上调整到自己舒适的位置，我没脱衣服，那是我的盔甲。然而，一股渴望涌上心头，我想等他睡着，起身走到他旁边，和衣躺在他的床上，只是待在他身边。在遇见罗伯特之前，我从来没想过让别人进入我的身体，我最多只是有些好奇，但这种好奇很快就会消失，因为我害怕身体的某个部位会疼，那个部位一定很娇弱，即使我抚摸自己时，也担心会抓破。我在教堂见过他后，我产生了一种强烈又模糊的欲望，一种兴奋感，这种感觉像是一种愉悦感，会冲击着性器，好像会让它充血，会扩散至全身。在阿梅德奥广场和其他场合偶然见面之后，我从没有想过他会进入我的身体，偶尔有几次我那样幻象过，但想想我就觉得很粗俗。在米兰，前一天早上，我看见他和朱莉安娜在床上，我意识到他跟其他男人一样，他也有生殖器，有时下垂，有时勃起，他把它像活塞一样放进朱莉安娜体内，他也可能会放进我的体内。但即使证实了这一点，也不能决定什么。当然，我返回米兰时，脑子里想着他会进入我，想着我姑姑绘声绘色向我描述的性爱场面会发生在我身上。然而推动我来到这里的欲望，已经完全变成了其他东西，在半睡半醒中，现在我知道是什么了。在床上，躺在他身边，紧紧贴着他，我想享受他对我的欣赏，我想跟他讨论"懊悔"，讨论上帝吃饱了，而他的很多造物却死于饥渴。我想让自己觉得，我并不是一个平庸、很讨人喜爱、甚至很美的小动物，可供思想深邃的男性玩乐，我要的不是这些。我所期望的事情永远不会发生了，我很痛苦，我带着这种痛苦睡着了。让他进入我应该很容易，甚至现在，在睡梦中，他也可能会进入我，这没什么好惊讶的。他深信，我回来就是为了背叛朱莉安娜，而不是因为其他更残酷的背叛。

第七章

- 1 -

从米兰回来时，我母亲不在家。我什么也没吃，我躺在床上很快就睡着了。清晨的家里空荡荡的，我觉得很安静，我去上了厕所，回到床上又睡着了。但后来我突然醒了，奈拉正坐在床边，摇晃着我。

“一切都还好吧？”

“嗯。”

“别睡啦。”

“几点了？”

“一点二十。”

“我很饿。”

她漫不经心地问了我在米兰的事，我也随口说了我去参观过的地方：米兰大教堂、斯卡拉大剧院、艺术馆和大运河。然后她告诉我，她有一个好消息：校长给我父亲打了电话，告诉他，我升学了，成绩很高，希腊语甚至得了九分。

“校长给爸爸打电话了？”

“是啊。”

“真是太蠢了。”

母亲笑着说：

“你快穿衣服，马里安诺在呢。”

我穿着睡衣，头发很凌乱，光着脚去了厨房。马里安诺已经坐在桌子旁边了，他突然站了起来，想拥抱我，亲吻我，祝贺我升学成功。他忽然发现，我已经长大了，比他上一次见我更成熟了。他说：“乔瓦娜，你出落得真漂亮！哪天晚上我们出去吃个晚饭，就我们俩，我们好好聊聊。”接着，他转身看向我母亲，用一种懊恼的语调感慨说：“这位小姐竟然在和罗伯特·马特塞来往，那可是我们国家年轻人里最有前途的一个，他们俩面对面谈话，不知道聊了多少有意思的事。太不可思议了！而我看着乔瓦娜长大的，我们都没讨论过什么。”我母亲点点头，露出了骄傲的神情，但看得出来，我母亲对罗伯特一无所知，我推测是我父亲告诉马里安诺，说罗伯特是我的好朋友。

“我跟他也不是很熟。”我说。

“他怎么样？”

“很招人喜爱。”

“他真的是那不勒斯人吗？”

“对，但他不是沃美罗的，他是下城人。”

“那也是那不勒斯人。”

“对。”

“他正在研究什么呢？”

“在研究‘懊悔’。”

他疑惑不解地看着我。

“‘懊悔’？”

他似乎很失望，但很快又很好奇，他大脑里某个遥远的区域可能已经启动，正想着：也许“懊悔”是一个亟待思考的问题。

马里安诺笑着对我说：

“奈拉，你明白吗？你女儿说她和罗伯特·马特塞不熟，可我们却发现他们聊了‘懊悔’的问题。”

我吃了很多东西，时不时摸摸头发，想知道它们是不是牢牢长在头皮上，我用手指抚摸，轻轻扯了扯。吃完饭，我突然站起来，说要去梳洗。刚才马里安诺一句接一句地说风趣话，想逗我和奈拉开心，可这时他露出担忧的表情，说：

“你知道伊达的情况吗？”

我摇摇头，我母亲说：

“她没能升级。”

“你有时间就陪陪她，”马里安诺说，“安吉拉顺利升学了，她昨天早上已经跟一个朋友出发去希腊了。伊达需要陪伴，需要安慰，她只知道读书和写东西。他们不让她及格，就是因为这个。她读书写作，但就是不学习。”

我受不了他们悲痛的表情，我说：

“安慰什么？如果你们不夸大其词，不把这事当成悲剧，你们可以看到，她不需要安慰。”

我走到卫生间，把自己关在里面，我出来时，屋子寂静无声。我把耳朵凑近我母亲的房间，连呼吸声也没有。我稍稍打开门，里面没有人。奈拉和马里安诺显然认为我没礼貌，他们走了，甚至没跟我打招呼说“乔瓦娜，我们走了”。我打电话给伊达，是我父亲接的电话。

“你太棒了！”他一听到我的声音，就高兴地大声说。

“你才棒呢，连校长都是你的耳目。”

他满意地笑起来。

“她很好心。”

“那当然。”

“我知道你去了米兰，去马特塞家做客了。”

“谁告诉你的？”

回答前他迟疑了几秒钟。

“维多利亚。”

我觉得难以置信，大声问他：

“你们通了电话？”

“不仅如此，昨天她还来了家里。科斯坦扎的一个朋友白天和晚上都需要有人照顾，我们想到了她。”

我低声说：

“你们和好了。”

“没有，跟维多利亚是不可能和好的，但这么多年过去了，大家都老了。你很懂事，竟然慢慢成了我们的桥梁。你很能干，这点很像我。”

“我也会勾引校长？”

“这话太离谱了。你跟马特塞怎么样了？”

“你去问马里安诺吧，我都告诉他了。”

“维多利亚把他的地址给了我，我想给他写信，现在的形势很糟糕，要和有分量的人保持联系。你有他电话号码吗？”

“没有。你可以让伊达接电话吗？”

“都不跟我说声再见？”

“再见，安德烈。”

他沉默了好一会儿。

“再见。”

我听见他叫伊达，语调跟几年前有人找我，他叫我接电话时一模一样。伊达很快就来了，她很沮丧，几乎在耳语：

“想办法让我离开这个家。”

“一小时后，我们浮罗里迪阿娜公园见。”

- 2 -

我在公园门口等伊达。她到的时候全身都是汗，栗色的头发在脑后绑成了马尾，她比几个月前高了很多，身材瘦削，像根竹竿似的。她提了一个鼓鼓的黑包，穿着一条黑色超短裙和一件条纹汗衫。她脸色惨白，嘴唇很厚，颧骨又高又圆，正在失去童年的模样。我们找了一张阴凉处的长凳坐下，她告诉我，她很高兴没及格，她想离开学校，只想写作。我提醒她，我以前也没及格，但我当时并不高兴，甚至很痛苦。她用挑衅的目光看着我，回答说：

“你觉得丢脸，但我不觉得丢脸。”

我说：

“我觉得丢脸，是因为我父母觉得丢脸。”

“我才不管我父母丢不丢脸，让他们丢脸的事多着呢。”

“他们很害怕，害怕我们败坏他们的身份。”

“我不想体面，我就是想配不上他们，我想堕落下去。”

她告诉我，为了想尽可能背离父母的期待，她战胜了自己的恶心和一个园丁私会了，那人在波西利波家里的花园工作过一段时间，他结了婚，有三个孩子。

“怎么样？”

“恶心死了，他的口水跟下水道的污水一样臭，而且他一直不停地说脏话。”

“但你至少了了一桩心事。”

“这倒是。”

“那你现在要平静下来，试着让自己开心点。”

“我该怎么做？”

我建议她和我一起去威尼斯找托尼诺，她说她更喜欢去另一座城市——罗马。我坚持要去威尼斯，我明白，问题不在城市，而是托尼诺。她跟我说，安吉拉告诉她那个耳光的事了，那男孩太愤怒了，最后行为失控了。他伤害了我姐姐，她说。对，我承认说，但我喜欢他为了改善自己而做出的努力。

“但他在我姐姐面前没做到。”

“但他比你姐姐做出了更多努力。”

“你想把第一次给他？”

“不想。”

“我可以想想再告诉你吗？”

“可以。”

“我想去一个舒服地方，可以在那里写作。”

“你想写那个园丁的故事？”

“我已经写了，但我不会读给你听，因为你还是处女，那个故事会让人兴致全无。”

“那你给我读点其他东西。”

“你真的想听吗？”

“真的。”

“有一个故事，我很早就想读给你听了。”

她在包里翻找，拿出一些笔记本和几张没有装订的纸。她挑了一个红色封面的笔记本，找到了她想找的小说。那个故事没有几页，讲的是一个无法实现的愿望。有一对姐妹，她们有个好朋友，这个女孩经常去她们家睡觉，她跟姐姐比跟妹妹更要好。姐姐等妹妹先睡，然后自己再去朋友的床上，和她一起睡。妹妹强忍着睡意，想到姐姐和朋友孤立她，她便很伤心，但最终还是忍不住睡着了。可是有一次，她假装睡着了，就这样，在孤独中，她静静地听到了姐姐和那个朋友在亲吻，听到了她们的悄悄话。从那以后，为了偷偷观察姐姐和那个朋友，她晚上假装睡觉，当她们俩睡着后，她总是会哭一会儿，她觉得没人爱她。

伊达读得很快，没有投入太多激情，但每个字都恰到好处。她一直没有把目光从笔记本上抬起来，一直没有直视我的眼睛，最后她就像故事里那个痛苦的小女孩一样，忽然大哭起来。

我拿出手绢，擦干她的眼泪。我亲吻了她的嘴唇，尽管在离我们几米远的地方，有两位母亲经过，她们一边推着婴儿车，一边聊天。

- 3 -

第二天早上，我连电话都没打，就带着手镯直接去了玛格丽塔家。我小心翼翼地避开了维多利亚的家，首先，我想单独见见朱莉安娜；其次，她突然和我父亲和解后，虽然只是暂时和解，我似乎对她失去了兴趣。但我再怎么计算都没用，开门的正是我姑姑，好像玛格丽塔家就是她家一样，她看到我，有些喜忧参半。朱莉安娜不在，玛格丽塔陪她去看医生了，姑姑正在收拾厨房。

“你过来，过来吧，”她说，“你真招人疼，来陪我一会儿。”

“朱莉安娜怎么样了？”

“她头发出了问题。”

“我知道。”

“我知道你知道，我还知道你帮了她多少，你做什么都很用心，真是太乖了。朱莉安娜和罗伯特都很喜欢你，我也是。如果你父亲把你教育成了这样，那说明他并不像看起来那么混账。”

“爸爸跟我说，你有新工作了。”

她站在洗碗池旁边，背后有一张恩佐的照片，照片前亮着灯。从我跟她接触以来，我第一次在她眼里看到一丝尴尬。

“对，那份工作还不错。”

“你要搬去波西利波吗？”

“嗯，是的。”

“我很高兴。”

“但我有点难过，我得跟朱莉安娜、玛格丽塔和库拉多分开，我已经失去托尼诺了。有时候，我觉得你父亲是故意的，故意给我找了这份工作，他想让我难受。”

我忍不住笑起来，但很快就止住了。

“可能吧。”我说。

“你不相信吗？”

“我相信，我父亲什么都能做得出来。”

她恶狠狠地看了我一眼。

“别这样说你爸爸，不然我该扇你了。”

“对不起。”

“只能我来骂他，你不能，你是他女儿。”

“好吧。”

“过来，亲我一下。虽然有时你会惹我生气，但我还是爱你。”

我亲了她的脸颊，然后翻了翻我的包。

“我把手镯带来给朱莉安娜，她不小心落在我包里了。”

她按住我的手。

“当然啦，一不小心！你拿着吧，我知道你很喜欢。”

“但这手镯是朱莉安娜的。”

“她不喜欢，但你很喜欢。”

“既然她不喜欢，你之前为什么要给她？”

她疑惑地看着我，好像不明白我的问题。

“你嫉妒啦？”

“没有。”

“我给了她，是因为我看见她很焦虑。从你出生开始，这手镯就是你的了。”

“可这不是小孩子戴的手镯。为什么你自己不戴着？星期天去做弥撒时，你可以戴着。”

她露出狡黠的目光，大声说：

“现在要轮到你告诉我要怎么处理我妈的手镯？你闭上嘴，拿着吧。我实话实说吧，朱莉安娜不需要它，她那么光彩照人，手镯和其他任何首饰对她来说都是多余的。现在她头发出了问题，但不严重，医生会给她开药，帮她恢复，病会治好的。但是贾妮，你不懂得打扮自己，你过来。”

她很激动，仿佛厨房是一个狭小、让她透不过气的空间。她把我拉到玛格丽塔的卧室，把衣柜门打开了，我出现在一面长镜子里。维多利亚命令我：“你看看自己。”我看着镜子里的自己，但更关注我身后的她。她说：“孩子，你不是穿衣服，你这是要把自己藏起来。”她把裙子提到我的腰间，大声说：“你看看你的腿，天哪，转过去，看看你的屁股。”她强迫我旋转，有些粗暴地在我的内裤上拍了一下，接着她让我继续转过身，再次面对着镜子。她摸着我的腰，赞叹说：“天哪，多美的线条啊，你要认识你自己，要展示自己的价值，把漂亮的东西展示出来。特别是胸，啊！多漂亮的胸，你不知道，其他女孩多想拥有这么漂亮的胸。但是你却在惩罚你的胸，你的大胸让你羞愧，你把它们锁起来了。好好看着，你应该这样。”她把我的裙子放下去时，把手伸进了我的衣领，先伸进一只罩杯，然后是另一只，她调整了我的胸，让它显得饱满突兀，从领口露了出来。她激动地说，看见了吗？贾妮，我们很漂亮，既漂亮又聪明。我们天生丽质，不应该浪费。我想看着你安置得比朱莉安娜还要好，你应该高高在上，平步青云。你爸爸那个混蛋留在地上，但他还那么装腔作势。但你记住，她轻轻拍了一下我两腿间说，这里，我跟你说过无数次，你要好好珍惜，在给出去之前，你要衡量利弊，不然就很难有什么出息了。你给我听好了，如果我知道你糟蹋了它，我会告诉你爸爸，看我们不一起打死你。“现在你不要动，”这一次是她在翻我的包，她拿出手镯，戴在我的手腕上说，“你看你戴着多好看，多添彩啊。”

那一刻，在镜子的深处，库拉多也出现了。

“嗨。”他说。

维多利亚转了过去，我也转了过去。因为很热，她一边用手扇风，一边问库拉多：

“贾妮很漂亮，对吧？”

“非常漂亮。”

- 4 -

我嘱咐了好几次维多利亚，让她替我问候朱莉安娜，告诉她我很关心她，她不应该担心，一切都会越来越好。我往门口走去，我希望库拉多说，我陪你走一会儿。可他什么都没说，只是很懒散地在家里晃荡。我对他说：

“库拉，你陪我到公交车站好吗？”

“对，你陪她去吧。”维多利亚吩咐他，他不情愿地跟我下了楼，走在路上，头顶上是让人晕眩的太阳。

“你怎么了？”我问他。

他耸耸肩，嘀咕了一些话，我没太听懂。他说得更清楚一点，他说他觉得很孤独，托尼诺离开了，朱莉安娜很快就会结婚，维多利亚准备搬去波西利波区，那地方就像另一个城市。

“我就是家里的傻瓜，我得跟我妈待在一起，她比我更傻。”他说。

“你也走吧。”

“去哪里？做什么？反正我不想离开这里，我是在这儿出生的，我想留在这儿。”

“所以呢？”

他想对我解释清楚。他说，托尼诺和朱莉安娜在时，尤其是维多利亚在的时候，他总觉得有人罩着他。他嘟囔着说：“贾妮，我跟我妈妈一样，我们要承受一切，因为我们什么都不会做，我们一点儿也不重要。但你知道吗？维多利亚一走，我就会把爸爸的相片从厨房拿开，因为我一直都受不了那张照片，它让我害怕，我知道我妈妈会同意的。”

我鼓励他那样做，但也告诉他，不能心存幻想，维多利亚永远不会真的离开，她会不断地回来，会越来越顽固，越来越让人无法忍受。

“你可以去找托尼诺。”我建议他。

“我们俩合不来。”

“但托尼诺很能忍。”

“我就不行。”

“可能我会去威尼斯，去看看他。”

“很好，也代我问候他。你告诉他，他只考虑自己，根本就不在乎妈妈、朱莉安娜和我。”

我问他要了他哥哥的地址，但他只有哥哥工作的餐厅名字。他发泄了内心的不满，又戴上了平时的面具。他跟我开玩笑，有时很温情，有时又很猥亵，于是我笑着对他说：“库拉，你要记住，我和你之间不会再发生什么了。”随后我变得很严肃，问他要罗萨里奥的电话号码。他惊讶地看着我，想知道我是不是真的决定跟他朋友上床。我回答他说，我不知道，而他想听到一个坚决的“不”字。他很担心，用兄长的语气跟我说话，好像要让我避免做出危险的决定。于是我威胁他：“好吧，我自己会找到的，我会跟罗萨里奥说，你吃醋了，你不想把他的电话号码给我。”他马上妥协了，但还是继续嘟囔：“我会把这件事告诉维多利亚，她会告诉你爸爸，到时候你就倒霉了。”我笑了起来，我想吻一下他的脸颊，我用最严肃的语气对他说：“库拉，那你可是帮了我一个忙，我是第一个希望维多利亚和我父亲知道的，而且你要向我保证，如果事情真发生了，你一定要告诉他们。”这时公交车来了，我把有些迷惑的他丢在了人行道上。

- 5 -

接下来的几个小时，我意识到自己根本不着急失去我的第一次。不知道是什么原因，罗萨里奥有点吸引我，但我没打电话给他，而是打给了伊达，想知道她是否决定跟我去威尼斯。她说她准备好了，她刚跟科斯坦扎说了，她母亲很高兴可以有一段时间不用看到她，还给了她很多钱。

我很快也找到了托尼诺工作餐厅的电话号码。起初，我的计划让他很高兴，但知道伊达会陪我去，就沉默了几秒钟，然后说他住在梅斯特雷区一个小房间里，三个人住不下。我回答道："托尼，我们反正会来看你一下，如果你愿意，我们就好好见一面，不愿意也没关系。"他换了语气，发誓说他很愿意，他等着我们。

我去米兰时，母亲给了我一些钱作为生日礼物，但我都花在了车票上了，这一次因为升了学，我又缠着她，让她又给了我一些钱。出发前的一切都准备好了，早上天下着细雨，空气很凉爽，九点整我给罗萨里奥打了电话。库拉多应该已经跟他说过了，因为他第一句话就是：

"贾妮，我听说你终于决定了。"

"你在哪里？"

"在下面的咖啡馆。"

"哪里的下面？"

"你家下面。你下来吧，我拿着伞的，我等你。"

我没有觉得厌烦，反而觉得这是一个很好的开始，天气凉爽时和一个人拥抱，总好过天气炎热时跟人挨在一起。

"我不需要你的伞。"我说。

"你的意思是让我离开吗？"

"不是。"

"那你就快点。"

“你带我去哪儿？”

“曼佐尼街。”

我没有梳头，没有化妆，只是戴上维多利亚的手镯，我也没有听取她的任何建议去打扮自己。我看见罗萨里奥在大门前，脸上带着一成不变的笑容，当车子启动，我们拥挤在雨天的车流里，路上特别堵，他一直都在威胁、辱骂旁边那些司机，他觉得那些人根本就不会开车。我有些担心，我说：

“罗萨，如果今天不合适，就送我回家吧。”

“你别担心，今天很合适，但你看这混蛋是怎么开车的。”

“你冷静点。”

“怎么了，你觉得我太粗鲁了？”

“没有。”

“你知道我为什么紧张吗？”

“不知道。”

“贾妮，我紧张是因为我第一次见到你，就想要你，但我不知道你想不想要我。你说呢，你想要我吗？”

“想，但你不能弄疼我。”

“怎么会疼呢，我会让你很舒服的。”

“你不能花太多时间，我还有事。”

“该花的时间还是要花。”

那栋楼至少有六层，他正好在楼下找到了停车位。

“运气太好了。”我说，而他连车门都没关，就快步向门口走去。

“这不是运气，”他说，“他们知道这个位置是我的，谁也不能占。”

“如果占了呢？”

“我就开枪打死他。”

“你是匪帮吗?”

“你是个好人家的高中女生吗?”

我没回答，我们默默地上了六楼。我想，五十年后，如果我和罗伯特成了比现在还要好的朋友，我会把这天下午的事告诉他，让他帮我分析一下。他懂得给我们做的所有事情找到意义，这是他的工作，听我父亲和马里安诺的口气，他似乎很擅长这个。

罗萨里奥打开门，公寓里一片漆黑。等一下，他说。他没开灯，他在黑暗中也疾步如飞，把窗帘一个接一个拉了起来。天气不好，灰蒙蒙的光线撒满了整个房间，房间很大，但里面很空，连张椅子也没有。我进了屋子，把背后的门关上，我听见了雨点打在窗户上的声音和风的呼啸。

“外面什么也看不见。”他看着窗户说。

“我们选错了日子。”

“不，我觉得很合适。”

他快步向我走来，用一只手抱住我的后颈，亲吻我，他用力顶着我的嘴唇，试图用舌撬开我的嘴，同时他的另一只手紧紧抓住我的胸。我在他的胸膛上轻轻推了一下，他嘴里发出不安的笑声，鼻子也轻轻哼了一声。他往后退了退，一只手留在我的胸上。

“怎么了?”他问。

“你必须亲我吗?”

“你不喜欢吗?”

“不喜欢。”

“所有女孩都喜欢。”

“我不喜欢，我希望你也不要碰我的胸。但如果你需要的话，那就摸吧。”

“我什么都不需要。”

他拉下拉链，掏出阴茎让我看。我害怕他裤子里的东西尺寸会太大，但我看他那玩意跟库拉多的没什么两样，便松了一口气，而且我觉得，他的形状看起来还更优雅一些。他拉起我的一只手说：

“你摸摸。”

我摸了摸它，很热，像发烧了似的。总之摸着还挺舒服的，我没有放手。

“你喜欢吗？”

“喜欢。”

“告诉我，你想怎么做，我不想让你难受。”

“我可以穿着衣服吗？”

“女孩都脱衣服。”

“如果不脱衣服可以，那就更好了，拜托你了。”

“至少内裤要脱掉。”

我放开了他那玩意，脱下了牛仔裤和内裤。

“可以吗？”

“可以，但不能这样。”

“我知道，但我是在请求你。”

“我至少可以把裤子脱掉吧？”

“可以。”

他脱掉鞋子、裤子和内裤。他的腿很瘦，有很多汗毛，脚又瘦又长，至少穿四十五码的鞋；他上身仍然穿着亚麻外套和衬衣，打着领带，下身很突兀，是赤裸的腿和脚，直挺挺的阴茎伸了出来，仿佛一个暴脾气的住户受到了骚扰，要出来跟人吵架。我们俩都很丑，还好房间里没有镜子。

"我要躺在地上吗？"我问。

"你说什么啊，这里有床。"

他往一道开着的门走去，我看见他屁股很小，臀部有两个窝儿。房间里有一张凌乱的床，其他什么也没有。这次他没有把百叶窗拉上去，而是打开了灯。我问：

"你不洗洗吗？"

"我今天早上洗了。"

"手至少要洗洗。"

"你洗手吗？"

"我不洗。"

"那我也不洗。"

"好吧，我还是去洗洗手。"

"贾妮，你看到我身上发生什么了吗？"

他的性器垂下来，慢慢缩小。

"如果你洗洗，它就硬不起来了？"

"才不会！我去了。"

他进了浴室。我真是很麻烦，我从没想到我会有这种表现。他回来了，那小玩意儿挂在两腿之间，我饶有兴趣地看着他。

"很可爱。"我说。

他叹了口气。

"你不想做就明说。"

"我当然想，现在我就去洗澡。"

"来吧，这样就可以了。你是姑娘家，我肯定你一天能洗五十次。"

“我可以摸它吗？”

“求之不得。”

我走到他身边，小心地拿起它。他出乎意料地耐心，我想表现得熟练一些，让他满意，但我不知道具体该做什么，只是把它握在手里。仅仅过了几秒钟，它就变大了。

“我也摸一会儿你。”他的声音有些沙哑。

“不，”我说，“你不知道怎么弄，会弄疼我的。”

“我当然知道。”

“谢谢，罗萨，你很客气，但我不相信。”

“贾妮，如果我不摸你，待会儿才真会弄疼你。”

我打算听他的，他肯定比我有经验，但我害怕他的手和肮脏的指甲。我明确拒绝了他，我松开他勃起的性器，躺在床上，双腿紧紧合着。我看着他趴在我上面，他兴高采烈，眼神却很不安，他上身穿得很讲究，腰以下却赤裸着，显得很粗鲁。忽然间，我想到我父母从小就精心教育我，希望我毫无畏惧、清醒地面对性生活。

这时罗萨里奥正抓住我的脚踝，把我的腿分开。他用激动的声音说，你两腿之间真美。他小心地压在我身上，用手握着他那玩意，寻找我的器官，当他觉得调整好了，就慢慢推入，非常慢，随后突然用力一撞。

“啊！”我喊了出来。

“疼吗？”

“有一点，别让我怀孕。”

“你别担心。”

“好了吗？”

“等等。”

他重新开始推入，调整了一下，又继续推进。从这以后，他只是不断往后退，往前推。但那个运动持续得越久，我就越疼。他小声说："放松点，你太紧张了。"我轻声说："我没有紧张，啊，我在放松。"他礼貌地说："贾妮，你要合作，你那里像块铁板一样，像道安全门。"我咬紧牙关说："没有，你继续，快，用力点。"但我出汗了，我感觉脸上和胸前全是汗，他也说："你怎么出这么多汗。"我有些羞愧，小声说："我从来不流汗，除了今天，不好意思，如果让你觉得恶心，那我们就算了。"

他终于完全进入了我，他很用力，我觉得肚子里被撕裂了一般。忽然他一下子抽了出来，我感觉比他进去时更疼。我抬起头，想看看怎么回事，我看见他跪在我的双腿间，沾着血迹的性器喷出了精液。虽然脸上带着笑容，但他其实很生气。

"你好了？"我用微弱的声音问。

"是的。"他说着躺在了我身边。

"那还不错。"

"真的不错。"

"我疼死了。"

"怪你自己啊，本来可以做得更好的。"

我转身对着他，说：

"我就是想要这样。"我亲了他，舌头尽可能伸长，越过了他的牙齿。不一会儿，我跑去洗澡，洗完穿上了内裤和牛仔裤。他进洗手间时，我摘下手镯，放在床边的地上，仿佛它是厄运的礼物。他把我送回了家，他闷闷不乐，但我很开心。

我和伊达一起出发去了威尼斯。在火车上，我们许诺以独一无二的方式进入成年。

关于作者

埃莱娜·费兰特著有小说《烦人的爱》，导演马里奥·马尔托内（Mario Martone）根据这部小说拍了一部同名电影。她的第二部小说是《被遗弃的日子》，由导演罗伯特·法恩扎（Roberto Faenza）拍成电影。在访谈集《碎片》中，她讲述了自己的写作生涯。2006 年 e/o 出版社出版了她的小说《暗处的女儿》，2007 年出版了儿童读物《夜晚的海滩》，由马拉·杰里（Mara Cerri）配了插画；2011 年出版了“那不勒斯四部曲”第一部《我的天才女友》，2012 年出版了《新名字的故事》，2013 年出版了《离开的、留下的》，2014 年出版了最后一部《失踪的孩子》，这本小说获得了 2016 年“曼布克奖”。在 2019 年，e/o 出版社出版了《偶然的创造》，这是费兰特 2018 年在《卫报》上写的专栏，直接由安·高斯特恩（Ann Goldstein）从意大利语翻译到英语发表。2018 年秋季，意大利电视台 Rai 1 和 TIMVISION 台，还有美国的 HBO 播出了由萨维里奥·科斯坦佐（Saverio Costanzo）执导的“那不勒斯四部曲”第一季《我的天才女友》。